이것은 작별의 여행이었다.

우리는 그런 미오를 배웅하러 왔다.

혼자만 외국으로 떠난다.

미오는 거기서 비행기를 타고……

이 전철의 종점은 ── 칸사이 국제공항.

다행이야…… 못 탔으면 큰일 날 뻔했어…….

《나니와의 백설공주》라 불린 소녀는,

마치 잠자는 숲속의 공주처럼,

새하얀 시트가 깔린 침대에

누워 있었다―.

© Shirabii

목 차

용왕이 하는 일! 13

ryuoh no oshigoto!

시라토리 시로

일러스트 ● 시라비

감수 ● 사이유키

등장인물 소개

히나츠루 아이

초등학교 5학년 여류기사. 처음으로 비행기를 탄 것은 노토 공항에서 도쿄에 갈 때다. 다음에는 호쿠리쿠 신칸센을 타 보고 싶다.

미즈코시 미오

아이의 같은 반 친구. 연수생. 비행기에 타본 적은 없지만, 비와 호수에 버드맨 콘테스트를 보러 간 적은 있다.

사다토 아야노

여초연 안경 담당. 비행기는 고사하고, 연수회에 들어가기 전에는 교토를 나서 본 적도 없었다.

샤를로트 이조아드

프랑스인. 비행기가 아니라 호화 여객선을 타고 일본에 왔지만, 너무 어릴 적이라 기억하지 못한다.

야샤진 아이

아이의 사매. 여류 2단. 비행기를 탈 때는 항상 일등석을 이용한다. 기내식은 고기 종류를 선호한다.

텐츠지 우즈

바둑판 장인. 목재 수입을 제한하는 나라에 바둑판을 반입하려다가 검역에 걸려 구속된 적이 있다. 분노의 거기 발언을 연발.

키요타키 케이카

고등학생 시절, 직업체험으로 스튜어디스 옷을 입은 적이 있다. 진짜로 오해받아 기장에게 헌팅을 받은 열일곱 살 여름의 기억······.

쿠즈류 야이치

아이의 스승. 용왕. 처음으로 비행기를 탄 것은 타이틀전 기록 담당을 맡았을 때다. 보안검사장에서 장기말을 잃어버리는 큰 실수를 저지르고 울음을 터뜨렸다.

소라 긴코

사상 첫 여자 프로기사. 타이틀전 때문에 때때로 비행기를 타지만, 실은 귀가 아픈 것을 쭉 참았다.

프롤로그

짝사랑한 적, 있어?

응. 보통은 있을 거야.

누구나 처음에는 짝사랑을 경험해. 그리고 상대도 자신을 좋아하거나, 혹은 짝사랑이 계속 이어질 거야. 고백을 상대방이 받아줄 수도 있고, 고백했는데 차일 때도 있어.

분명 가장 많은 건…… 차이는 게 두려워서, 고백하지 않고 묻어버리는 거야.

하지만 『두려움』 말고도, 고백하지 못하는 이유는 있어.

예를 들자면…… 만약 고백에 성공하더라도, 원거리 연애를 하게 된다거나.

쭉 마음에 둔 애가 있어.

그 애를 생각하면, 항상 몸이 달아올라.

가슴이, 답답해져.

잠자리에 들면 항상 그 애를 생각해. 오늘은 뭘 했을까, 답문자가 오는 사이에 무슨 일이 있는 건 아닐까. 그런 생각을 해.

머릿속은, 항상 그 애 생각으로 가득해. 이상해질 것만 같아.

이런 경험은 태어나서 처음이라…… 어쩌면 좋을지, 모르겠어.

편지를 썼어.

잔뜩 썼어. 흘러넘칠 듯한 마음을, 종이에 쏟아부었어.

하지만 항상 쓰다 말아. 편지를 끝까지 쓰는 건 어려워. 알지? 그리고 건넬 수도 없어.

몰래 쓰고, 몇 번이나 다시 읽고, 책상 서랍에 넣어. 그걸 되풀이해.

그러다 보니 처음에는 미묘했던 편지 내용도 점점 세련되게 변해.

모르는 부분이 있어도, 괜찮아!

컴퓨터에 물어보면 뭐든 가르쳐줘. 요즘 세상은 참 편리해. 옛날 사람은 전부 직접 찾아봐야 했을 테니 고생이 많았을 거야.

만약…… 말이지?

만약 짝사랑 상대가, 나에게 관심이 없다면?

만약 짝사랑 상대가, 내 마음을 영원히 몰라준다면?

만약 짝사랑 상대가…… 나를, 아무런 가치도 없는 존재로 여긴다면?

좋아해 주지 않아도 돼.

내가 그 애의 처음이 되지 못해도 돼.

하지만 하다못해…… 기억해 줬으면 해.

저기.

이런 이야기, 들어본 적 없어?

『좋아한다』의 반대는 『싫어한다』가 아니야. 그건——『무관심』이래.

이 말, 정말 이해가 돼.

그 애한테 특별한 존재가 되고 싶어.

나를 좋아해 주지 않더라도…… 특별해지고 싶어.

내가 그 애의, 영원한, 하나밖에 없는, 특별한 존재가 될 수 있다면.

그렇다면, 미움을 받아도 돼! 좋아해 주지 않아도 돼! 특별해지고 싶어!! 영원히 나만 봐줬으면 해!!

그럴 방법이, 딱 하나 있어.

아무리 멀리 떨어져도, 항상 나만 생각하게 만들 방법.

나만 영원히 특별해지는 방법.

즉——.

그 애를 죽이는 거야.

터미널

《최후의 여초연 1》

©shirabii

　나──── 히나츠루 아이에게는, 버릇이 하나 있다.

　모르는 말을 접하면 조사해 보는 버릇이다.

　이것은 온천 여관에서 안주인을 하는 어머니에게 배운 것이다.

　"아이. 우리처럼 숙박업에 종사하는 사람은 보통 사람보다 훨씬 많은 손님을 접대해야 해요. 그러려면 지식이 편중되어선 안 돼요."

　그렇구나, 하고 생각했다.

　그 후로 나는 모르는 말이나 사물을 접하면 일단 조사해 봤다.

　글자를 모를 때는 다른 사람에게 물어봤고, 글자를 읽을 수 있게 된 후로는 책으로 조사하는 법을 익혔다.

　장기를 접한 것도, 어찌 보면 이 버릇 덕분일지도 모른다.

　고향집에서 열린 용왕전을 보기 전까지는 장기를 전혀 몰랐지만, 할아버지가 남긴 장기 서적을 보고 장기말을 두는 법과 규칙을 익혔다.

　하지만 전법서는 한자가 너무 많아서, 장기 묘수풀이 위주로 읽었다…….

　오사카에 온 직후에는 조사할 게 갑자기 늘어서 큰일이었다.

　예를 들자면────.

『돈사』(頓死)

【의미】 갑작스러운 죽음. 급사. 장기에서는 잡히지 않을 상황인 옥이 실수를 범한 탓에 잡히는 경우를 가리킨다.

『로리콘(롤리콤)』Lolita complex
【의미】 소녀를 성적 대상으로 삼으며 사랑하는 것. 롤리타 콤플렉스의 줄임말.

장기를 접하면서 사부님의 제자가 된 후, 원래 알던 말에도 장기계에서만 통용되는 다른 의미가 있다는 것을 알게 됐다. 세상이 순식간에 넓어진 것이다.

세상이 넓어진 덕분에, 알고 싶지 않았던 것과 야한 것도 조사하게 됐지만…… 어른이 된다는 건 바로 이런 걸까?

요즘에는 스마트폰으로 손쉽게 검색할 수 있어서, 이동 중에 조사해 보기도 한다.

최근에 조사해 본 말은, 이것이다.

『터미널』terminal
【의미】 다양한 교통기관과 노선이 집중된 장소. 예 「철도 터미널」, 「버스 터미널」.

순환선을 타고 이른 아침에 텐노지역에 도착한 나는 멀찍이 떨어진 홈에서 커다란 여행 가방 위에 앉아 다리를 흔들고 있는 여자애를 발견하고, 그 이름을 불렀다.

"앗! 미오~ 안녕~!"

텐노지역은 오사카 남부에서도 손꼽히게 큰 역이고, 열차를 타는 홈도 잔뜩 있다.

눈앞에는 아베노하루카스 빌딩을 비롯한 근대적인 광경이 펼쳐져 있지만, 조금 높은 곳에서 둘러보면 옛날부터 오사카를 상징하는 츠텐가쿠(통천각)와 텐노지 동물원도 보일 것이다.

지하철로 우메다역과 신오사카역에도 바로 갈 수 있으며, 나라와 와카야마와도 이어지는 철도 터미널 그 자체! 그래서 축제가 열린 것처럼 항상 사람들로 붐비며 시끄럽다.

"미오~! 저기~! 미~오~!!"

나는 껑충껑충 뛰면서 손을 흔들었지만, 미즈코시 미오는 가방에 걸터앉아 다른 곳만 쳐다보고 있었다.

"······으으~. 역시 멀어서 안 들리나 보네······."

좋아~! 그럼 몰래 다가가서 놀라게 해줘야지!

"··········슬금슬금~······."

나는 미오가 있는 홈으로 가서, 기척과 발소리를 죽인 채로 뒤에서 몰래 다가갔다.

엄마에게 전수한 스토킹······ 아니, 발소리 죽이기다.

손님이 편안히 쉴 수 있도록 기척을 죽이는 것도 서비스의 일환이라며 어릴 적부터 배워서, 아무에게도 들키지 않을 자신이 있다.

오사카에 온 후에도 꽤 도움이 됐거든? 사부님 뒷조사를 할 때나, 기록 담당으로서 대국자에게 방해가 되지 않게 슬며시 차를 내올 때나, 그리고…… 사부님 뒷조사를 할 때라든가!

이 스킬을 쓰고 등 뒤에서 미오에게 슬그머니 다가갔다. 후후후…… 아이한테 이 정도는 아무것도 아니거든~?

잠시 뭘 하는지 살폈다. 어쩌면 내가 다가온 걸 이미 알고 거꾸로 놀래려고 할지도 모른다.

으음…… 전혀 눈치채지 못한 것 같네. 짐이 가득 든 가방을 메서, 등 뒤가 사각지대다. 뭘 넣었기에 가방이 저렇게 **빵빵**한 걸까?

게다가 미오는 정신이 다른 곳에 팔린 듯이──.

"…… 컴 퍼 …… 매 ………… 햄 ………… 록 …… 사 시…………."

어?

미오가 뭘 중얼거리는 거지? 일본어……가, 아니야?

못 알아듣겠어……. 하지만, 기회야!

슬금~ 슬금~………… ──지금이다!

"미, 오~!"

"흐햐악?!"

내가 등 뒤에서 확 끌어안자, 미오는 깜짝 놀라며 여행 가방에서 떨어졌다.

야호! 서프라이즈 대성공!

함께 플랫폼을 구른 나는 미오를 부축해 주며 물었다.

"아하하! 놀랐어?"

"아…… 아이?!"

"안녕, 미오. 무슨 혼잣말을 그렇게 중얼거리는 거야?"

"아아아아, 아…… 아무것도 아니야!! 그것보다 홈에서 장난치면 위험하잖아! 잘못해서 선로에 떨어지면 어쩌려고 그래!"

'아이참~!(웃음)' 같은 반응을 보일 줄 알았던 미오가 정색하고 화내자, 나는 풀이 죽었다.

"미, 미안해……. 맞아. 홈에서 장난을 치는 건 위험해…….."

"앗…… 딱히 화난 건 아닌데……. 미안해. 오늘은 즐겁게 웃기만 할 작정이었는데…….."

"윽! 미오…… 미안해!"

나는 진심으로 반성하며 고개를 숙였다. 그렇다. 나는 생각이 짧았다.

왜냐하면, 오늘은————.

"아아아아아아————!!!!"

"미, 미오, 왜 그래?!"

"전철! 전철!! 전철이 곧 올 거야!!"

"뭐어~?!"

놀래주는 것과 사과하는 데 정신이 팔린 나머지, 전철을 깜빡했네~!

어느새 플랫폼에 흰색 특급 전철이 서고, 손님들이 거의 다 탑승했다.

크, 큰일 났어!

"이 전철에 아야노와 샤를이 타고 있잖아! 이걸 놓치면 합류 못 해~!"

"마, 맞아, 그랬지! 서두르자, 아이! 으음, 우리 지정석은…… 며, 몇 호차였지?!"

바로 그때, 아야노와 샤를의 목소리가 들렸다.

"아이! 미오! 여기예요!"

"안~뇽~!"

차량 입구에서 몸을 내민 두 사람이 손을 흔들었다.

미오가 크고 무거운 가방을 끌고, 내가 그걸 뒤에서 밀며, 두 사람이 기다리는 전철로 향했다!

『전철에 뛰어들면 안 됩니다.』

""죄송해요~!""

문이 닫히기 직전, 나와 미오는 전철에 겨우 탔다! 기다리고 있던 아야노가 "이익!" 소리를 내고 가방을 잡아당겨 줬다. 샤를은 "힘내~." 하며 응원해 줬다. 귀엽다.

"무, 무거워……! 대체 뭐가 든 거예요?!"

"아하하…… 땡큐, 아야농~. 덕분에 살았어."

입구 옆에 있는 짐칸에 여행 가방을 넣은 후, 우리는 한숨 돌렸다.

"전철, 출발~! 이야~."

"다행이야……. 못 탔으면 큰일 날 뻔했어……."

움직이기 시작한 전철 안에서, 우리는 가슴을 쓸어내렸다. 평소 같으면 전철을 놓쳐도 어떻게 되겠지만…… 오늘은 큰일이

나거든.

"우리 좌석은…… 오오, 여기구나. 아이, 앉기 전에 좌석을 돌리자."

"응! 빙글빙글~."

이러면 여초연 네 사람을 위한 박스석으로 변신!

미오는 창가 자리에 앉더니, 빵빵한 가방을 무릎 위에 뒀다.

"이 특급 전철…… 『하루카』라고 하지? 지정석은 좀 사치 같지만, 그래도 이러면 목적지까지 느긋하게 이야기하며 갈 수 있겠네! 아야농의 의견을 듣기 잘했어~."

"여행 가방을 짐칸에 둘 수 있는 것도 좋아! 자리가 널널해~."

나는 통로 쪽에 앉아서 그런지 더 넓게 느껴졌다.

창문이 엄청나게 커서 밖이 훤히 보여! 좌석도 폭신폭신한 게 참 호화롭네!

"게다가 이름이 좋아! 『하루카』란 말에는 머나먼, 아득히 같은 의미가 있잖아. 머나먼 곳까지 이어져 있는 것 같다니깐~. 미오, 왠지 가슴이 뛰어!"

"콘센트와 무료 와이파이도 쓸 수 있구나! 배터리가 거의 바닥 났는데, 잘됐네!"

"어~? 신칸센(고속철도)에도 그건 있지 않아? 요즘 웬만한 전철에는 다 있는 설비 아니야?"

미오가 내 말을 듣고 그렇게 말했을 때였다.

"…………그렇지 않아요."

묵묵히 듣고 있던 아야노가, 평소보다 낮은 목소리로 반론했다.

"JR서일본의 일반 특급 중에 전원 콘센트와 와이파이 설비가 생긴 건, 이『하루카』가 최초예요!"

"아, 그……그래?"

보이지 않는 방향에서 날아온 펀치에 맞은 듯한 표정을 지은 미오가 맞장구를 치자, 아야노는 맹렬한 러시를 날렸다!

"이『하루카』는 평범한『하루카』가 아니에요! 올해 봄부터 운행 개시한 신형 차량이거든요! 기존 차량에 연결하는 형태로 운행되고 있는데, 이 신형은 각 차량 끝에 대형 화면을 탑재해서 천장이 70밀리미터 높아졌고, 입구의 짐칸도 여행 가방의 대형화에 맞춰 커졌죠! 하지만 차체 형상과 컬러링은 승객이『쿠로시오』와 헷갈리지 않게 기존의 스타일을 답습하고 있고, 외국인 관광객도 꼼꼼하게 배려했어요! 이 새로운『하루카』야말로 일본의── '손님맞이 정신!'을 표현하고 있는, 그야말로 압도적인 차량이에요!!"

솔직히 말해…… 실제 차량의 인상보다 아야노의 설명이 우리에게는 더 압도적이었다.

우와…… 잘 모르겠지만, 대단하네…….

그런 아야노와 달리, 샤를은 약간 차가운 어조로 말했다.

"아야뇨, 교또에서 뗀노지에 올 때까찌, 께속 사찐 찌거써~."

사진? 전철 안을?

달리는 전철을 밖에서 찍는다면 몰라도…… 안에는 의자나 화장실밖에 없는데?

왜……?

"그, 그게 『하루카』에 탈 기회는 흔치 않거든요! 게다가 신형 차량에 타다니…… 사진을 찍어뒀다가, 집에 돌아가서 281계과의 차이점을 비교하고 싶어요! 여러분도 저와 같은 심정이죠?!"

아닌데요.

"샤우, 씸씸해서~."

좌석에 앉은 샤를이 두 발을 흔들어대며 그렇게 말했다. 많이 심심했던 것 같다.

미오가 나에게 귓속말을 했다.

"사실 아야농은 철도 오타쿠 기질이 있어……."

"그, 그랬구나……."

아야노는 취미가 많다는 건 알지만, 전철도 좋아한다는 건 처음 알았다. 그래서 '제가 표를 끊을게요!'라고 흥분해서 말한 거구나.

"그러니까 앞으로 같이 전철에 탈 일이 있으면, 폭주하지 않게 아이가 주의를 기울여."

"아………… 응."

그래.

내가 이제까지 몰랐던 건, 미오가 은근슬쩍 아야노를 통제했기 때문이야.

"알았어, 미오. 이제부터는, 내가——."

약속하려던, 바로 그때였다.

""윽?!""

딩동!

우리의 스마트폰이 일제히 뉴스를 수신했다. 앱을 통해 속보가 들어온 것이다.

『【속보】사상 첫 여성 프로 기사, 소라 긴코 4단. 오늘도 기자회견을 연기한다고 일본 장기연맹이 발표. 오후에 본인의 코멘트만 공개 예정.』

딩동. 디잉. 띠리리리링.

다른 자리에서도 들려온 착신음이 돌림 노래처럼 차량 전체에 울려 퍼졌다. 일본 전체에 이 속보가 퍼진 것 같았다.

"소라 긴코라면 《나니와의 백설공주》지? 마치 아이돌 같네."

"장기 프로가 되는 건 엄청 어렵다며? 그런데 고등학생이 된 거잖아. 대박이네."

"예쁘게 생겼을 뿐만 아니라 장기도 잘 두는 거냐. 인생의 승리자잖아."

"입원 중이라며? 장기를 뒀을 뿐인데 말이야. 너무 호들갑 아니야?"

"원래 몸이 약하다는 소문을 들었어. 인터넷에서는 불치병을 앓고——."

차량 곳곳에서 그런 목소리가 들려오자, 우리는 얼굴을 가까이 대고 소곤거렸다.

"…………소라 선생님, 엄청 화제가 되나 봐."

"…………어제 아침부터 텔레비전과 인터넷이 그 뉴스로 도

배웠어요. 장기 팬보다, 일반인이 더 관심을 가지는 것 같아요.”

“기사 선생님들도 텔레비전에 엄청나게 나와! 로쿠로바 선생님은 어제저녁부터 온갖 채널에 나오더라니깐. 대체 언제 자는 걸까?”

“쁘랑스에 있는 샤우의 찐구도, 백썰꽁주 물어봐써~.”

“프랑스 뉴스에도 나온 건가요?! 엄청나네요…….”

“그럼 미오도 소라 선생님과 장기 둔 적이 있다는 걸 자랑해도 되겠네?!”

미오는 눈을 반짝이며 나를 쳐다보더니…….

“저기 말이야~. 아이는 어제 3단 리그 최종일이 어떤 느낌이었는지, 쿠즈뉴 선생님이나 소라 선생님한테 못 들었어?”

“뭐? 으음…… 도쿄 장기회관에서 치러서, 자세한 이야기는 못 들었어. 사부님과도, 제위전 제1국에서 승리한 걸 축하하는 메시지를 주고받았을 뿐이야. 타이틀전 중에는 스마트폰을 맡겨두거든.”

“끝나고 나서 돌려받잖아?”

“그렇긴 한데, 사부님은 소라 선생님이 입원한 병원에 가셨어. 나나 케이카 씨와 연락을 주고받은 것도, 대국장인 호텔에서 병원으로 이동하는 택시 안에서였어……. 아마 그 후로 소라 선생님의 곁을 쭉 지키고 있는 것 같아.”

“그렇구나~. 그럼 걱정되겠네…….”

“……응.”

어제는 장기계에서 중요한 두 대국이 펼쳐졌다.

하나는, 소라 선생님이 4단 승단의 가능성을 가진 채 맞이한 장려회 3단 리그 최종일.

그리고 또 하나는, 사부님이 도전자가 된 제위전의 개막국이다.

양쪽 다 도쿄에서 치러졌기 때문에, 나는 평소 사부님이 원정을 갈 때처럼 키요타키 코스케 9단의 집에 맡겨졌다.

"어젯밤에 케이카 씨한테서 전화가 왔어."

미오가 말했다.

"원래 케이카 씨도 오늘 이쪽으로 오기로 했지만, 소라 선생님이 입원해서 도쿄에 있는 병원에 갔잖아? 그래서 정말 미안하다며 엄청 사과하더라니깐."

그렇다. 초등학생 넷이서 멀리 외출하는 건 위험하기에, 케이카 씨가 우리와 같이 가 주기로 했었다.

나는 자세한 경위를 설명했다.

"원래는 할아버지 선생님이 도쿄에 갈 예정이었어. 하지만 사부님한테서 소라 선생님의 입원이 좀 길어질 거라는 연락이 왔거든. 그래서 옷가지 같은 걸 가져다주게 된 바람에, 케이카 씨가 도쿄에 갈 수밖에 없게 된 거야."

"소라 선생님의 어머니가 가면 되지 않아?"

"장기에 관한 건 기사가 아니면 이해할 수 없잖아. 정석 서적이나 소프트가 들어 있는 태블릿처럼 장기 공부 도구도 가져다줘야 한대……. 그렇게 되면 역시 케이카 씨가 가는 게 최선이야."

"하지만, 아이와 키요타키 선생님도 소라 선생님이 걱정되잖아? 같이 도쿄에 가고 싶었지? 미안해……. 나 때문에——."

"아니야! 나는 미오와 같이 가고 싶었거든. 그리고 도쿄에 가봤자 방해만 될 뿐이야."

가슴이 따끔거렸다.

실은 나…… 사부님의 타이틀전에 따라가고 싶다며 졸랐어.

물론 타이틀전이 끝나자마자 오사카에 돌아와서, 이 여행에 동참할 생각이었지만…… 이렇게 큰 혼란이 벌어지면 돌아오기 어려울 테니, 아마 도쿄에서 사부님의 짐이 됐을 것이다.

그러니 지금은 오사카에 남기 잘했다고, 진심으로 생각한다.

"공부 도구까지 필요하다는 걸 보면…… 입원이 꽤 길어질 것 같네요. 소라 선생님, 그렇게 위중한 거예요……?"

"미안한데, 나도 얼마나 심각한지는 진짜로 몰라. 그리고 알더라도, 지금은 말해 줄 수 없어……."

"아…… 죄, 죄송해요!"

아야노는 허둥지둥 손으로 입을 막더니, 목소리 톤을 낮추며 속삭이는 듯한 목소리로…….

"아이는 당연히 그럴 수밖에 없을 거예요. 이제 이 이야기는 안 할게요……. 제가 생각이 짧았어요."

"미안해……."

무거워지려 하는 분위기를 샤를이 소리쳐서 없앴다.

"샤우, 공부 시러~!"

"미오도 공부 싫어! 입원한다면 농땡이나 실컷 부리고 싶어!"

미오는 샤를과 함께 호화로운 좌석에 몸을 맡겼다.

아야노가 날카로운 어조로 따끔하게 한마디 했다.

"미오는 열심히 공부해야 하잖아요. 좀 진척이 있나요?"

"묻지 마……."

후후후. 그래도 나는 알거든?

아까 미오가 플랫폼에서 필사적으로 뭔가를 외우고 있었잖아.

그건 분명…….

"꾸쯔류 선생님은 제쳐두고, 케이카 씨가 갔으니 괜찮을 거야! 그것보다 실은 너희한테 알려줄 중대 발표가 있어!! 소라 선생님 일보다 훨씬 빅뉴스야!!"

"뉴쓰?"

사이즈가 너무 큰 좌석에 드러눕다시피 한 샤를이 고쳐 앉으며 그렇게 말했다.

미오가 제공한 빅 뉴스. 그것은 바로——.

"프레젠트☆타임!"

""프레젠트?""

우리가 되묻자 "므흐흐♡" 하고 웃음을 흘린 미오가 자신의 무릎 위에 놓인 **빵빵한** 가방을 뒤지기 시작했다.

그리고 안에서 꺼낸 물건을 우선 아야노에게 건넸다.

"아야농. 이거 줄게."

"어?! 이건…… 미오가 나니와 왕장전에서 우승하고 부상으로 받은, 주칠이 된 직필 부채잖아요! 츠키미츠 회장님이 직필로 『월하퇴고(月下推敲)』라는 휘호를 써 주신——."

"맞아. 아야농은 문장 쓰는 걸 좋아해서 『월하퇴고』라는 휘호를 좋아한다고 했잖아. 그러니 아야농이 이걸 받아줬으면 해!"

"고………… 고마워요! 소중히 간직할게요……!!"

아야노는 감격에 떨면서 그렇게 말했다.

미오는 또 가방 안을 뒤지더니…….

"샤를한테는 이걸 줄게! 장기말 모양 물통이야!"

"와아아아……!!"

샤를이 볼을 붉히면서 건네받은 건, 미오가 여초연이나 연수회에 자주 들고 왔던 장기말 모양 물통이었다.

쓰기 쉽……지는 않지만, 참 귀엽게 생겼어! 샤를은 항상 손가락을 물며 부러운 듯이 저 물통을 쳐다봤잖아. 미오는 그걸 알고 있었구나.

"하, 하지만…… 정말 괜찮겠어요? 이렇게 귀중한 걸…….'

마음이 진정된 아야노가 부채를 든 채 그렇게 묻자…….

"받아주면 좋겠어! 왜냐하면──."

미오는 환한 미소를 머금은 채, 이렇게 말했다.

"내가 쓰던 걸 주는 거니까, 쓸 때마다 내가 생각날 거 아니야?"

우리는 그 말을 듣고 숨을 삼켰다.

그렇다.

이 특급 『하루카』의 종점은── 칸사이 국제공항.

그리고 미오는 거기서 비행기를 타고…… 혼자만 외국으로 가버린다.

우리는 그런 미오를 배웅하러 왔다.

이것은 작별의 여행이었다.

그래서 미오가 그 말을 할 때까지, 그 사실을 언급하지 않았다. 그러면 미오가 외국에 가버리지 않으리라는 듯이……

아야노는 선물을 받고 기뻐했지만, 미오의 발언을 듣자마자 진지한 표정을 지었다.

"이러지 않아도, 우리는 미오를 잊지 않아요. 어떻게 잊겠어요!"

"알아. 그래도, 받아주면 기쁘겠어."

복잡한 표정을 짓고 있는 아야노와 달리, 샤를은 선물을 받고 진심으로 기뻐하고 있었다. 오늘이 미오와 작별하는 날이라는 것을 알고 있기는 한 걸까? 좀 불안하네……

"자아."

미오는 무릎을 단정히 모으더니, 나를 쳐다보았다.

"윽!!"

드디어 내 차례야……!

대체 뭘 주려는 걸까 하고 생각하며 두근거리는 가슴을 안고 있을 때, 미오는 두 손을 펼치며 이렇게 말했다.

"아이……에게는, 줄 물건이 없어!"

"뭐어~?!"

"그렇잖아? 너는 여류기사 선생님에, 용왕과 같이 살고 있는 걸. 엄청 잘나가는 키요타키 일문의 일원이란 말이지. 미오의 장기 굿즈 같은 걸 줘 봤자 짐만 될 거야!"

"확실히, 쿠즈류 선생님이 실제로 대국에 쓴 장기용품이나 부채는 엄청 가치가 있을 거예요. 그리고 소라 선생님이 쓴 물건이라면, 가격을 매길 수도 없을 만큼 귀중할 테죠.”

“어어어어…… 그치만…….”

아이는 사부님이 쓴 손수건 같은 걸 몰래 챙겨서 대국할 때 가지고 가지만……. 무, 물론 나중에 빨아서 돌려드리거든?! 실은…… 몰래…….

하지만! 친구가 주는 선물은 그런 것과 비교할 수 없단 말이야!

“………….”

그리고 말이지? 선물을 줄 거면…… 전부터 생각한 게 있어.

미오는 『줄 물건』이 없다고 말했다.

만약…… 『물건』이 아니라 다른 것을 달라고 부탁한다면, 미오는 부탁을 들어줄까?

“저기, 미오. 그렇다면——.”

내가 금방이라도 울음을 터뜨릴 듯한 표정으로 입을 열려던 순간, 미오는 미소를 참는 듯한 표정을 지으며 가방의 앞 호주머니에 손을 넣었다.

“그러니 아이한테는—— 이걸 줄게!”

“어? 이건…….”

“편지야.”

미오가 가방에서 꺼낸 것은 귀여운 핑크색 편지 봉투였다.

장기말 모양을 한 금색 스티커로 봉해져 있었다.

그리고 『히나츠루 아이 님께』라고, 미오의 글씨체로 적혀 있었다.

"미오가 가진 웬만한 물건은, 아이도 다 가지고 있을 거야. 그러니 줄 거라고는 마음이나 말뿐이라고 생각했어."

조금 독특하면서도, 활기찰 뿐만 아니라 정성이 느껴지는 미오의 글씨.

그 글씨를 보기만 해도 가슴속이 따뜻해지면서…… 눈시울이 뜨거워졌다.

"앗! 아직 열지 마. 눈앞에서 읽으면 부끄러울 것 같거든."

미오는 우물쭈물 그렇게 말했다.

"그래도 어떤 반응을 보이는지 보고 싶으니까, 미오가 비행기를 타기 전에 읽어 줬으면 좋겠어."

"보라는 거예요, 말라는 거예요?"

"미오땅은 제머때로네~!"

두 사람은 어처구니없다는 듯이 그렇게 말하면서도, 부러운 듯한 눈길로 편지를 쳐다보았다.

"미오가 '읽어!' 하고 말하면 읽어줘. 그러니까…… 역시 회수! 공항에 도착하면 줄게!"

"응! 약속한 거야. 꼭 줘야 해."

내가 고개를 끄덕이며 편지를 돌려주자, 미오는 그것을 가방 앞 호주머니에 넣었다.

뭐라고 적혀 있을까?

읽고 눈물이 나면 어쩌지? 못 참을 거 같은데……. 그래도 웃으면서 배웅하고 싶어!

"편지하니까, 학교에서의 송별회가 생각나네. 미오는 친구들이 준 편지를 벌써 읽어봤어?"

"응, 읽었어! 롤링 페이퍼만 받을 줄 알았는데, 반 애들 모두가 편지를 써서 주지 뭐야. 5학년은 1학기만 다녔지만, 그래도 작별하게 되니 아쉬워……."

나와 미오는 같은 학교에 다녔고, 4학년 때부터 같은 반이었다.

1학기에 전학이 결정된 미오는 2학기 개학식에만 출석해 그날 오후에는 반에서 송별회가 열렸다.

"미오는 계속 웃고 있었지만, 다른 애들은 울었어. 미하네는 아예 꺼이꺼이 울었다니깐……."

처음에는 '전학 갈 거면 개학식에 오지 마! 너 같은 건 1학기가 끝나자마자 외국으로 가버렸으면 좋았을 거야!' 라면서 툴툴댔지만——.

'정말…… 쓸쓸하단 말이야! 네가 없는 2학기가 나한테는 너무 길어!!'

미하네가 그렇게 말하며 얼굴을 가리며 울음을 터뜨리자, 다들 덩달아 울기 시작했어.

"그때는 미오도 깜짝 놀랐어~! 나를 싫어하는 줄 알았거든."

"미오를 싫어하는 애는 우리 반, 아니 학교에 한 명도 없을 거야. 미오도 싫어하는 애가 없지 않아?"

"응. 싫어하는 애를 만들지 않으려고 했거든."

미오는 은근슬쩍 이렇게 말했다.

"강해지려고 노력했어……."

"뭐?"

노력했어? 친해지려고?

아니, 그것보다…… 강해지려고?

그 뜻밖의 말이 마음에 걸렸지만, 미오가 너무 작게 말한 탓에 나만 겨우 그 말을 들은 것 같았다.

"그래도, 미오가 9월에 출발해서 다행이에요. 1학기가 끝나자마자 바로 외국으로 갈 줄 알았거든요……."

아야노는 선물 받은 부채를 품에 소중히 안으며 말했다.

"미오가 외국에 가는 건 슬프지만, 여름 방학을 함께 보내서 기뻐요. 상점가 축제…… 정말 좋은 추억이에요."

"아하하. 도중에 비가 왔지만, 그래서 오히려 재미있었잖아! 미오네 학교에서 비를 피하며 다 같이 장기도 두고 말이야!"

"하지만 부모님은 이미 외국으로 가셨죠? 같이 가는 게 좋지 않았나요?"

"아빠는 연구 바보라서 엄마가 돌봐주지 않으면 큰일 나지만, 엄마도 처음으로 외국에 가는 상황에서 아빠와 미오를 동시에 돌보려면 큰일이잖아? 그러니 외국 생활이 궤도에 오른 후에 미오를 부르기로 한 거야."

미오의 아버지는 외국에도 지사가 있는 거대 제약회사의 연구원이시다.

나도 사부님이 텐짱(야샤진 아이의 별명)을 제자로 삼으면서 이런저런 일이 있었을 때, 필요한 약이 있어서 미오와 상의한 적이 있다. 어떤 약인지 궁금해? 자백제야!

"그리고 미오도 마지막으로 너희와 마음껏 놀고 싶었어! 연수회 탈퇴 수속도 해야 하니, 마침 잘됐다 싶었어.”

“그래서 미오는 근처에 사는 할아버지 집에서 지낸 거구나.”

“맞아~. 할아버지와 할머니는 ‘미오만 여기 남아도 된단다’ 하고 아주 난리도 아니었어. 다시는 못 만나는 것도 아닌데 말이야!”

그래도…… 역시 슬퍼.

나는 그렇게 말하려다, 참았다.

가장 쓸쓸한 미오가 이렇게 밝게 행동하고 있잖아. 나도 밝은 모습을 보여야 해!

“외국 학교는 10월에 개학하잖아? 좀 더 일본에서 지낼 수는 없는 거야?”

밝게, 밝게…….

계속 의식했지만, 무심코 작별을 아쉬워하는 말을 하게 됐다. 이러면 안 되는데…….

하지만 미오는 환하게 웃으며 대꾸했다.

“우선 외국에서 어학교? 라는 곳에 다녀야 하거든. 말이 안 통하면 아무것도 못 하잖아.”

“샤를처럼, 일본 사람만 다니는 학교에 다니면 되지 않나요?”

“그것도 괜찮지만, 기왕이면 거기 나라 사람들과 마구마구 교류하고 싶어! 학교에서도 장기를 알릴 거야!”

““ “오오~!”””

외국에 장기를 둘 친구가 없다면 직접 만들자는 발상이구나. 미오다워!

"스승님인 쿠레사카 선생님에게 부탁해서, 장기판과 말을 왕창 받았어! 그걸 외국에 가지고 갈 거야~. 실은 저 가방에 든 건 전부 장기도구야!"

"제가 그렇게 무거운 걸 끌어올린 거예요……?"

팔걸이와 7촌 장기판 같은 게 여행 가방에 있었다는 말을 들은 아야노가 질겁했다.

"그러고 보니…… 미오가 가는 건 유럽의 어느 나라인지 아직 못 들었네요. 어디인가요?"

"응~? 어디더라? 무슨 랜드였는데…… 그다지 들어본 적 없는 나라였어."

"불안이 몰려오네요……."

자기가 어느 나라에 가는지도 모르는 이 절친을, 아야노는 새파랗게 질린 얼굴로 쳐다보았다.

응. 아이도 불안해…….

"뭐, 어디든 다를 건 없어. 일본하고 다르게 어느 나라나 땅으로 이어져 있고, EU에 가맹되어 있으면 돈도 같고, 국경도 자유롭게 넘을 수 있거든. 다른 나라에서 장기 붐이 일어난다면, 거기 가서 두는 것도 재미있을 거야!"

"하와이와 브라질은 일본 이민자가 많아서, 장기가 인기라고 들었어요."

아야노가 방금 말했듯, 하와이에서는 장기가 인기를 끌고 있다.

용왕전의 대국은 프랑스인가 독일에서도 치러졌다고 하니, 유럽에도 장기를 두는 사람이 있을 것이다.

"샤를, 유럽에서는 장기가 어떤 이미지야? 인기 있어?"

"오~?"

미오가 묻자, 창문에 이마를 댄 채 밖을 쳐다보던 샤를이 고개를 갸웃거렸다.

"샤우, 유러베 이쓸 때, 짱기 몰라써."

"뭐…… 개척할 여지가 넘쳐 난다는 거네!"

매우 긍정적인 결론이다. 역시 미오야.

바로 그때, 창밖을 쳐다보던 샤를이 환성을 질렀다.

"와아~! 빠다야~!"

"""바다?!"""

갑자기 창밖이 새파래지더니…… 전철 안으로 스며드는 빛 자체가 푸른색으로 바뀐 듯한 느낌이 들었다.

전철은 칸사이에 있는 인공섬으로 이어지는 다리를 달리고 있는 것 같았다.

커다란 창문 밖에는 바다, 하늘, 그리고 그 바다에 떠 있는 평탄한 섬이 존재했다.

그리운 풍경이었다.

저것이 우리가 가고 있는── 칸사이 국제공항.

목적지를 본 미오는 안절부절못하며 자리에서 일어났다.

"으…… 화장실 좀 다녀올게……."

"앗! 『하루카』의 화장실은 휠체어를 탄 상태에서도 이용할 수 있어요! 사진 좀──."

"그런 짓 하다간 흘리고 말 거야!"

사타구니에 손을 댄 채 화장실로 향하는 미오의 등을 쳐다본 후, 아야노는 카메라를 손에 든 채 말했다.

　"긴장을 많이 한 것 같아요."

　긴장?

　아, 처음 비행기를 타기 때문일까?

　"미오가 긴장하다니, 드문 일도 다 있네."

　"제가 보기에, 미오는 아이 앞에서 항상 긴장하는 것 같아요."

　"뭐?"

　그게…… 무슨 말이야? 나는 자세하게 물어보고 싶었지만, 아야노는 샤를과 함께 창밖에 펼쳐진 바다를 즐거운 듯이 바라보고 있었기에 그럴 수 없었다.

　그건 그렇고…….

　『터미널』이란 말에는 사람들이 모이는 장소란 의미 이외에도…… 다른 의미가 하나 더 있었다.

　그것은 바로——종착점.

　그렇게 멀어 보이던 인공섬이 어느새 코앞까지 다가왔다. 전철은 엄청난 속도로 여초연 멤버들을 칸사이 국제공항으로 데려가 줬다.

　우리 넷이 함께하는 이 여행의, 종착점으로…….

　"우왓! 넓어~!"

칸사이 국제공항에 도착한 우리는 제1터미널 빌딩 안으로 들어갔고, 그곳의 독특한 디자인에 압도당했다.

역 앞에 있는 그 건물은 밖에서 보면 딱히 특이하지는 않다.

하지만, 안에 들어가면 압도당하고 만다!

특히 4층에 있는 국제선 구역은 끝에서 끝까지 항공회사 카운터로 가득 차 있고, 외국인도 많은 데다, 천장도 신기한 디자인이야!

천장을 올려다보며 여행 가방을 끌고 있는 미오가…….

"아이는 여기 와본 적 있지?"

"응! 사부님의 타이틀 전에 동행했을 때, 여기서 비행기를 타고 하와이로 갔어."

"좋~겠~다~! 하와이도 가보고, 좋겠다~! 아빠도 하와이로 전근을 가면 좋을 텐데 말이야!"

작년 용왕전 첫 번째 대국.

키요타키 일문은 츠키미츠 회장과 비서인 오가 씨를 비롯한 칸사이 측 관계자들과 함께, 이곳에서 비행기를 탔다.

명인 일행은 나리타에서 비행기를 탔고, 호놀룰루 공항에서 합류했다. 거기서 다 같이 리무진으로…… 그립네~.

하와이 대국에는 즐거웠던 추억과 괴로웠던 추억, 양쪽 다 존재한다.

달콤하면서도 쓴 초콜릿 같은 기억이다.

얼마 전까지는 떠올리기만 해도 가슴이 옥죄어들었다.

하지만…… 그때 사부님과 엇갈렸던 경험이, 내가 강해지는 계기가 된 것이 아닐까 하는 생각이 들었다. 이제 그런 일은 겪고 싶지 않지만……

나는 밝은 어조로 설명했다.

"보안검사장을 통과해서 국제선 게이트 안으로 가면 말이지? 무인 전철 같은 게 있는데, 그걸 타고 비행기가 있는 곳까지 이동해!"

"공항 안에 전철이 있는 거야?! 우와!! 미오도 타 보고 싶어!"

"흠흠…… 그걸 『윙 셔틀』이라고 부르나 보네요. 최고 시속 30킬로미터로 운행한다고 이 팸플릿에 나와 있어요."

터미널 빌딩에 들어선 후로 아무 말 없이 공항 팸플릿을 읽던 아야노가 안경을 고쳐 쓰며 설명을 해줬다. 전철과는 종류가 다르지만, 피가 끓는 것 같았다. 철분이 다량 함유된 철도 오타쿠의 피가…….

참고로 아야노는 문자를 좋아한다.

팸플릿이든 뭐든, 문자가 있는 것이라면 잘 읽어 보고 이해하려 한다.

학교 성적도 좋다던데, 부럽네……. 나는 좋아하는 과목과 싫어하는 과목이 명확하게 갈리고, 장기책도 장기 묘수풀이는 좋아해도 정석 서적은 어려워서 보는 중간에 금방 졸음이 밀려와……. 하암.

샤를이 그런 아야노의 옷자락을 잡아당기며 졸랐다.

"샤우, 삐앵기 보고 시퍼~!"

"미오도 타고 갈 비행기를 보고 싶어! 다 같이 비행기를 볼 수 있는 장소가 없을까?"

"아! 그렇다면——."

내가 대답하려던 바로 그때였다.

"칸사이 국제공항은 일반적인 공항 같은 전망대 공간이 없어
요. 무료 버스를 타고 좀 떨어진 곳에 있는 『스카이뷰』라는 전망
시설에 가야 볼 수 있죠."

팡!

아야노가 팸플릿을 손등으로 때리면서 전부 설명해줬다. 아이
가 설명하고 싶었는데…….

"그럼 미오가 탄 비행기를 다 같이 배웅할 수 없는 거야……?"

"실은 꼼수가 있어요."

"“꼼수?!”"

"이곳 4층에서 공항을 나선 후에 보행로를 따라 끝까지 걸어가
면, 건물 옆에 세워진 비행기를 볼 수 있나 봐요."

아야노는 그런 것까지 다 조사해 본 거야?!

그것보다…… 대체 어떻게 그런 걸 조사한 건데?

"하지만 극히 일부의 비행기만 볼 수 있을 뿐, 다른 비행기는 건
물에 거의 가려서 보이지 않는다고 해요. 활주로도 볼 수 없고요."

"아, 아야농……. 너무 자세하게 아는 것 아니야? 여기 처음 와
본 거지? 그런데 어떻게 그런 꼼수까지 알고 있는 거야?"

"초록은 동색……. 철도 팬 사이에 『토리테츠』 네트워크가 있
듯, 항공 팬 사이에도 『스포터』 네트워크가 있어요. 그쪽으로
얻은 정보예요."

"스, 스포터……? 해리 포터라면 아는데……."

"전혀 다른 거예요. 스포팅을 하는 사람들을 말해요."

전혀 모르겠어.

아야노의 설명에 따르면, 비행기를 좋아하는 사람 중 기체 촬영을 하는 사람을 스포터로 부른다고 한다. 하지만 해외에서는 기종이나 기체 번호 등을 메모하기만 하는 사람들도 스포터로 부른다고 한다.

그런 설명을 들었지만, 일부러 공항까지 와서 기체 번호만 메모하는 것이 뭐가 재미있는 건지 모르겠어…….

"장기도 기사의 식사 메뉴만 담담히 정리해서 올리는 사이트가 있잖아? 그런 느낌 아닐까?"

미오는 그렇게 말하며 납득했다.

"뭐, 하늘로 날아오르면 공항 앞 보행로에서도 분명 보일 거잖아? 거기서 미오의 비행기를 보고 손을 흔들어줘. 미오도 열심히 너희를 찾아볼게!"

"""응!"""

약속이야!

미오는 기쁜 듯이 환한 미소를 짓더니…….

"자아! 공항에 도착하면 뭘 해야 되더라? 수하물 검사?"

"우선 항공사 서비스 카운터에 가야 해. 탑승권을 발행한 후, 맡길 짐이 있으면 거기서 맡기는 거야. 그러면 이동도 편해져."

나는 순서대로 차례대로 설명했다. 이번에는 아야노보다 먼저 말했다.

"이야~ 역시 여류기사! 여행에 익숙하시군요~! 아이가 같이 와 줘서 든든해~."

후후후. 그렇게 말해 주니 기쁘네!

하지만 카운터는 엄청 많고, 플로어도 끝이 안 보일 정도로 넓네. 우선 이 안에서 미오가 탈 항공사의 카운터를 찾아야 해!

"아이가 하와이에 갈 때는 줄을 서서 꽤 기다려야 했으니까, 서두르는 편이 좋을 거야. 미오는 어디 비행기를 탈 거야? JAL? ANA?"

"그게 말이야. 미오가 타는 건…………."

⌂

미오가 탈 비행기의 항공회사는 처음 듣는 외국 회사였다.

일본인은 발음조차 어려운 이름이었으며, 미오는 그런 회사에 자기 목숨을 맡기는 게 매우 불안해 보였다.

"이, 이 회사…… 괜찮을까? 들어본 적도 없고, 카운터도 엄청 불편한 곳에 있잖아. 손님도 미오 말고는 전부 외국 사람인데……."

"인터넷으로 검색해 보니, 2년 전에 사고가 났다가 최근에 영업을 재개한 것 같아요."

"틀렸어…………. 미오는, 죽을 거야…………."

아야노, 왜 그런 괜한 소리를 하는 거야~!!

"하, 하지만! 카운터에 있는 직원은 일본 사람이잖아! 불안한

점이 있으면, 이참에 저 사람에게 물어보면 되지 않을까? 응?!"

"그래요. 비행기에 타면 일본어가 안 통할 것 같으니까, 지금 물어보는 편이 좋을 거예요. 비행기가 불시착할 때 어쩌면 되는지 같은걸……."

아야노~!!

불안을 느끼더라도 이제는 이 회사의 비행기를 탈 수밖에 없지? 장기도, 비행기도, 『기다려』주지 않는걸.

미오도 그 점을 알기에, 점점 마음을 진정시켰다.

장기로 정신력을 단련한 성과야!

하지만 차례가 다가올수록 다른 불안이 밀려오는 건지, 몸을 배배 꼬기 시작했다.

"왜, 왠지 학교에서 소지품 검사를 받을 때처럼 긴장돼……."

"진정해, 미오. 학교에서의 검사와는 다르게, 장난감이나 만화를 가지고 있어도 몰수당하지는 않아."

"앗! 그러고 보니 카네가사카 선생님이 압수한 만화를 돌려받는 걸 깜빡했어!"

우리가 속한 5학년 4반의 담임, 카네가사카 미사오 선생님은 성실하고 좋은 선생님이지만, 다른 선생님보다 조금 엄격하다.

미오는 같은 반 남자애한테 빌려주려고 옛날 야구 만화를 1권만 가져왔다가 들켜서 압수당했다는데——.

"그 만화, 미오 거였어?! 교무실에 갔더니 선생님 책상에 전권 있던데."

"시리즈를 다 산 거야?!"

그런 이야기를 나누다 보니, 곧 미오의 차례가 됐다.

미오는 끌고 온 여행 가방을 열더니, 카운터에 있는 여직원에게 내용물을 보여줬다.

"스마트폰의 모바일 배터리는 들어 있지 않나요?"

"없어요! 문제없어요!"

"액체는 있나요?"

"여기요! 용기에 조금씩 나눠 담았어요!"

비행기에는 커다란 용기에 든 액체를 실을 수 없어서, 이렇게 100엔 숍에서 산 조그마한 병에 나눠 담아야 한다. 미오는 "이건 간장, 이건 소스, 이것도 소스……." 하고 하나하나 설명했다. 소스가 많네.

직원은 그중 하나를 빛에 비춰보며 물었다.

"이 액체는 뭐죠? 가연성 물질이라면 비행기에 실을 수 없습니다만——."

"아! 그건 동백기름이에요!"

"동백기름……? 화장품인가요? 아니면 아로마오일?"

"아뇨. 장기판을 닦는 데 쓰는 거예요."

"자, 장기판?"

"예. 이 나무판은 장기판이에요. 이게 7촌 장기판이고, 이게 2촌 장기판, 그리고 이 상자에 든 게 장기말이에요. 아, 이 시계는 대국시계라는 거고, 여기 분해된 게 말받침, 이건 부채…… 앗! 이 부채는 명인의 직필이니 귀중품에 분류될까요?!"

"…………."

미오는 장기도구를 차례차례 꺼내 자세하게 설명했지만, 장기를 잘 모르는 듯한 직원분은 이해를 못 하는 걸 넘어 혼란에 빠진 눈치였다.

미오도 여유가 없는지, 평소보다 말이 빨랐다.

그 결과──.

"이건……." "처음 보는 케이스야……." "일단 상부에 보고를……."

카운터에서 직원분들이 회의를 시작했다!

"우와……. 이 상황은 미오가 멸종위기종 도마뱀을 주워서 등교했을 때 벌어진 직원회의 때와 똑같아……."

미오…… 그런 걸 어떻게 발견한 거야……?

결국 이 자리에서는 결론을 내릴 수 없는 건지, 직원분은 상사와 상의를 하게 됐다.

"아가씨, 죄송하지만 잠시 기다려주시겠어요?"

"아, 예! 미오는 괜찮은데……."

미오가 미안하다는 듯이 일행을 힐끔 쳐다보자, 다들 웃으며 고개를 끄덕였다.

"나는 괜찮아!"

"저도 오늘 온종일 걸려도 괜찮아요."

"샤우, 미오땅과 가치 이쓸래~."

일단 줄에서 벗어난 우리는 결론이 날 때까지 카운터 근처에서 대기하기로 했다.

미오가 약간 불안한 듯이…….

"큰일 났네……."

"아하하. 장기판을 닦는 데 쓰는 기름을 비행기에 들고 타려고 한 사람은 거의 없을 거잖아."

애초에 외국 항공회사는 장기의 존재도 모를 가능성이 있다. 매뉴얼에 그런 항목은 없을 것이다.

"하지만 아이. 동백기름을 가지고 못 탄다면 타이틀전 때는 어떻게 해? 용왕전은 외국에서도 치렀잖아?"

"장기판은 한 번만 쓰이니까, 일본에서 닦아서 가져가면 되지 않을까?"

"앗. 그렇구나."

"하지만 미오는 외국에서 몇 년 동안 지낼지 모르고, 장기판이 더러워질지도 모르잖아. 장기판 손질에 쓸 동백기름이 꼭 필요할 거야."

내가 그렇게 말하자, 아야노는 의문을 입에 담았다.

"하지만 장기판은 마른 천으로 닦아주기만 하면 웬만하면 괜찮잖아요. 그걸로 안 될 만큼 장기판이 더러워지는 상황은 상상이 안 되는데요……."

미오가 즉시 이렇게 말했다.

"장기판을 식탁 대용으로 삼아서 컵라면을 먹다가 엎는다거나?"

"그건 단순히 장기판이 더러워지는 문제가 아니잖아……."

장기판에 음식물을 놓고 먹었다간, 사부님에게 파문당하고 말 것이다. 키요타키 일문은 그런 쪽으로 엄격하다.

"그럼…… 그래! 밖에서 장기를 두면 더러워지지 않을까?!"

"바깥? 평상에서 장기를 두거나?"

"산이나 바다에서 두는 거야. 외국 사람들은 야외 활동을 좋아하는 이미지가 있잖아? 장기판이 바닷바람을 쐰다면, 마른 천으로 닦아주기만 해선 깨끗해지지 않을 거야."

"바다에서 장기? 그런 짓을 할 리가…… 아, 한 적 있어. 바다에서 장기를……."

정확하게는 『할 예정이었다』지만 말이다.

내가 뭘 이야기하는 건지 금방 눈치챈 미오는 그리움이 묻어나는 눈길로 허공을 쳐다봤다.

"맞아. 그러고 보니 다 같이 아와지시마에 갔었지."

"그 후로 1년 넘게 지났네. 아이가 오사카에 오고 처음 맞이한 여름에, 다 같이 해수욕…… 아니, 장기 합숙을 하러 갔었잖아."

하지만 그날의 추억 중에서 가장 강렬한 것은 해수욕도, 장기도 아니라…….

마침 짬이 났다.

추억을 떠올리며 이야기 나누기 딱 좋은 타이밍이다.

동백기름을 비행기에 실을 수 있는지 직원분들이 알아봐 주는 사이, 우리는 그 장기 합숙에서의 추억을 이야기했다——.

여자 초등학생의 여름

©shirabii

나…… 히나츠루 아이가 자주 신세를 지는 『트웰브』의 마스터에게 몰래 들은 이야기에 따르면, 그 일의 발단은 이런 느낌이었다고 한다.

"마스터. 저는 버터라이스를 주문할게요."

칸사이 장기회관 1층에 있는 레스토랑, 트웰브.

대국자의 식사 주문도 받아주는 이 가게는 당연히 기사들의 단골 가게이며, 내 사부님인 쿠즈류 야이치 선생님과 사부님의 사저인 아주머니…… 소라 긴코 선생님은 10년 넘게 이 가게의 단골이었다.

카운터에 나란히 앉은 두 사람이 좀 늦은 점심을 주문했다. 두 사람은 메뉴도 보지 않고 요리를 주문했다.

"나는 다이너마이트. C세트."

"사저는 매번 그걸 먹네요."

"그러면 안 돼?"

"안 되는 건 아닌데……."

"야이치야말로 버터라이스처럼 애들 음식만 먹네. 타이틀 보유자의 자각이 부족한 거 아니야?"

소라 선생님이 약간 언짢은 투로 자신의 사제를 꾸짖자, 사부님은 버터라이스를 주문한 이유를 즐거운 어조로 밝혔다.

"아이가 먹는 걸 보니 맛있어 보여서요. 전에 한 숟가락 줘서 먹어 봤더니, 끝내주더라고요! 그 후로 완전히 반했어요. 사저도 먹어 봐요. 나중에 한입 줄게요."

"…………."

아이—— 히나츠루 아이라는, 사부님과 동거 중인 초등학생의 이름(나야! 나!)이 언급된 순간, 소라 선생님은 기분이 더욱 언짢아지셨다.

원래 날카롭던 눈매가 더욱 날카로워지더니, 볼도 약간 부풀렸다. 훗훗훗!

"버터라이스 나왔습니다."

"고마워요! 이거예요, 이거 ♪"

사부님은 접시를 공손히 받더니, 소라 선생님의 표정 변화를 전혀 눈치채지 못한 채 버터라이스를 먹어대기 시작했다!

접시에 가득 담긴 황금색 쌀에는 새우와 버섯, 그린피스가 듬뿍 들어 있었다.

그리고, 따뜻한 김과 함께 부드러운 향기가 풍겨 나왔다.

간소하면서도 최강, 아이가 좋아하고…… 추억 또한 어린 음식이다.

꿀꺽. 소라 선생님은 무심코 군침을 삼켰다.

어머나~? 애들 음식이라면서요~? 몸은 정직한가 보네요~. 하긴 몸 곳곳이 민둥산이니까요~!

"사저, 왜 그래요? 맛있어 보이죠? 맛이라도 좀 볼래요?"

"…………."

지그시…… 사부님의 버터라이스를 보던 소라 선생님은 스푼을 쳐다보았다. 그리고 마지막으로 사부님의 입술을 응시했다. 으으으……!

그러던 소라 선생님은 갑자기 앞머리를 만지작거리더니, 말을 돌렸다.

"그것보다, 다음 주 합숙 관련으로 의논을 하기로 했잖아?"

"아, 맞다. 그랬죠."

마이나비 여자 오픈의 일제 예선이 끝나면서, 장기계는 짧막한 여름 방학에 접어들었다.

여왕 타이틀 보유자인 소라 선생님은 마이나비 본선에서 올라온 도전자와 선승제 승부를 펼치지만, 그 전에 여류옥좌전 5전 3선승제를 치러야 한다. 게다가 장려회에서도 3단 승단이 걸린 중요한 승부 시즌에 돌입한 상태다.

게다가 중학교가 개학하면 더욱 바빠질 것이기에, 여름 방학 동안에 단기간 기력 향상을 위한 합숙은 꼭 필요한 이벤트다.

사실 이건 다 구실이며, 아이 몰래 사부님과 여행을 가고 싶은 거겠지만!

"매년 가는 아와지시마의 민박에서 하는 건 어때? 해수욕장도 가깝잖아."

"그게 말이죠……. 문제가 좀 있어요."

"뭐? 백사장밖에 없는 곳에 대체 무슨 문제가 생기는데?"

"그게, 실은…… 취소한 멤버가 있어서……."

"취소? 누가?"

"아유무가……."

"아유…… 칸나베 선생님이? 왜?"

"그게 말이죠. 좋아하는 브랜드의 디자이너가 갑자기 일본에 온다고, 그 사람의 패션쇼를 보러 가고 싶다네요."

칸나베 아유무 선생님은 칸토 소속의 프로 기사이며, 사부님과 소라 선생님과는 오랫동안 알고 지낸 사이다.

자기 자신을 『갓콜드런 아유무』라 부르는, 좀 특이한 선생님이다. 망토도 걸치고 다닌다. 참고로 내가 처음 만난 칸토 쪽 선생님이라서, 전에는 칸토 사람들은 전부 그런가 생각했다.

소라 선생님도 갓 선생님에 대해 잘 알기에, 체념 섞인 한숨을 내쉬었다.

"그 사람, 참 변함없네……."

"예……."

장기꾼은 누구나 독자적인 가치관이 있고, 타인이 뭐라고 하더라도 자기 자신을 믿으며 행동할 수 있는 사람만이 프로가 될 수 있다……. 그러니 소라 선생님은 갓 선생님의 그런 개성이 부러운 것이다.

자기 자신이라면 선약을 깨면서까지 다른 일을 우선한다는 생각조차 못 할 테니 말이다.

게다가 장기와 전혀 상관없는 이벤트에…….

이런 일상 속 소소한 행동에서도 재능의 차이를 실감하고, 그것이 마음에 상처로 남아 있다가 장기판을 사이에 두고 앉았을 때 불쑥 고개를 내민다.

그러니 최선의 대처법은 모르는 척하는 것이다. 둔감함도 재능이라는 것을, 아이도 요즘 들어 사부님을 보며 자주 생각했다.

"뭐, 하지만 한 명 정도 빠져도——."

"아, 아니…… 실은 또 취소한 사람이 있는데……."

"누구인데?"

"나 이외의 남자, 전원……."

"뭐?!"

"히익!!"

소라 선생님이 테이블을 내려쳤다. 사부님은 동거하던 시절의 버릇이 남아 있는 건지, 조건반사적으로 의자에서 벌떡 일어나며 차렷 자세를 취했다.

몸을 반쯤 내밀며 사부님을 노려본 소라 선생님이 험악한 목소리로 말했다.

"그럼 멤버 대부분이 취소한 거잖아!"

"예. 난처하게 됐죠?"

"대타는 준비가 된 거겠지?"

"됐다면 사저와 상의 안 해요……."

"어이없네……. 연구회에 결석할 때는 결석하는 본인이 대타를 준비하는 게 매너잖아. 왜 프로 기사와 장려회 회원은 하나같이 책임감이 없는 거야?"

"으음……. 애초에 연구회로 여기지 않기 때문일 텐데……. 다들 바다에서 놀기만 하고요……."

"그럴지도 모르지만, 오랫동안 같이 지내며 평소 이야기하지 못하는 대화를 심도 있게 나누고, 그것을 통해 서로의 장기관을 공유하는 게 목적이잖아? 이 정도면 어엿한 연구회 아니야? 그런데——."

"사저. 스마트폰이 진동해요."

소라 선생님은 설교를 멈추더니, 스마트폰을 움켜쥐었다. 그리고 사부님이 한순간 안도한 표정을 짓자, 약간 울컥한 것 같았다.

『폰을 확인한 후에 두들겨 패야지.』

소라 선생님이 마음속으로 그렇게 결심하며 스마트폰을 확인해 보니——.

"문자가 왔네. 누가………… 어?!"

"왜, 왜 그래요?! 누구한테 온 건데요?"

"마치 씨야……."

"쿠구이 씨? 뭐라는데요?"

쿠구이 마치 선생님은 『산성앵화』라는 여류 타이틀을 보유한 칸사이의 강호다. 갓 선생님과 마찬가지로, 사부님과 소라 선생님에게는 소꿉친구에 가깝다.

교토에 사는 상류층 아가씨이며, 가슴이 풍만한 점이 매우 마음에 안 들 뿐만 아니라 수상한 구석도 있는 사람이다. 하지만 함부로 약속을 어기는 사람이 아니다……라고, 소라 선생님은 생각했다(아이는 그렇게 생각 안 하거든요? 제2의 사부님이라고 여기거든요?).

이 문자 메시지를 받을 때까지는 말이다.

"갑자기 가족 여행이 잡혀서, 합숙을 취소하고 싶대……."

"예?! 쿠구이 씨까지 취소하면, 나와 사저만 남잖아요!"

"그, 그래……."

"곤란하게 됐네요. 예약을 취소해도 돈이 들고, 이제 대타를 모으는 것도 큰일이겠어요."

사부님은 카운터에 넙죽 엎드리며 머리를 감싸 쥐었다.

"맞아." 하고 동의한 소라 선생님은 갑자기 앞머리를 만지작거리더니, 아까와는 180도 다른 말을 했다.

"하, 하지만…… 다, 단둘이서 합숙을 하면 오히려 편할 것 같지 않아……?"

"예? 사저와 단둘이서라면, 연맹 기사실에서 장기 두는 거나 다름없잖아요! 그럼 재미없다고요."

"으……."

소라 선생님은 풀이 죽었다. 푸~푸푸푸풉!

"아무튼 다른 사람을 불러 봐야겠네요……. 맞다! 케이카 씨를 불러도 될까요?"

"뭐? 그, 그야, 물론…… 케이카 언니라면………… 괜찮, 은데……."

"그럼 전화해 볼게요!"

"아……."

아주머니, 참 아쉽겠네요~. 푸~푸푸푸풉!

키요타키 케이카 씨는 이 두 사람의 스승인 키요타키 코스케 9단의 외동딸이다.

내제자로 10년 넘게 한집에 살며 수행한 사부님과 소라 선생님에게 있어, 인생의 절반 이상을 함께 보낸 가족 이상의 존재다.

이 두 사람에게 있어 언니 누나…… 아니, 실질적인 어머니일까?

"여보세요. 케이카 씨? 야이치인데, 잠시 시간 돼? 응. 다음 주에 아와지시마에서 합숙한댔지? 맞아. 매년 하는 장기 합숙 말이야."

"…………."

상대방이 거절할 리 없다고 확신하며 자초지종을 설명하는 사부님을, 소라 선생님은 복잡한 표정으로 쳐다보았다. 흑심이 뻔히 보이거든요?!

"그런데 취소 멤버가 생겼거든. 맞아, 맞아~! 합숙 직전에 대뜸 취소하는 사람이 속출하고 있어. 그러니까 괜찮다면 케이카 씨도 같이 안 갈래? 아, 괜찮아! 마이나비 본선에 진출할 실력이라면 아무 문제 없어. 1승만 더하면 여류기사 선생님이 되잖아. 헤헤헷."

이 당시의 케이카 씨는 여류기사가 되기 위해 수행 중이다.

원래라면 연수회에서 일정 클래스에 올라가야만 하지만, 특례로 아마추어도 출전 가능한 여류기전에서 우수한 성적을 거두면 여류기사가 될 수 있는 루트가 있다. 허들은 꽤 높지만…….

케이카 씨는 그 예선을 돌파했다.

본선 상대는 《이터널 퀸》샤칸도 리나 여류명적. 그러니 합숙에서 집중적으로 공부하는 것이 좋을 거라고 사부님이 설득했다.

"어때? 갈 수 있겠어? 다음 주 월요일부터 1박 2일 일정이야. 현재 멤버는 나와 사저뿐이니까, 사양할 필요…… 어? 케이카 씨, 몸이 안 좋다고? 아니, 방금까지는 기운이 넘쳤…… 갑자기 나빠졌어? ……식중독? 괘, 괜찮은 거야?!"

케이카 씨…… 너무 노골적이에요…….

"응……. 그래…… 알았어. 뭐? 사저라면, 지금 내 옆에 있어."

하지만 남을 의심할 줄 모르는 사부님은 이런 뻔한 책략에 그대로 걸려들었다.

"아…… 응. 그렇게 전할게……. 그럼, 건강 잘 챙겨……."

사부님이 고개를 갸웃거리며 통화를 끝내자, 소라 선생님이 안절부절못하며 물었다.

"케이카 언니가 뭐래……?"

"잘 모르겠는데, 갑자기 몸이 나빠져서 우리끼리 가라네요."

"그, 그래……. 참, 걱정되네……."

"그리고 사저한테 『인생에서 가장 힘내』라고 전해달래요."

"그, 그래……."

"나와 사저, 단둘이서 합숙을 하게 됐는데 대체 뭘 힘내라는 걸까요?"

"…………으으."

소라 선생님이 얼굴을 새빨갛게 붉히고 고개를 숙였다. 이익~!!

그런 소라 선생님의 반응과 케이카 씨의 책략을 전혀 눈치채지 못한 사부님이 투덜댔다. 둔감 그 자체…….

"하아~ 즐거운 합숙이 될 줄 알았는데 말이에요. 올해 봄에 제자가 생긴 후로 정신없이 바빠서, 같은 또래 기사와도 거의 놀지 못했거든요. 오래간만에 다들 모여서 즐겁게 지낼까 했어요."

"그, 그랬구나……. 정말, 유감이야……."

"그렇죠~?"

"여, 역시, 유감스럽지만…… 단둘이 갈 수밖에 없겠네."

"아깝지만 그래야겠네요. 민박 예약을 취소하면 위약금이 들 테니……."

"하, 하지만…… 지금 와서 다섯 명이나 인원을 모으는 건 무리잖아?"

"그건 그래요……."

『둘만의 여행. 그것도 여름 바다!』에 장군을 건 소라 선생님이 무심결에 입가를 씰룩거리기 시작했다. 사, 사부님! 안 돼요~!!

그런 내 마음의 외침이 들린 건지——.

"어? 다섯 명……?"

바로 그때, 사부님의 뇌리에 떠오른 것은…….

프로 기사도, 여류기사도, 장려회 회원도 아닌, 다섯 명의——여자 초등학생들 얼굴이었다.

△

"와아~! 바다다~!!"

케이카 씨가 운전하는 왜건 차량의 창문에 이마를 댄 미오가 그렇게 외치자, 여초연 멤버 네 사람은 일제히 밖을 쳐다보았다.

"아카시 해협이에요!"

박식한 아야노가 가르쳐줬다.

"샤우 마리지?! 일뿐 바다 마리지?! 쩌음 까봐~!"

"샤, 샤를?! 차, 안에서 껑충껑충 뛰면 위험해~!"

처음으로 일본의 바다를 본 샤를은 말리지 못할 정도로 흥분한
상태였다!

마치 축제라도 벌어진 것처럼 떠들썩한 뒷좌석에서 유일하게
침착한 이가 있었다.

"흥…… . 전부 어린애네. 바다 좀 봤다고 뭘 그렇게 떠들어대
는 거야?"

다섯 명째의 여초딩. 야샤진 아이 양.

내 사매에 해당하지만, 당시의 장기 실력은 여류기사에게 필적
하는 레벨이다. 연수회에서도 지는 일 자체가 거의 없었다.

성격도 꽤 고고한 편이지만…… 미오는 그런 걸 개의치 않으며
대했다.

"텐짱은 코베에 사니까, 바다가 별로 신기하지 않은 거잖아~."

"잠깐만! 『텐짱』이 뭐야? 나를 말하는 거야?"

"응. 『야샤진』이니까 『얏시~』로 할까도 했는데, 텐짱이 더 귀
여운 것 같거든!"

오히려 고마워하라는 투로 미오가 그렇게 말하자, 텐짱은 뚜껑
열린 듯이 발끈하며 따졌다.

"어. 어이가 없네! 누가 그딴 어처구니없는 별명을 지으랬어?!
그딴 별명으로 부르는 건, 절대 허락 못 해!"

"하지만 이미 연수회에 정착됐어~."

"네가 정착시킨 거지?! 친한 척하지 마!"

"그럼…… 텐 씨?"

"*내가 무슨 천●반이야?!"

텐짱은 의외로 애니메이션 같은 것도 즐기는 걸까?

"뗀냥~!"

"그렇게 부르지 말랬잖아, 이 꼬맹이야! 확 울려버린다?!"

텐짱은 샤를한테도 거침없이 화를 냈다. 그, 그러면 안 돼!
나와 아야노가 허둥지둥 말렸다.

"지, 진정해, 텐짱……."

"그래요, 텐짱. 샤를은 아직 여섯 살이니까, 좀 봐주세요."

"그러니까 멋대로 이상한 별명으로 부르지 말란 말이야!"

바로 그때, 운전석에서 텐짱을 놀리는 목소리가 들려왔다.

"텐짱으로 괜찮지 않아? 귀여운 별명이네."

"할망구……."

"예~. 케이카 할멈이에요, 아가씨. 사탕이라도 먹고 계세요~."

케이카 씨는 물방울무늬 비닐에 쌓인 동그란 알사탕을 도발하
듯 흔들어 보였다.

케이카 씨와 텐짱은 연수회에서 두 번 대국했고, 두 번째 대국
에서는 케이카 씨가 완승했다. 즉, 이기고 도망친 상황이다. 그
래서 텐짱은 케이카 씨를 일방적으로 적대시하고 있었다.

아무리 재능과 실적에서 뛰어나더라도, 패배의 굴욕은 승리로

---

* 토리야마 아키라의 만화 「드래곤 볼」 시리즈에 나오는 등장인물. 천진반. 일본어 발음은 텐신항.

만 씻어낼 수 있는 것이다.

"흥……. 그딴 건 됐어."

그래서 텐짱이 언짢은 투로 사탕을 딱 잘라 거절했다.

하지만, 다른 이들은 매우 기뻐했다.

"샤우, 싸땅 머글래~!!"

"미오도 먹을 거야! 케이카 씨, 사탕 줘~!"

"그래. 다들 사이좋게 먹으렴."

"""예~!"""

사탕 맛있어! 다들 입 안에 넣고 데굴데굴 쪽쪽~♡

여행하며 먹는 간식은 왜 이렇게 맛있는 걸까~?

"어린애 같네. 앞날이 걱정돼……."

텐짱은 팔짱을 끼며 좌석에 몸을 깊이 맡기더니, 그대로 눈을 감았다. 이 여행을 통해 조금만 더 가까워졌으면 좋겠어.

뒷좌석 쪽은 그런 느낌으로 즐거운 분위기였지만…….

나는 다른 애들과 즐겁게 떠들면서도, 앞쪽 자리에서 어떤 대화를 나누고 있는지 귀를 쫑긋 세우고 있었다.

"이야~. 저 제멋대로인 아이 아가씨를 입 다물게 하다니, 역시 케이카 씨야! 덕분에 살았어. 차 운전까지 부탁해서 미안해."

"야이치 군이 부족한 인원을 보충하려고 초등학생 다섯 명과 바다에 간다는 말을 들으니, 무리해서라도 따라가야겠다는 생각이 들지 뭐야. 거절할 이유도 없어졌고……."

"어? 저기, 마지막 부분은 안 들렸어."

"8인승 미니밴처럼 큰 차를 운전하는 건 처음이라 좀 무섭다고 말했을 뿐이야."

"그랬구나~."

사부님은 자기한테 불리한 말은 잘 듣지 못하는 승부사적 특징이 있어서, 케이카 씨가 방금 투덜거린 말도 그냥 넘어갔다. 참 편리한 능력이네요!. 모지리…….

"그건 그렇고, 차가 크니 여러모로 참 편리하네."

"흥! 시꺼먼 밴에 초등학생을 가득 태우고, 안에서 대체 무슨 짓을 할 작정인 거야?"

"저, 저기, 사저! 무슨 그런 불온한 소리를 하는 거예요!? 무슨 짓을 하긴요. 그러니까…… 옷을 갈아입는다거나?"

"흥."

소라 선생님은 내뱉는 듯한 투로 그렇게 말했다.

"저기, 케이카 씨. 사저가 좀 심한 거 같지 않아? 합숙 멤버가 확 바뀌기는 했지만, 그건 내 탓이 아닌데…….'"

"글쎄. 내 생각엔 전부 야이치 군이 잘못한 것 같아."

"뭐……?"

사부님이 혼란에 빠지자, 케이카 씨는 어이없다는 투로 이렇게 말했다.

"정말…… 사람이 눈치를 발휘해서 꾀병까지 부렸는데 말이야. 야이치 군은 하필이면 초등학생을 꼬드겼잖아. 긴코가 화내는 것도 당연해."

"아니, 사저는 애들을 싫어하니까 미안하다고 생각하기는 해. 하지만 올해 여름은 마이나비 여자 오픈과 도쿄에서의 장기 합숙 때문에 이 애들도 놀 기회가 거의 없었잖아? 여름이 끝나면 나는 타이틀 방어전 준비를 해야 하니 더 바쁠 테고…… 이참에 즐거운 추억을 만들어주고 싶었단 말이야. 그게 잘못된 거야?"

"그런 뜻으로 한 말이 아니야."

"그럼 어떤 뜻인데?"

"글쎄? 바다에 가서 긴코한테 직접 물어보는 게 어때?"

"뭐, 뭐어?! 그랬다간 사저 손에 죽을 거야~!"

"그냥 확 죽어☆"

그런 케이카 씨와 사부님의 대화를 들으면서, 나는 일부러 창밖만 보는 소라 선생님을 주의 깊게 감시…… 아니, 관찰했다.

한여름의 바다는 위험하거든!

"자아, 도착했어. 여기가 해수욕장이야."

우리는 아와지시마의 해수욕장에 도착했다.

체크인 시간보다 일찍 도착한 덕분에, 숙소에 가기 전에 해변 근처에 차를 세우고 해수욕을 하기로 했어!

차에서 내란 사부님이 자랑하듯 그렇게 말한 대로, 해수욕장은 상상했던 것보다 훨씬 좋은 장소였다.

미오가 가장 먼저 차에서 내리더니, 바다를 향해 뛰어갔다! 그 뒤를 샤를과 내가 쫓아갔다.

"우와~! 모래도, 물도, 엄청 깨끗한걸!"

"모래, 새하얗다인걸~."

"응, 샤를! 모래가 새하야니까, 바다도 엄청 투명해 보여!"

오사카 근처에 이렇게 아름다운 모래사장이 있을 줄이야!

나는 수영복으로 갈아입는 것을 깜빡한 채, 미오와 샤를과 함께 샌들을 벗고 바닷가로 뛰어갔다.

와아! 물이 참 시원해 ♪

"흐, 흥…… 괜찮네. 나쁘진 않잖아……."

쭉 흥미 없어 하던 텐짱도 그런 말을 할 정도로, 저어어엉말! 깨끗한 바다야!

"여기, 꽤 괜찮지? 장려회 시절에 카가미즈 씨랑 선배들이 데려와 준 곳이야. 그 후로 매년 이곳 민박에서 장기 합숙을 했어. 오늘도 저기에 묵을 거야."

"바닷가 숙소에 다 같이 묵는 거네요! 평생 간직할 추억이 될 것 같아요!"

"응! 정말 멋져!"

아야노의 말에 내가 동의하자, 미오는 약간 의아한 표정을 지었다.

"하지만 아이네 호텔은 바다 근처에 있지? 이런 경치에 익숙하지 않아?"

"거기 바다는, 훨씬…… 거칠어. 그리고…… 어두워……."

"그, 그렇구나……."

게다가 이시카와에 있는 해수욕장인 우치나다와 치리하마는 모래가 검은 편이라, 물도 이렇게 투명하지 않아…….

"앗! 그래도 해산물은 참 맛있어. 생선이나 조개, 게 같은 거 말이야."

거친 바다에서 자란 어패류는 육질이 탄탄하고 맛있대! 요리사인 아빠가 알려준 거야.

"샤우, 쪼개자비, 하래~!"

사부님은 조개잡이를 하고 싶어하는 샤를의 머리를 필요 이상으로 쓰다듬어주며 말했다.

"조개잡이 하고 싶구나. 많이 잡으면 좋겠네."

"응!"

"어떤 조개를 잡고 싶어?"

"까리삐."

"가, 가리비 말이야? 그래, 가리비……."

사부님이 당황하자, 텐짱이 옆에서 진실을 입에 담았다.

"가리비가 이런 곳에 있을 리 없잖아."

"자, 잠깐만! 가리비나 전복 같은 것도 찾아보면 있을 거야!"

"샤우 마리지? 쪼개 자바 오께~!"

샤를이 바닷가에서 뛰려고 하자, 사부님이 뒤편에서 꼭 끌어안았다.

"어이쿠! 샤를 양, 스톱!"

"어어~?"

"그 전에 피부가 안 타게 크림을 바르자. 샤를 양은 피부가 새하야니까, 선크림을 안 바르면 금방 새빨개질 거야."

"썬끄림~?"

"그래. 이걸 바르면, 피부가 아야야~ 안 해."

사부님이 어느새 꺼내든 크림을 샤를에게 보여줬다.

역시 사부님! 준비가 철저하군요!

"으으…… 아쁜 거, 시러~!"

"그렇지~? 그러니까 이 하얀 크림을 피부에 바르는 거야. 그 러면 안 아플 거야."

"…………오~?"

샤를 양은 커다란 녹색 눈으로, 그 크림과 사부님을 번갈아 쳐 다보았다.

그리고 이렇게 말했다.

"싸뿌가 빨라저~."

"어?! 내…… 내가……?"

"응!"

샤를은 옷을 걷어 올리더니———— 사부님에게 최후의 일격 을 날렸다.

"싸뿌의 끄림…… 샤우한떼, 발라저~."

따악~!!

아, 사부님의 스위치가 켜졌다. 아이는 틀림없이 들었어요. 로 리콘 스위치가 켜지는 소리를…….

하악하악 하고 거친 숨을 내쉬면서 핏발 선 눈으로 새하얀 크림 을 양손에 묻힌 사부님이…… 샤를의 매끄러운 피부를 향해 그 손을 내밀었다.

"그, 그럼…… 발라줄 테니까, 옷을———."

"그만해, 이 변태야."

찰싹!! 소라 선생님의 날카로운 돌려차기가 사부님의 옆구리에 명중했다. 나이스예요!

반회전하고 모래사장에 내동댕이쳐진 사부님은 어찌어찌 몸을 일으키며 반론을 하려 했다. 로리콘의 생명력은 중단에 있는 옥(玉)보다 끈질겼다.

"하, 하지만 사저. 샤를 양의 피부가 타기라도 했다간 큰일이라고요……. 수영복 자국 여아라는 최강 속성이 탄생…… 아니지. 샤를 양은 우리와 다르게 서양인이니까, 피부가 타지 않게 조심해야……."

"나나 케이카 언니에게 맡기면 되잖아!"

"헉?! 그, 그렇지……!!"

그것도 모른 거예요?! 사부님은 모지리!

"자아, 샤를 양~. 케이카 언니가 차 안에서 선크림을 발라줄게요~."

"어어~? 께이까 언니가 샤우한떼, 썬끄림 발라주는 꼬야~?"

"그래~. 다른 사람도 언니가 발라줄 거야~. 그러니까 야이치 군은 바닷가로 짐이나 옮겨~."

케이카 씨는 여초연 애들을 사부님한테서 격리했다. 당연한 조치거든요?

그리고 소라 선생님은 사제의 엉덩이에 다스 단위의 돌려차기를 날리면서, 냉혹한 목소리로 이렇게 말했어요.

© shirabii

"자아, 빨리 가버려. 이 로리콘 범죄자야."

"크윽……! 미, 미수라고요……."

"시끄러워. 돈사해, 로리콘. 이 세상에 존재해도 되는 건 죽은 로리콘뿐이야."

그 점만큼은, 아이도 소라 선생님의 의견과 동보야~!

<small>같아</small>

◯

"하아…… 무거워라……. 짐은 이게 다인가……?"

검은색 왜건에서 혼자 대량의 짐을 내린 사부님은 모래사장에 깔아둔 비닐 시트 위에 그것을 두더니, 이마에 맺힌 땀을 닦았다.

"늘어져 있지 말고 빨리 파라솔을 펴."

형무소 간수를 연상케 하는 냉혹한 목소리로, 소라 선생님은 사부님을 재촉했다.

"그런 건 사저가 해도 될 텐데……."

"해."

"옙……."

"나는 피부가 약하니까 여름 햇볕을 쬐면 죽어. 햇볕 아래에서 아무것도 못 하는 건 너도 알잖아?"

"그건 알지만, 좀 귀여운 구석을 보여준다고 천벌 받지는 않을 것 같은데요……?"

사부님은 투덜대듯 불평을 늘어놨다. 소라 선생님은 양산으로 표정을 가리면서 작은 목소리로 말했다.

"흥……. 어차피 초등학생만 귀여워할 거면서……."

"방금 뭐라고 했어요?"

"『죽어버려, 로리콘』하고 말했어."

"그러니까 나는 로리콘이——."

안 돼!

아이의 센서가 민감하게 반응했다. 이 분위기는 위험해요! 평소처럼 다투는 것 같지만, 한여름 바다의 마력에 놀아나는 남녀의 느낌으로 바뀌고 있어요……!

나는 상대의 장기말 두 개를 동시에 노리는 계마(桂馬)처럼 두 사람 사이에 쏙 끼어들었다.

"저기…… 사부님? 이 수영복, 이상하지 않나요?"

봐 줘! 오늘을 위해 우메다의 백화점에 가서 엄선한, 사부님의 좋아할 게 틀림없는 수영복♡

나는 사부님과 같이 살기 때문에, 텔레비전이나 잡지를 보는 사부님이 어떤 수영복에서 눈을 떼지 못하는지 파악하고 있다. 철저한 연구 결과를 이 자리에서 선보일 거야!

"앗~! 아이, 새치기 금지야!"

쳇…….

모처럼 사부님의 시선을 독점할 기회였는데, 여초연 애들이 수영복으로 갈아입고 한꺼번에 몰려왔다.

"쿠쥬루 선생님, 미오의 수영복은 어때?! 귀여워?!"

"샤우는~? 샤우, 꿰여버~?"

"저, 저는…… 수영복을 입으니 부끄러워요……."

"그러면서 수영복은 가장 화려하잖아. 안경 주제에……."

미오는 활동적인 경기용 같은 수영복을 입었다.

샤를의 수영복은 프릴이 잔뜩 달려서 귀엽다. 엄청 귀엽다.

아야노는 생각보다 대담해! 게다가 그 대담한 수영복을 가리려고 몸을 배배 꼬는 모습이 음란하네…….

그리고 텐짱은 화려함보다는 센스를 중시한 검은색 수영복을 입었다. 그렇게 내키지 않는 듯한 모습을 보였으면서 수영복은 또 챙겨온 게 참 귀엽다.

다들 참 귀엽다.

이래서야 사부님의 시선을 독점할 수 없어~!

"우와아…… 다들 천사 같네……♡"

아니나 다를까, 사부님은 헤벌쭉거리며 우리의 수영복 차림을 감상했다……. 하지만 샤를을 쳐다본 시간이 아이를 쳐다본 시간보다 6초 정도 더 길었어. 큭…….

한여름의 바다에서, 소라 선생님이 어는 점 이하의 목소리로 말했다.

"죽어, 로리콘."

"그러니까 나는 로리콘이 아니라고요! 지금도 초등학생의 수영복보다, 케이카 씨의 수영복 차림을 더 체크하고 있거든요?!"

해냈다! 러브 코미디 붕괴!

하지만 사부님. 집에 돌아가면 저녁 굶길 거예요.

"야이치 군~. 칭찬해 줘서 기쁘지만, 그런 본심은 아이와 긴코앞에서 말하면 안 돼~."

케이카 씨는…… 컸다. 어디를 말하는 건지는 밝히지 않겠지만, 아무튼…… 큼지막했다.

유일하게 수영복을 입지 않은 소라 선생님이 불만 섞인 목소리로 중얼거렸다.

"뭐야. 나도 수영복만 입으면……."

"통나무 몸매……."

"쓰레기, 확 담가버린다?"

"이, 이야아~! 오늘 참 날씨 좋네요! 해수욕하기 딱 좋은 날씨네요! 맞다! 아이, 좀 도와주지 않을래?"

"어? 제가 뭘 하면 되는데요?"

"이 선오일 좀 발라줬으면 해."

"사부님은 피부를 태우려고요?"

의외야!

다른 사람한테는 피부를 태우면 안 된다고 했는데…… 어째서지?

"아, 기사는 대부분 실내 생활만 하잖아? 그래서 피부를 태울기회가 좀처럼 없거든. 올해 여름은 피부를 화끈하게 태워서 남자다워질까 해!"

사부님이 남자다워져……?!

"도, 도와드릴게요!"

지금처럼 상냥한 사부님도 좋지만, 좀 야성미가 있고 나쁜 남자 스타일의 사부님도 멋있을 거예요!

게, 게다가…… 그렇게 나쁜 사부님과…… 아이는, 이번 여행에서…….

아우아우~♡

"샤우도~! 샤우도, 사뿌한테 오일 빨라주래~!"

"쿠, 쿠즈류 선생님한테는 항상 신세를 지고 있으니…… 저도 돕겠어요!"

샤를과 아야노가 그렇게 말했기에, 두 사람에게는 하반신을 맡겼다.

"나는 안 해! 기름으로 손 더럽히기 싫어!"

텐쨩은 단호히 거부했다.

"아하하하하! 미끌미끌한 게 재미있어~!"

미오는 온몸에 오일을 묻히더니, 사부님과 몸을 맞대면서 한 번에 왕창 발라줬다. 똑똑해!

좋아~. 나도 미오 흉내를 내야지!

"사부님! 어때요? 이러면 되나요?"

초등학생 네 명이 오일을 발라주자, 드래곤 킹은 행복에 겨운 목소리로 이렇게 중얼거렸다.

"딸기 싸기를 완성한 임금님이 된 기분이야~."

"돈사해, 변태!!"

소라 선생님이 비치 사커라도 하듯 사부님의 머리를 힘껏 걷어 찼다.

"아얏?! 사, 사저?! 사람 머리를 축구공처럼 걷어차면 안 된다 고요!"

"사, 사부님~?! 괜찮으세요?!"

아주머니, 너무해요! 이게 무슨 짓이에요~!

"아야야……. 정말, 머리는 때리지 말라고 그렇게 말했잖아요?! 뇌세포가 죽어서 장기 실력이 떨어지면 어쩔 거예요?!"

"세포가 죽는 걸 걱정하기 전에 자기가 사회적으로 죽는 걸 걱정해! 이 변태야!!"

"예? 제자가 선오일을 발라줄 뿐이잖아요! 왜 변태라는 거예요?"

"맞아요~! 사제지간의 평범한 교류일 뿐이에요!"

아이는 목욕 직후의 사부님에게 마사지를 해 줄 때도 있다고요!

그러자 소라 선생님은 쥐고 있던 스마트폰을 들더니…….

"그럼 이 광경을 촬영한 영상을 인터넷에 올려도 되겠네?"

"죄송해요, 인터넷에 올리지는 말아주세요, 그것만은 봐주세요, 용서해 주세요, 내가 잘못했어요!!"

사부님은 뜨거운 모래에 이마를 찧으며 그렇게 말했다.

치직…… 하고 피부가 타는 소리가 났다. 좀 맛있는 냄새가 나…….

"왜? 제자가 선오일을 발라주는 것이라며? 딱히 문제 되는 짓을 하는 게 아니랬잖아?"

"으으…… 케이카 씨~. 긴코가 괴롭혀~……."

"자업자득이야. 괴롭힘을 당해도 싸."

케이카 씨는 사부님에게 그렇게 말하더니…….

"자아~. 쿠즈류 선생님은 이제부터 모래사장에서 피부와 근성을 단련할 거니까, 우리는 바다에 가서 놀자!"

"""예~!"""

사부님이 걱정되지만, 길어질 것 같으니 먼저 바다에 들어가야겠다. 더우니까 못 참겠어~!

"아…….'"

"아쉬워하지 마. 이 쓰레기 로리콘아."

바다로 향하는 우리를 부러운 듯이 쳐다보는 사부님을, 소라 선생님이 짓밟았다. 죄, 죄송해요, 사부님…….

하다못해 첫 제자로서, 쿠즈류 일문의 결속을 다져야지!

"자아! 텐짱도 같이 놀자."

"그러니까 그 이상한 별명으로 부르지 말랬지?!"

텐짱은 내가 내민 손을 무시했지만, 그래도 바다에 들어가서 놀고 싶지만 참는 고양이 같은 반응을 보이며 물었다.

"……뭘 하면서 놀 거야?"

"미오가 비치볼을 가지고 왔어! 다 같이 비치발리볼 하자~!"

재미있겠다!

우리가 팀을 나누려고 할 때──.

"저기, 잠시 스톱."

소라 선생님에게 등을 걷어차이던 사부님이 갑자기 우리를 말렸다. 어?

"비치발리볼은 금지야."

"어~?! 왜요~?"

"손가락을 다치면 장기를 둘 수 없잖아?"

"아, 맞다……."

우리는 잠시 풀이 죽었지만, 곧 미오가 힘찬 목소리로 말했다.

"그럼 비치 사커 하자~!"

"그것도 안 돼~."

""""어~?!""""

왜? 축구는 손으로 하는 게 아닌데…….

"다리를 다치면 정좌를 못하잖아."

아, 맞다……. 손가락보다 그게 더 문제일 거야! 특히 여자는 다다미에서 대국할 때, 정좌 자세로 앉을 수밖에 없는걸.

"그럼 뭘 하면 되나요?"

내가 그렇게 묻자, 사부님은 잠시 생각에 잠기더니…….

"으음…… 장기?"

"그래선 바다에 온 의미가 없잖아~!"

미오는 비치볼을 안아 든 채 모래사장에서 벌러덩 드러누웠다. 아하하…… 맞는 말이야.

바로 그때, 케이카 씨와 아야노는 침착한 목소리로 이렇게 말했다.

"그래. 평범하게 헤엄치면 되지 않을까?"

"그리고, 모래사장에서 성을 만들어요."

샤를은 집에서 가지고 온 포크를 힘차게 들어 보이며…….

"샤우는 마리지? 쪼개자비 할꼬야~."

그, 그걸로 조개를 잡으려는 거야?!

모래사장에 벌러덩 드러누워 있던 미오가 몸을 일으키더니, 찰싹! 소리가 나게 텐짱의 등을 때리며 말했다.

"좋아~! 그럼 텐짱, 바다까지 경주하자~!"

"뭐?! 왜, 왜 내가 너 따위와 경주해야 하는데?!"

"지는 쪽이 매점에서 아이스크림 사주기! 준비~ 땅!!"

"앗! 기, 기다려!!"

미오가 뛰어가자, 지기 싫어하는 텐짱이 급히 쫓아갔다.

"두, 두 사람 다 기다려~!"

나도 두 사람을 쫓아갔다. 같이 수영하자~!

뒤편에서 아야노와 샤를의 목소리가 들려왔다.

"샤를, 우리는 모래사장에서 느긋하게 놀아요."

"가리삐 짭짜~."

샤를은 가리비에 매우 집착하는 것 같았다. 꼭 잡았으면 좋겠네!

그리고 그 뒤편에서는 사부님과 소라 선생님의 목소리가 들려왔다.

"이야~ 다들 즐거워 보이네……. 느긋하게 몸을 태울 생각이었지만, 나도 수영 좀 하고 올게요."

"그래? 알아서 해."

"저기………… 사저?"

"왜?"

"내 손 위에 사저의 손이 있어서 움직일 수 없는데요……."

"뭐? 반대 아니야? 야이치의 손이 내 손 아래에 있는 거야. 네가 내 손 밑에 자기 손을 뒀으면서 무슨 소리를 하는 거야?"

"예? 저기, 아무리 생각해도 사저가 제 손 위에 자기 손을 얹어 둔 게……."

"바보 아니야? 야이치가 내 손 아래에 자기 손을 집어넣었잖아? 변태."

"뭐…… 그런 걸로 해요. 그럼 손 좀 치워줄래요?"

"뭐어? 내가 왜 그래야 하는데? 직접 알아서 해."

"하, 하지만 사저가 체중을 싣고 있어서 뺄 수가 없는데……."

"바보~ 바보~."

"하아…… 대체 뭐가 하고 싶은 거예요? 정말…… 뭐, 됐어요. 한동안 도쿄를 오가며 바쁘게 지냈으니까, 오늘은 느긋하게 바다나 볼래요."

"응……."

모지리…….

소라 선생님은 피부가 약해서, 선크림을 바르더라도 낮에는 바다에 들어갈 수 없다고 한다. 그건 좀 안 됐으니까…… 지금은 사부님을 빌려줘야겠다.

하지만, 아이가 수영하고 있는 동안만이에요.

"다들~. 너무 멀리까지 가면 안 돼~."

케이카 씨가 수영복 밖으로 흘러나올 것만 같은 커다란 가슴을 출렁대며 우리를 향해 그렇게 외쳤다. 모지리…….

"우와~! 아이는 수영 참 잘하네~!"

"미오와 텐짱도 빨리 와~."

"그 이상한 별명으로 부르지 말랬지?!"

바닷가에서 자란 나는 옛날부터 수영을 좋아했어! 파도치는 바다에서 헤엄치는 건 풀장에서 헤엄치는 것과 다른 요령이 필요한 만큼, 미오와 텐짱보다 쑥쑥 앞서나갔다.

한편, 물가에서 모래를 파던 샤를과 아야노는━━.

"샤우, 쑤영뽁 안에 모래가 드러가서, 끼분 나빠~."

"샤, 샤를?! 이런 데서 수영복을 벗으면 안 돼요!"

샤를이 수영복 안에 들어간 모래를 빼려고 하자, 아야노가 허둥지둥 말렸다.

응! 아야노의 말이 맞아!

어디에 변태가 있을지 모르니까, 수영복을 벗으면 안 돼! 한여름의 바다는 위험 천지란 말이야!

예를 들자면…… 저기 봐.

모래사장에서 이쪽을 쳐다보고 있는 변태가━━.

"초등학생은, 최고야."

그 사람은 사부님이었다.

"돈사해, 쓰레기!!"

그리고 소라 선생님에게 바로 벌을 받았다. 안심!

"아야! 뭐, 뭐 하는 거예요, 사저!"

"진지한 표정으로 커밍아웃하지 마! 이 쓰레기! 변태! 로리콘 킹!"

"아니, 나는 말이죠?! 티격태격하면서도 즐겁게 놀고 있는 제자들을 보고, 누구와도 금방 친해지는 초등학생 간의 공감력이

랄까 순응성을 칭찬했을 뿐이거든요?!"

"시끄러워, 로리콘."

"그러니까 아니라고요! 나는 그저, 이 넓은 바다와 여자 초등학생처럼 순수한 존재의 위대함을 순수한 마음으로——."

"로리콘."

"················죄송합니다."

사부님은 해가 저물 때까지 모래사장에 구속되어 있었기에, 우리는 장기를 두는 것도 잊은 채 바다에서 즐겁게 놀았다.

바다에서 마음껏 논 후, 우리는 민박으로 이동했다.

사부님이 매년 신세를 지는 만큼, 그 민박의 주인분도 매우 친절했다!

목욕을 해서 몸이 개운해진 후, 꼬르륵~ 거리는 배를 음식으로 가득 채웠다.

"아아~ 배불러~!"

미오는 유카타 위로도 드러날 만큼 부푼 배를 손으로 때리면서 다다미에 벌러덩 드러누웠다. 샤를이 그 위에 올라타자, 미오는 "꾸엑." 하고 신음을 토했다.

칭찬받을 짓은 아니지만…… 아이도 저러고 싶네~.

"요리가 참 맛있었어요!"

아야노가 방금 말했듯, 저녁 식사는 예상보다 훨씬 맛있었다.

온천여관 주인 내외의 딸인 내 입에도 100점 만점이다.

아빠가 만든 섬세한 요리와는 다르지만, 재료의 맛이 잘 살아 있었어. 그리고 아와지시마 명물인 양파가 정말 달더라니깐!

나는 모두가 마실 식후의 차를 끓이면서 쓴웃음을 지었다.

"목욕할 때, 피부가 좀 따끔거렸지만 말이야."

"너무 놀아서 그래……. 그런데 언제 장기를 둘 거야? 저 꼬맹이는 완전히 뻗어 버렸고, 저 할망구는 술에 곯아떨어진 것 같잖아."

텐짱이 말했다시피, 미오의 배 위에 있는 샤를이 눈을 비비고 있었다.

"흠냐………… 샤우…… 엄쩡 쫄려……."

"미안해~. 나, 맥주 마셨어~ ♪"

에헤헤~♡ 하고 웃으며 은색 캔을 기울이는 연상의 사매를 본 키요타키 일문의 장녀는 머리를 감쌌고, 장남은 쓴웃음을 흘렸다.

"케이카 씨……."

"뭐, 괜찮지 않겠어? 여름 방학이잖아……."

텐짱은 질렸다는 듯이 한숨을 내쉬며 고개를 젓더니, 사부님을 꾸짖었다.

"하아…… 저기, 사부님? 이건 장기 합숙 아니었어? 대체 뭘 하러 온 건지 감이 안 오거든?"

"너무 그러지 마. 장기는 내일 아침에 일찍 일어나서 두면 되잖아……."

확실히 오늘은 다들 지쳤으니까, 아이도 사부님의 의견에 찬성! 하지만 내일 아침 일찍 일어날 수 있을까~?

  하지만, 그런 걱정을 할 필요는 없었다.

  왜냐하면, 지금부터—— 이 합숙의 진정한 막이 올랐으니까.

  "그럼 내일을 위해 오늘은 일찍 잠자리에 들자."

  사부님이 가볍게 손뼉을 치며 그렇게 말하자…….

  "샤우, 싸뿌와 한 이불 덥꼬 짤래……."

  샤를이 눈을 비비면서 미오의 배를 밟고 서더니, 사부님에게 다가갔다. 미오는 또 "꾸엑." 하고 신음을 흘렸다. 아하하. 개구리 같네~.

  어! 잠깐만~!

  "나와 한 이불에서?! 자, 잠깐만, 샤를! 그건 안 돼!"

  "왜~? 샤우는 싸뿌의 색쉬자나~?"

  샤를은, 사부님의, 색시.

  "어? 색시…… 저 어린애가 무슨 소리를 하는 거야?"

  가장 먼저 반응을 보인 이는 소라 선생님이었다.

  이제까지 묵묵히 차를 마시고 있었지만, 샤를의 발언을 정확하게 지적했다. 역시 여류 2관답네요.

  "아니! 사저, 그게 말이죠——."

"사부님이 샤를한테 『아내로 삼아줄게』하고 약속했던 걸 믿는 거예요. 사부님은 샤를에게 분명 그렇게 말했어요. 여기 있는 저와 미오와 아야노가 증인이에요. 두 사람, 내 말 맞지?"

내가 즉시 그렇게 말하자…….

"으, 으음…….."

"드, 듣기는…… 했는데요…….."

미오와 아야노가 떠듬거리면서도 그렇게 인정했다. 흐름이 바뀌었어.

두 사람의 말을 들은 소라 선생님이 조용한 어조로 사제의 이름을 불렀다.

"야이치."

"예, 엡…….."

"이제부터 너는 긴 여행을 떠나야 할 텐데, 그 전에 해두고 싶은 게 없어? 기나긴 여름 방학이 될 거라고 생각하거든."

"그, 그게 무슨 뜻이에요……?"

"여행을 데려가 줄게……. 담벼락으로 둘러싸인 공간에 갈 거야."

"그건 경찰에 신고하겠다는 소리잖아요~! 케이카 씨, 도와줘! 사저가 나를 경찰에 넘기려고 해!"

"야이치 군! 네가 좋아하는 하부타에모치, 사식으로 넣어줄게……."

"포기하지 마, 케이카 씨! 벌써 체념하지 말란 말이야!"

후쿠이의 명물인 하부타에모치는 사부님이 좋아하는 거지만,

형무소 안에서 그걸 맛있게 먹는 건 힘들 거야.

아, 사부님은 미성년자니까 소년원에 갈까?

"큰일났어! 사부님이 감옥에 갇히겠네! ……그렇게 되면 여자애들을 건드리고 다니지도 않을 테니까, 오히려 걱정이 줄어들까?"

"아이도 그런 무서운 소리 하지 마!"

이게 다 사부님의 평소 행실 때문이거든요?

"좋아, 알았어!!"

바로 그때, 케이카 씨가 캔맥주를 쥔 채 벌떡 일어서더니——.

"케이카 님의, 로리콘☆리트머스 시험~."

……하고 외쳤다.

"""…………어?"""

다음 순간, 방안에 정적이 흘렀다.

다들 그 말의 의미를 생각해 봤지만…… 결국 이해가 안 된다는 결론에 도달한 건지, 샤를이 고개를 갸웃거렸다.

"로리꼼, 리뜨머쓰 씨엄~?"

"아니야. 로리콘 리트머스 시험이야~."

미오가 정정해 주자, 샤를은 다시 챌린지했다.

"료리꼬~ 리르머쓰 띠엄~?"

"그게 아니라, 로리콘 리트머스 시험."

"리료…… 머~?"

"리, 트, 머, 스, 시, 험!"

"류마마쮸이어~?"

"뭐, 그걸로 됐어!"

"리료머~♡."

약았어. 너무 귀엽잖아.

"아아…… 천사네요~."

"야."

찰싹! 소라 선생님이 사부님의 뒤통수를 때렸다. 이 방에 비치되어 있던 슬리퍼로 말이다.

"아얏! 나, 방금 나쁜 짓 했어요?!"

"기분 나쁘단 말이야!"

동보예요.

아! 그것보다──.

"저기…… 케이카 씨? 로리콘 리트머스 시험이 뭐죠……?"

"이 케이카 님이, 야이치 군의 로리콘 레벨을 시험할 거야☆"

케이카 씨는 평소와 다르게 흥이 올라서, 소라 선생님조차도 걱정할 정도였다.

"케이카 언니. 취한 거야?"

"안 취했어. 아하하하. 예이~!"

아무래도…… 취한 것 같아.

"완전 맛이 갔네……."

텐짱은 한숨을 쉬면서 손 언저리에 뒀던 장기말 주머니를 가방에 넣었다. 미안해. 장기를 두고 싶었지?

하지만…… 오늘 밤은 그럴 짬이 없을 것 같아……!

"저기, 케이카 씨. 그건 구체적으로 어떤 시험이야?"

"이 시험은 말이죠! 여기 있는 여자애 모두가 야이치 군에게 고백을 하는 거예요!"

그 뜻밖의 말을 들은 소라 선생님이 소리를 질렀다.

"뭐어어어어어어어어어어어?! 고, 고고, 고백………… 뭐어어어어어어어어엇?!"

다음으로 텐쨩도 무심코 장기말 주머니를 움켜쥐며 고함을 질렀다.

"왜, 왜 이 쓰레기한테 그런 짓을 해야 하는 건데?!"

"너, 스승한테 말이 너무 심하잖아……."

사부님은 슬픈 눈길로 텐쨩을 쳐다보았다. 소라 선생님은 몰라도, 제자한테도 미움을 사서 진짜로 슬픈 것 같았다.

으음…… 하지만 이 반응은, 거꾸로…….

"물론 진짜는 아니야. 가짜 고백을 하자는 거야. 그리고 고백을 받은 야이치 군이 누구의 어떤 고백에 가장 얼굴을 붉혔는지 관찰하는 시험이에요~!"

미오는 주먹으로 손바닥을 치며 말했다.

"아하~! 케이카 씨에게 고백을 받았을 때 얼굴이 가장 빨개졌으면 로리콘이 아닌 거고, 반대로 샤를의 고백에 얼굴이 새빨개지면 진성 로리콘인 거구나!"

"회, 획기적이에요!"

아야노도 찬사를 보냈다.

하지만 이건…… 좋은 생각일지도 몰라!

"획기적은 무슨! 이 정도면 지나치잖아! 케이카 씨, 진정해! 애초에 가짜 고백 같은 걸 받아봤자 허무하기만 하지, 전혀 기쁘지 않을 거야!"

사부님이 그렇게 반론했지만, 케이카 씨는 그걸 예상했던 건지 더 히죽거리며 소라 선생님을 곁눈질했다.

"아, 물론 진심으로 고백해도 됩니다~."

"왜 나를 보면서 그런 소리를 하는 거야? 나는 절대로 참가 안 할 거야!"

"크크큭…… 《나니와의 백설공주》께서는 언제까지 그런 허세를 부릴 수 있으려나?"

"케, 케이카 씨가…… 여기사를 능욕하는 오크 두목 같은 대사를……!"

사부님…… 아무리 동요했어도 방금 발언은 문제 있다고 생각해요. 아이는 초등학생이라 무슨 뜻인지 잘 모르지만…….

"자아! 1번 타자는 누가 할래~?!"

케이카 씨가 손뼉을 치며 참가자를 모집하자, 첫 번째로 나선 사람은——.

"저요~! 미오가 할래요~!"

"그럼~. 자기소개부터 부탁해요~."

"미즈코시 미오, 초등학교 4학년! 아홉 살이에요! 오사카에서 왔어요!"

"기운이 넘치는군요! 그럼 야이치 군 앞에서 고백해 주세요~."

케이카 씨는 사부님을 상석에 앉히더니, 미오를 그 앞에 세웠다. 그리고 손에 쥔 스마트폰을 조작했다……. 맥주 캔을 들고 있는데도, 참 능숙하네…….

스마트폰에서 그럴듯한 음악이 흘러나왔다.

"어?! 이, 이 음악은 뭐야?! 어떤 무드를 만들려는 거야?!"

사부님이 동요했다.

게다가 긴장한 표정을 지은 미오가 고백했다!

이, 이 전개는 위험해~!

"저…… 저기…………… 꾸쥬류 선생님~?"

"아, 응."

"전부터 좋아했어요! 사귀어 주세요!!"

"뭐? 아, 으음…… 미안해."

노 타임 거절이었다. 휴우…….

"어어~?! 왜야~?!"

"그야…… 최선을 다해 준 미오 양에게는 미안하지만, 애초에 나는 초등학생 여자애를 연애 대상이라고 여기지 않거든. 게다가 연기하는 느낌이 나서…….."

"뭐~? 남자는 참 어렵네…….."

미오가 투덜거렸다. 하지만, 그렇게 대충 고백을 해선 거절당하는 게 당연해…….

"그렇게 간단한 사람이면, 아이도 고생하지 않을 거야…….."

"아이? 방금 무슨 말 했어요?"

"어어?! 아, 아무 말도 안 했어!"

큰일 날 뻔했네! 무심코 입 밖으로 감정이 흘러나왔나 봐!

하지만…… 에헤헤♡

사부님, 미오의 고백에 곧바로 '미안하다'고 했어. 미오한테는 미안하지만 좀 안심이 돼!

하지만 바로 그때, 케이카 씨가 깜짝 놀랄 말을 입에 담았다.

"자아. 그럼 미오 양이 다음 사람을 지명하렴."

"아, 그런 시스템이구나."

그 말을 들은 소라 선생님과 텐짱이 동시에 숨을 삼켰다.

"이건 너무 위험하잖아……."

"핵무기 스위치를 원숭이에게 맡긴 꼴이야……."

방금 그 말을 듣고 발끈한 듯한 미오가 텐짱을 보았다.

"흐음, 말이 되게 심하네. 그럼 다음 차례는 텐짱이야!"

"뭐어?!"

"원숭이에게 시범을 보여줘. 우끼끼~!"

"시, 시범을 보여줘 봤자 원숭이는 이해하지 못할걸? 쓰, 쓸데없는 짓이야!"

미오가 원숭이 흉내를 내며 도발하듯 말하자, 텐짱은 그렇게 둘러댔지만…….

다음 말을 듣자마자 낯빛이 바뀌었다.

"흐음~? 도망치는 거구나?"

"뭐?! 누가 도망친다는 거야? 하면 될 거 아니야!"

"그럼 엔트리 넘버 2번, 야샤진 아이 양이 고백하겠습니다! 잘 부탁해요~ ♪"

케이카 씨가 즉시 텐짱을 소개하더니, 사부님 앞으로 밀었다.

음악 스타트.

그리고 텐짱은 유카타의 옷깃을 단정하게 고치더니, 약간 비스듬히 서면서 사부님과 시선을 마주했다.

부끄러워서 똑바로 마주할 수 없는 것 같았다.

하지만 저 각도는…… 텐짱이 가장 귀여워 보이는 각도다! 약았어!!

"으음…… 선생님?"

"왜, 왜 그래?"

"미, 미리 말해 두겠는데…… 이제부터 내가 입에 담는 말은, 내 본심이 아니야! 착각하지 말란 말이야, 쓰레기!"

"그……그래."

미오와 케이카 씨가 낮은 목소리로 이렇게 말했다.

"대뜸 욕부터 날리고 보네요."(소곤)

"부끄러움을 감추려고 저러는 거야. 귀엽네."(소곤)

으으…….

확실히 텐짱의 츤데레는 부끄러움을 감추려는 면이 있으니까, 그걸 아는 사람 눈에는 엄청…… 귀여워 보인다.

자기를 전혀 따르지 않던 새끼 고양이가, 갑자기 마음을 여는 듯한 느낌이 정말…….

약았어! 약았잖아, 텐짱!

"저기, 나, 나…… 성격이 이래서, 남한테 뭔가를 배우는 건, 영 별로야……."

그렇게 말하는 텐짱의 피부는 평소보다 빨개 보였다.

아마 낮에 바다에서 놀아서 그런 것만이 아니라——.

"하지만, 이대로 안 된다는 건 알아……. 유일한 가족인 할아버님을 안심시키기 위해서라도, 좀 더 솔직하게, 남에게 많은 걸 배울 수 있는 사람이 되어야 한다고, 생각해……."

좀 더 솔직하게——.

그 말대로, 그 말괄량이인 텐짱이 애가 탈 정도로 필사적으로 말을 자아내고 있다.

으음…… 아이가 듣기에도 가슴이 엄청 두근거려~!

"그, 그러니까…… 선생님? 더 많이, 가르쳐 줬으면 해……. 장기만이 아니라, 저기…… 많은 걸…… 빠, 빨리 어른이, 되고 싶으니까……."

텐짱이 날린, 대담한 한 수! 방금 말한 많은 것이 구체적으로 뭐야?! 그리고 가슴이 미친 듯이 뛰어서 미칠 것 같아~!

사부님은 그 말을 듣더니————.

"그렇구나……."

"응……."

텐짱의 검은 눈동자가 촉촉이 젖어 있었다.

사부님은 그런 텐짱의 눈을 지그시 응시하며, 이렇게 말했다.

"그래서? 진짜 목적은 뭐야?"

"…………뭐?"

"네가 이렇게 기특한 태도를 보이니까, 귀엽다는 생각보다 다른 속셈이 있을 것 같다는 생각이 먼저 드네……."

"뭐어?!"

텐짱이 분노가 하늘을 찔렀다! 그리고 옆에서 듣고 있던 미오가 다다미 위를 데굴데굴 구르며 폭소를 터뜨렸다.

"아하하하하하하하하하하하! 여, 역시 텐짱! 참 신뢰받고 있군요~!!"

"미, 미오…… 웃으면 안 돼……."

"그러는 아이도 히죽거리고 있네요~."

"아, 안 그랬어! 안 그랬거든?!"

진짜로 안 그랬단 말이야. 에헤…… 에헤헤……♡

케이카 씨가 완전히 삐친 텐짱에게 말했다.

"그럼~ 다음 애를 지명해 줘!"

"그럼…… 안경."

"저, 저 말인가요?!"

아야노 양이 깜짝 놀랐다. 텐짱은 성가시다는 듯이 머리카락을 쓸어올리더니…….

"이 자리에 안경 쓴 사람은 너뿐이거든? 빨리 해."

"어어…… 어어어……."

아야노는 혼란스러워하더니, 어떻게든 지명을 회피하기 위해 트레이드 마크인 안경을 벗으려고…….

물론 그런 게 용납될 리가 없다. 미오가 재빨리 지적한 것이다.

"어이쿠~! 아야농, 지금 와서 안경을 벗어도 소용없거든?"

"아우우……."

보다 못한 사부님이 도움의 손길을 내밀었다.

"아, 아야노 양? 정 싫으면 무리하지 않아도 돼. 애초에 왜 이런 걸 하는지도 모르겠고……."

"아, 아뇨! 저는 싫어서 이러는 게 아니라……."

반짝~☆ 하고 눈이 빛난 케이카 씨가 스마트폰을 조작했다.

음악이 흘러나오기 시작했다.

예상치 못한 베스트 타이밍!

사부님이 마음을 싸기로 완전히 감싸기 전에, 아야노의 고백 공세가 시작됐다……!

"저, 저는, 원래 남자를 거북해서…… 같은 반 남자애와도 이야기를 나누지 못해요. ……하지만, 쿠즈류 선생님과는, 이렇게 즐겁게 이야기를 나눌 수 있어요. 참 불가사의해요……."

마치 물 흐르는 듯한 외통수순이다.

어느 부분이 변명이고 어느 부분이 고백인지 분간이 안 될 만큼 완벽한…… 서반부터 한 수도 낭비가 없는 기보를 보는 듯한 고백이야!

"그러니까, 저기…… 저는, 선생님을…… 좋아, 해요……."

두근~!

"커억!!"

마치 권총에 가슴이 꿰뚫린 것처럼, 사부님은 그 자리에서 무릎을 꿇었다. 그리고——.

"앗! 저기 봐……. 얼굴이 빨개지고 있어!"

"싸뿌, 얼굴 째빨깨~."

텐짱과 샤를이 말한 것처럼…… 사부님의 얼굴이 점점 빨개지고 있다! 마치 과학 실험을 하는 것 같아~!

모지리! 사부님은 왕모지리! 바람둥이!!

"그런데 말이야~. 누구 고백에 얼마나 빨개진 건지, 어떻게 구분할 거야?"

"미오 양, 걱정하지 마렴. 너희에게 고백을 받은 야이치 군의 얼굴을 스마트폰으로 촬영했으니까, 나중에 비교해서 순위를 정할 거야."

"우와! 케이카 씨, 오늘 머리가 진짜 잘 돌아가네!"

"뭐, 비교해 보지 않더라도 현재 1위는 아야노 양이 확실할 어거야~."

"아우우…… 주, 죽도록 부끄러워요……."

아야노는 새빨개진 이마를 양손으로 감쌌다. 사부님도 그런 아야노를 딱히 싫지도 않은 눈치로 보고 있었다.

흐음~.

헤에~? 흐으음~.

"흐응~. 사부님은 방금 같은 말을 좋아하는구나. 흐응……."

"그래. 야이치는 옛날부터 뻔뻔하게 느껴질 정도로 '여자애!' 느낌이 물씬 나는 걸 좋아했어."

소라 선생님과 처음으로 의견이 일치했다.

그래요.

사부님은 초식남 스타일의 응수 장기를 두지만, 때때로 강렬한 공세를 펼치는 상대가 나타나면 바로 건드리려고 해요! 급전(急戰)을 펼친다니까요!!

아야노는 가장자리의 보(步)를 전진시키지 않은 미노 싸기처럼 '언뜻 보면 방어가 탄탄해 보이지만, 사실은 간단히 무너지는' 타입의 여자애니까…….

"저, 저기! 아이와 사저는 무슨 소리를 하는 거야?! 나는 고백을 받아서가 아니라, 평소 얌전한 아야노 양이 이렇게 최선을 다한 게 기뻐서——."

"흥분했어?"

"안 했거든?!"

소라 선생님의 강렬한 한 방에, 사부님은 발끈하며 그렇게 대꾸했다.

그러자 케이카 씨가 부추기듯 이렇게 말했다. 맥주도 기울이면서 말이다.

"자아, 분위기가 달아오르기 시작했습니다! 과연 야이치 군은 로리콘 의혹을 불식할 수 있을 것인가?! 아니면 자타공인 로리콘이 될 것인가?! 그럼 아야노 양, 지명 부탁합니다!"

"그, 그럼………… 소라 선생님, 이에요."

드, 드디어, 이 순간이……!!

"알았어……."

"어?! 너무 순순하네……."

사부님은 김이 샌 것처럼 그렇게 중얼거렸다. 소라 선생님이라면 거절할 줄 알았나 보다.

소라 선생님은 앞머리를 고르더니, 사부님을 보고 말했다.

"어디까지나 놀이잖아? 야이치는 단순하니까, 얼굴을 붉히게 만드는 건 쉬워. 야이치는 내가 가장 잘 알거든."

소라 선생님은 '가장'이란 부분에 힘주며 그렇게 말했다. 약았어요.

"모지리……."

"뭐?"

"자아, 긴코. 기왕 이렇게 판을 깔아줬으니까, 화끈하게 고백해."

케이카 씨가 능청스럽게 혀를 날름 내밀며 그렇게 말하자, 샤를이 아야노의 유카타 소매를 잡아당기며 물었다.

"빤을 까라저가 모야~?"

"직접 아무것도 안 하려고 하니까, 하나부터 열까지 전부 남이 준비해 준다는 말이에요."

"안경 너, 의외로 신랄하구나……."

아야노가 그런 식으로 설명하자, 텐짱이 약간 질린 듯한 반응을 보였다.

그것보다!

소라 선생님은 왠지 엄청 자신이 있어 보여……. 낮에 꽤 오랜 시간 사부님과 단둘이 있었는데, 혹시 분위기가 꽤 좋았던 걸까……?

역시 그때 단둘이 있게 두면 안 됐어! 아이는 바보야! 모지리!

그리고 소라 선생님은 사부님 앞에 서고—— 고백했다.

"저기………… 야이치."

"예?"

"나, 나를…… 좋아해도 돼."

"……."

"……."

"……."

"야."

"아얏?!"

아주머니가 사부님의 이마를 찰싹 소리가 나게 때렸다.

어라? 바, 방금 그게 고백인가요?

초등학생도 그런 고백은 안 할 것 같은데…….

"왜 얼굴이 빨개지지 않는 거야?!"

"억지 부리지 마요! 방금 그 말에 어떻게 얼굴을 붉히냐고요!"

방금 맞아서 빨개진 이마를 "으~ 아파……." 하고 중얼거리며 만진 사부님은 입술을 삐죽 내밀며 반론했다.

"게다가 지금 와서 좋아해도 된다는 소리를 들어 봤자 어떤 반응을 보여야 할지 모르겠거든요? 원래 좋아하니까요."

"뭐?"

그 순간, 소라 선생님의 얼굴에서 모든 감정이 사라졌다.

어? 어어~?!

"아! 저기 봐……. 소라 선생님의 얼굴이!"

"새빨개요! 점점 빨개지고 있어요!"

"단순한 건 자기잖아……. 바보 같아."

미오와 아야노는 엄청나게 흥분했다. 텐짱은 어깨를 으쓱했고, 케이카 씨는 스마트폰으로 사진을 연이어 찍어대고 있었다.

사부님이 아니라, 소라 선생님의 새빨개진 얼굴을…….

"아, 아니…… 사부님, 저딴 아줌마의, 어디가 좋아요……?"

내가 울먹거리면서 그렇게 묻자…….

"아, 아니야! 바, 방금 그건 이성에 대한 감정이 아니라 가족 사랑이거든?! 사저, 그렇죠?!"

"무, 물론이야. 착각하지 말아 줄래?"

가장 먼저 착각한 사람은 바로 아주머니잖아요~!!

"긴코."

"케, 케이카 씨? 왜 그래?"

"얼간이."

"큭……!"

아픈 곳을 찔린 소라 선생님은 몸을 부들부들 떨더니, 분통을 터뜨리는 듯한 어조로 반론했다.

"그, 그럼 케이카 언니가 시범을 보여봐."

"좋아."

아마 그런 말을 듣게 될 줄 예상했던 것 같았다.

케이카 씨는 자신만만하게 고개를 끄덕이더니, 맥주와 스마트폰을 내려놨다.

그리고 스스륵…… 묶었던 머리카락을 풀었다.

"앗! 케이카 씨가 머리를 풀었어!"

"요, 요염해요……!"

케이카 씨는 같은 여자인 미오와 아야노까지 얼굴을 붉힐 정도로 야릇한 분위기를 냈다. 술에 취해 벌개진 피부도 요염해…….

그리고 다다미에 내려놓을 때 조작한 건지, 스마트폰에서 분위기 있는 음악이 흘러나왔다.

"저기…… 야이치 군. 나, 더워……."

"어어?!"

"너무 더워……. 그러니까 열기를 식힐 겸, 야이치 군과 몸을 맞대도 돼……?"

유카타의 앞섶이 자연스럽게 벌어지는 가운데, 사부님을 꼭 끌어안는 색마…… 케이카 씨.

반칙! 저건 반칙이야!!

"저, 저기, 케이카 씨?! 이, 이러면 안 돼! 애, 애들이 보고 있잖아!"

안 보면 괜찮다는 걸까요?

"낮에 심한 짓 해서 미안해. 나도 야이치 군의 어리광을 받아주고 싶었지만…… 무시무시~한 사저가 방어벽을 치고 있으니까, 건드릴 수가 없지 뭐야~."

"으으으으……!"

소라 선생님이 이를 갈자…….

"크…… 으으윽……!"

아이 또한, 입술을 깨물었다. 으그극……!!

"오오~ 기회를 줘도 주워 먹지 못하는 새끼 고양이들이, 손가락을 빨며 분통을 터뜨리고 있네."

암표범 같은 동작으로 사부님의 목에 팔을 두른 케이카 씨가…….

"저기~ 야이치 군은~ 긴코와 뽀뽀했어~?"

"케이카 씨, 무슨 소리를 하는 거야?! 했을 리가 없잖아!"

"아직이야? 그렇구나~."

벌어진 유카타 사이로 드러난 멜론처럼 커다란 가슴을 사부님의 몸에 밀착하면서…… 케이카 씨는 고백의 말을 입에 담았다.

"그럼 이 누나가, 야이치 군의 처음을 빼앗아버려──."

하지만, 그 말을 끝까지 잇지는 못했다.

퍼억!

그런 둔탁한 소리가 이 다다미방에 울려 퍼졌다.

그것은…… 누군가가 맥주병으로 케이카 씨의 머리를 때리는 소리였다.

"어라? 케, 케이카 씨?"

사부님은 실이 끊어진 꼭두각시처럼 다다미 위에 축 늘어진 케이카 씨를 흔들었다.

그런 사부님을 아슬아슬한 타이밍에 색마한테서 구한 사람은──.

"사……사저?! 그리고 아이?! 맥주병으로 케이카 씨의 머리를 때리다니, 다들 너무 심한 거 아니야?! 케이카 씨가 완전히 뻗었잖아!"

"야이치를 위해서가 아니라, 케이카 씨의 명예를 위해 이런 거야……."

"그래요. 일문의 명예를 지키기 위해선, 이 방법밖에 없었어요……."

이럴 수밖에…… 이럴 수밖에 없었어…….

"미오 말이지? 키요타키 일문에 들어가지 않아서 다행이라고 진심으로 생각해……."

"너, 너무 혹독해요……."

미오와 아야노가 방구석에서 부들부들 떨고 있었다. 텐짱도 "역시…… 이제라도, 스승을 바꿀까……?" 하고 말했다.

축 늘어진 케이카 씨가 아직 숨을 쉬고 있다는 것을 확인한 사부님이 이렇게 말했다.

"다…… 다들, 이제 만족했지? 더 해도 부상자만 늘어날 것 같으니까, 오늘은 이제 그만——."

"아직 안 끝났어요."

"뭐? 아, 아이? 대체 뭘——."

"저는 아직 사부님에게 고백하지 않았단 말이에요!"

텐짱이 어이없다는 투로 말했다.

"너…… 이 상황에서 계속하려는 거야……?"

"그치만 나도 사부님에게 하고 싶은 말이 있단 말이야! ……사부님!!"

"예엡?!"

사부님이 차렷 자세를 취했다. 어? 왜 이렇게 무서워하는 거지?

"아, 아이……. 그 전에, 맥주병을 내려놓는 편이 좋을 것 같아요."

"아…… 그렇구나."

아야노의 조언을 듣고 병을 다다미에 내려둔 후…….

"으음………… 히나츠루 아이, 초등학생 4학년이에요. 사부님에게, 드릴 말이 있어요……."

우선 자기소개부터 했다.

기절한 케이카 씨의 스마트폰을 주워든 미오가 "여기를 터치하면 되는 걸까?" 하고 말하며 음악을 틀었다. 잘했어!

"저는…… 옛날부터 내성적이어서…… 자기 의견을 밝히기보단, 부모님이 시키는 대로만 하는 로봇 같은 여자애였어요……."

텐짱과 소라 선생님이 중얼거렸다.

"저건 거짓말이 분명해."

"맞아. 반응이 괜찮았던 애를 따라 하는 거야."

아이의 마음속에 존재하는 『절대로 용서할 수 없는 사람 리스트』에 두 사람의 이름이 새겨졌습니다. 언젠가 장기판 위에서 죽여 주겠어…….

하지만! 지금은 패배자인 두 사람을 신경 쓸 때가 아니야.

내성적이었던, 로봇 같았던 자신과 결별해야만 해.

나를 바꿔준 사람에게, 고백이란 형태로——.

"저는 제가 아닌 것만 같았어요. 장기를…… 장기와 사부님을 만날 때까지는요."

"아이……."

"장기를 접하고, 저는, 제가 되고 싶다고 생각한 자신이 된 느낌이 들어요. 사부님에게서, 저는, 자신이 되고 싶다고 생각하는 자신을 꿈꿀 용기를 받고 있어요."

당황스러운 표정을 짓고 있는 사부님에게, 전했다.

"장기는 참 어렵고, 강한 사람도 많고…… 졌을 때는 더는 못 두겠단 생각이 들지만……."

소라 선생님에게 졌을 때도.

텐짱에게 졌을 때도.

아이는, 괴롭고, 힘들어서, 울었지만…….

"하지만! 항상 최선을 다하는 사부님을 보면서, 저도 더 노력할 수 있을 거란 용기를 얻어요! 장기가 있으니까, 저는 변할 수 있었어요! 사부님이 계시니까, 저는 노력할 수 있는 거예요! 그러니까…….''

사부님에게 처음 받은, 직필 부채.

거기에 적힌 『용기』란 글자.

항상 가슴에 품고 있는 그 말로, 겁쟁이인 자신을 북돋으며…….

나는── 최고의 수를 두었다!

"저……저를…… 쭉, 쭉, 쭉! 사부님의 곁에 있게 해 주세요!!''

"………….''

내가, 직구로 수를 날리자…….

사부님은──.

"으…… 으으………… 흐으흑……!''

어.

"어어?! 사, 사부님? 왜 우는 거예요?!"

"미, 미안해……! 내, 내, 내가…… 내가 더, 열심히 지도했다면, 금방 강해졌을 텐데……. 모, 못난 스승이라, 미, 미안해……!!"

어?! 어어~?

사부님이 기뻐해 주고 있긴 하지만…… 내가 생각했던 것과 달라~!

텐쨩과 소라 선생님도 사부님이 너무 울어대니 질린 것 같아!

"우와…… 목 놓아 우네……."

"딸의 결혼식에 참석한 아버지 같아……."

어라아아~?!

이러려던 게 아닌데~!

"히, 힘낼게……! 나, 더, 더…… 힘낼 거야……!!"

사부님은 눈물을 줄줄 흘리며 아이의 어깨에 손을 얹더니, 그렇게 말했다. 이것도 기쁘기는 하지만…… 으으~.

안경을 벗은 아야노가 유카타 소매로 눈물을 닦았다.

"아이는…… 참 사랑받는 것 같아요. 정말 부러워요……."

"으으…… 기쁘지만, 왠지 기분이 복잡해~……."

"…………그런데, 이건 결국 어떻게 결론이 나는 거야?"

텐쨩이 그렇게 묻자, 다다미 위에 뻗어 있는 케이카 씨를 대신해 미오가 대답했다.

"으음~. 얼굴이 빨개진 건 아야농 때와 케이카 씨 때뿐이니까,

로리콘일 가능성이 남아 있긴 해도…… 어른 여자에게 반응하는 걸 보면 정상 아닐까?"

사부님은 콧물을 훌쩍이며 입을 열었다.

"다, 당연하잖아? 내가 로리콘일 리가 없다고."

"저, 저도 그렇게 생각해요. 쿠즈류 선생님은 신사예요…….
만약 로리콘이더라도, 로리콘이란 이름의 신사라고 생각해요!"

그래선 그냥 로리콘 아닐까……?

"하긴! 사부님은 바다에서 놀 때도, 방금 고백을 받을 때도 케이카 씨의 가슴만 봤는걸."

"어? 아이, 혹시 화난 거니?"

"화났거든요? 완전 발끈 모드거든요?"

"하아……. 시간만 낭비했네. 빨리 잠이나 자자."

소라 선생님이 기절한 케이카 씨의 목덜미를 잡아끌며 이부자리 쪽으로 향하자, 아야노는 샤를을 안아 들었다.

"자아, 샤를. 자기 전에 양치질해요."

"샤우……. 아직, 하릴이 이써……."

흠냐흠냐 하며 조그마한 손으로 얼굴을 비빈 샤를이 그렇게 말했다.

그리고 사부님 곁으로 쪼르르 가더니──.

"웅? 샤를 양, 왜 그래?"

"싸뿌. 귀 좀 뺄려쪄."

"귀?"

"쪼기 마리지? 쪼기 마리지? ……샤우는, 싸뿌를 마리지?"

샤를은 조그마한 입술이 사부님의 귀에 닿을 정도로 얼굴을 가까이 대더니…….

낮은 목소리로 속삭이듯, 이런 말을 입에 담았다.

"……싸랑애♡"

──샤를은, 사부를, 사랑해.

그런, 눈처럼 순수하고, 생크림처럼 달콤한 고백을 듣고 만 사부님은 어떻게 되어버릴까?

물론 스위치가 켜진다.

아야노 때와는 비교도 안 될 만큼…… 두웅! 하고 대포가 발사된 듯한 소리를 내면서 말이다.

"해…………!"

그리고 사부님은 샤를을 와락 끌어안더니, 이렇게 말했어요.

"행복하게 해 줄게!!!"

"와우~♡"

그것을 사귀는 단계를 건너뛰고, 결혼하자는 사부님의 결의다.

물론 이딴 건 안 돼요! 절대 허락 못 해요!!

소라 선생님도, 아이도 화났어요! 슈퍼 발끈 분노 모드예요!!

"자, 잠깐만, 야이치! 너 왜 여섯 살 애를 끌어안는 거야?!"

"맞아요, 사부님! 아까 로리콘이 아니라고 자기 입으로 말했으면서, 입에 침이 마르기도 전에──."

"로리콘인게 뭐 어때서!!"

사부님은 샤를을 안고서 발끈했다.

소라 선생님은 한순간 움츠러들었지만, 곧 고함을 질렀다.

"뻐, 뻔뻔하게 나오는 거야?!"

"아니야! 내가 하는 짓은 로리콘 같을지도 모르지만, 나는 로리콘이 아니야!"

"대체 뭔데……."

텐쨩이 차가운 어조로 딴죽을 날렸지만, 누구의 말도 들리지 않는 듯한 사부님의 눈에는 샤를만이 보이는 것 같았다.

모지리…….

모지리, 모지리, 모지리, 모지리, 모지리…….

모지리모지리모지리모지리모지리모지리모지리모지리모지리모지리모지리모지리모지리모지리모지리모지리모지리모지리모지리…… 왕모지리!!

"우리는 오늘, 이 합숙에서…… 이 아와지시마의 아름다운 바다와 머나먼 대지에서, 소중한 것을 배웠어……!"

사부님이 뭔가 장대한 말을 늘어놓기 시작하자…….

"으음…… 이 음악이면 될까~?"

"미오, 이 상황에서는 음악을 안 틀어도 될 것 같아요……."

왜일까…….

엄청 이상한 소리인데도, 감동적인 음악이 배경음으로 깔리니 멋진 말처럼 들려……. 참 신기하네…….

"그래. 우리는 배웠어! 아무리 사이가 나쁜 상대라도, 저 넓은 바다처럼 마음을 열면 받아들일 수 있다는 것을……. 그리고 용기를 내서 마음을 전하면, 그 마음이 분명 전해지면서 그 어떤 오해도 풀린다는 것을……!"

오해?

오해라고~?

무슨 소리를 늘어놓든, 샤를을 저렇게 꼭 끌어안고 있어선 오해로 넘어가기 어려울 것 같은데~.

"나는 샤를을 아내로 삼은 바람에, 세간에서 터무니없는 비난을 받고 있어……."

"비난당하는 게 당연한 짓거리잖아."

"미국이면 사형당하고 남아."

"하지만!!"

텐짱과 소라 선생님의 적절한 지적을 하자, 사부님은 고함으로 얼버무렸다.

"나는 이 애가 여섯 살이라서 아내로 삼은 게 아니야! 행복하게 해 주고 싶은 사람이, 우연히 여섯 살일 뿐이라고!!"

그리고 사부님은 냉정한 시선을 보내는 우리를 향해 고함을 질렀다.

"그러니 나는 로리콘이 아니야! 그렇게 보이는 건 이 사회가, 당신들의 눈이, 나이라는 겉모습만 볼 뿐, 진정한 사랑을 보지 못하니 그렇게 보이는 거야! 마음을 열어! 저 바다처럼! ……어때?! 그래도 내가 로리콘으로 보인다면, 그렇게 부르라고!!"

"""로리콘!!"""

"…………어째서야……."

당연하잖아요! 사부님은 모지리!!

※이 단편은 『용왕이 하는 일! 4 드라마CD 한정 특장판』의 드라마CD
 각본을 소설로 각색한 것입니다.

검은 고양이의 배웅

《최후의 여초연 2》

◠

   동백기름의 반입에 관한 판단을 기다리며, 미오는 구구절절한 목소리로 말했다.

"그 합숙은 정말 너무했어."

"응. 최악이었다니깐."

나도 즉각 동의했다. 말을 중간에 끊는 느낌이 들 정도였다.

"어어~? 샤우는 참 즐거버써~."

"샤를은 즐거웠을 거야……. 사부님이 그렇게 상냥하게 대해 준다면, 아이도 참 즐거웠을 게 분명해……. 모지리……."

"아, 아이! 공항에서 살기를 뿜으면 안 돼요! 테러리스트로 오해받을지도 몰라요!"

"헉……! 미, 미안해……."

"아야농, 나이스! 아이가 초등학교에서 살기를 뿜은 바람에, 우리 반인 미하네가 지린 적도 있거든!"

미오의 말은 좀 과장됐지만, 나는 다른 애보다…… 승부사 기질이라고나 할까? 그런 면이 있어.

항상 머릿속에 장기판이 있고, 어떤 계기로 그게 움직이기 시작해. 그렇게 되면 나 자신도 멈출 수가 없다니깐…….

나는 아야노의 손을 잡으며 고맙다고 말했다.

"고마워, 아야노! 그러고 보니 그때는 우리 따돌리고 혼자만 사부님의 마음에 들었지……."

"저한테 불똥이 튀었어요?!"

바로 그때, 카운터에 여직원이 돌아왔다. 그 덕분에 아야노와 나의 우정이 박살 나는 사태는 벌어지지 않았다.

"미즈코시 님. 기다리게 해서 죄송합니다."

"앗! 아뇨. 그런데…… 어떻게 됐나요?"

"죄송합니다. 역시 이 기름을 기내에 실을 수는 없습니다. 가지고 돌아가 주셔야……."

"그런가요~……. 곤란하게 됐네."

이제부터 비행기에 타야 하는데, 도로 가지고 가라는 말을 들으니 난처할 거야.

"미오만 괜찮다면, 내가 맡아둘게. 할아버지 선생님과 상의해서, 외국으로 보낼 방법이 없는지도 알아보겠어."

"아이…… 고마워! 덕분에 살았어! 만약 보낼 방법이 없더라도, 키요타키 선생님의 도장에서 쓰면 되겠네!"

다른 짐은 무사히 통과됐고, 미오는 캐리어백을 맡긴 후에 탑승권을 손에 넣었다.

"이야~ 아이 님 만만세~야. 역시 오늘 아이가 같이 와 줘서 다행이야! 안 그랬으면 미오는 일본을 떠나지 못했을지도 몰라."

"에, 에이~. 내가 없었어도 어떻게든 됐을 거야……."

아야노가 방법을 알아봐 줬을 테고, 미오의 행동력이라면 혼자서도 어떻게든 됐을 거야.

"이걸로 미오는 마음 편히, 일본을 떠나기 전에 해야 할 가장 중요한 일에 임할 수 있겠어!"

"가장 중요한…… 일?"

두근, 하며 심장이 살짝 뛰었다.

미오가 일본에서 마지막으로 하고 싶은 일. 그리고, 가장 중요한 일.

혹시, 그건…… 장기를 두는 게 아닐까, 하는 생각이 들었다.

내가 처음으로 장기판을 사이에 두고 앉아 대국을 한 사람은, 사부님이다.

그다음 날, 나는 사부님이 데려가 준 칸사이 장기회관의 도장에서 처음 만난 같은 또래 여자애와 장기를 뒀다.

그 사람이 바로—— 미즈코시 미오였다.

사부님에게는 접장기로 졌지만, 미오에게는 맞장기로 이겼고…… 나는 그때 처음으로 장기의 재미와 자신감, 소중한 친구를 얻었어.

그러니 미오가 마지막으로 나와 장기를 두자고 말해 줄지도 모른다고 생각했다.

선물을 준다고 했을 때도, 그리고 나한테만 물건을 주는 게 아니라고 말했을 때도, 실은 '장기 두자!'라고 말해 주기를…… 아주 조금, 기대했다.

장기 도구는 전부 맡겨버렸지만 말이다.

하지만 만약…… 그런 말을 듣는다면, 나는————.

"미오가 일본에서 마지막으로 하고 싶은 일, 그건……."

"""그건……?"""

미오는 배에 손을 대더니, 크게 입을 벌리며 이렇게 말했다.

"밥 먹는 거야~!!"

아하하…… 미오다워~.

"우왓! 저기 좀 봐!! 공항 안에 서점이 있어~!!"

2층 국내선 구역에 도착한 순간, 미오는 눈을 동그랗게 뜨며 그렇게 외쳤다.

"저쪽에는 편의점, ATM, 그리고…… 기도실?! 진짜 별의별 게 다 있네……."

"이쪽에는 『선물 코너』, 그리고 음식점이 잔뜩 있는 『마치야 코지』라는 통로가 있어요! 스타벅스, 쇠고기 덮밥집, 551 만두…… 미오가 좋아하는 가게가 잔뜩 있다니까요!"

"우오~……! 까게, 짠뜩 이써~!"

나는 『3F SHOPS&RESTAURANTS』라는 표시를 발견하고…….

"저기 좀 봐! 3층에도 가게가 있나 봐!"

"가 보자! 거기도 보고 싶어!!"

미오가 선두에 서며 에스컬레이터로 뛰어갔다.

"호오~! 2층은 푸드코트 느낌인데, 3층은 고급스럽네!"

내부 장식에도 신경 쓴 여러 레스토랑을 본 미오는 흥분을 감추지 못했다.

하지만, 나를 더 흥분시킨 건——.

"우와~!! 약국과 100엔숍 말고도, 저쪽에는 옷가게도 있어! 사부님의 내복이 낡았는데, 이참에 사 갈까?"

사부님이 도쿄에서 돌아올 즈음에 새 옷가지를 마련해두면, 집 안일을 하느라 수고 많았다면서 칭찬해 줄지도 모르니까……. 에헤헤♡

내가 그런 생각을 하고 있을 때, 미오는 쓴웃음을 지었다.

"아이는 언제 어디서나 머릿속에 쿠쭈류 선생님 생각밖에 없나 보네……. 어라? 전에 이 공항에 와 본 적 있다고 안 했어?"

"그때는 사부님이 여권을 깜빡한 것 같다고 해서 난리가 났거 든……. 공항에 아슬아슬한 시간에 도착해서, 그대로 보안검사 장을 통과해서……."

하와이는 일본 음식을 먹을 수 있는 곳도 많고, 용왕전 때문에 일본을 벗어났던 것도 며칠밖에 안 됐다. 그래서 출발 전에 일본 음식을 먹지 않아도 괜찮았다.

하지만 미오는 언제 일본에 돌아올 수 있을지 모르는 것이다.

엄마와 같이 간다고는 해도, 일본에서 쓰는 재료를 쉽게 구할 수 있을지도 모르니……

"우동과 메밀국수, 그리고 다른 일본 음식도 있네. 초밥, 돈까 스, 파스타, 중식, 이탈리안……. 그리고 카페도 있구나……. 하긴, 마지막으로 일본 음식을 먹고 싶은 사람도 많을 거야. 다 들 같은 생각을 하나 보네. 미오도 지금은 연수회에서 점심에 나 오는 주문 도시락도 그리워."

"그 묘하게 맛이 진한 도시락이 그립다니…… 일본 음식에 참 굶주렸나 보네요……."

아야노가 경악을 금치 못하며 그렇게 중얼거렸다. 그것을 먹으면 목이 엄청나게 마르기 때문에, 칸사이 연수회는 물통 휴대가 필수야. 남기는 사람도 많아.

"그건 그렇고! 너희는 외국에 가게 된다면, 마지막으로 뭐가 먹고 싶어?"

"라멘은 어때요? 미오가 좋아하는 오사카 명물 『도톤보리 카무쿠라』가 여기에도 있나 봐요."

"거기 닭튀김은 진짜 맛있잖아! 아이는 어때?"

"나는 초밥일까? 장기 도중에 먹기도 하잖아."

대국 중에도 간편하게 먹을 수 있는 일식의 왕이다. 여초연 때도 사부님이 식사 삼아 자주 시켜 줬다.

"라멘과 초밥이구나. 흠흠, 둘 다 왕도군요~! 샤를은 어떻게 생각해?"

"으음………… 쩐부~!"

전시용 모형이 가득한 유리 케이스에 이마를 대면서, 샤를이 이리저리 돌아다니며 구경하고 있었다. 마치 꿀벌 같네.

나는 뒤편에서 샤를을 끌어안아서 움직임을 제어하며 물었다.

"샤를. 여기서 유럽에서 먹을 수 없는 건 뭘까?"

"응~? 샤우, 아무 꼬나 다 머꼬 시퍼~."

"그, 그게 아니라……."

식욕에 지배당한 샤를에게는 말이 통하지 않았다…….

"미오. 어느 가게에 갈 거예요?"

"훗훗훗. 사실 미오는 어느 가게에 갈지 정해뒀어! 이 한 끼를 위해 2주 동안 고민하고 또 고민했거든!"

그렇게 오래?!

"미오땅, 머 머글꼬야~?"

"그건 바로…… 중식이야!!"

"중식? 일식이 아니라도 괜찮아요?"

라멘 전문점이 아니라 평범한 중화 요리점에 가겠다는 선택에 놀란 아야노가 묻자, 미오는 이렇게 답했다.

"일본에서 먹는 중화요리는 대부분 일본 고유의 스타일이라잖아? 그리고 중식이라면 이것저것 시켜서 다 같이 나눠 먹기도 좋아. 마침 눈앞에 있는 저 가게는 테이블석도 많아 보이니까, 마지막으로 다 같이 호화로운 점심을 느긋하게 즐기기 최적이라는 게, 미오의 결론이야!"

""아하~!!""

오랫동안 고민한 만큼, 전법 선택은 완벽하네!

"그럼 빨리 들어가서 왕창 시키자! 어, 어라? 미오, 왜 그래? 가게에 안 들어갈 거야?"

미오가 갑자기 몸을 배배 꼬았다.

지갑을 잃어버렸나 했더니——.

"실은…… 미오, 아까부터 화장실에 가고 싶었어! 이번에도 미안해!! 지, 짐을 무사히 맡겼더니, 긴장이 풀렸나 봐……."

"사과 안 해도 돼요! 빨리 말하지 그랬어요……. 짐이 가득 든 가방, 제가 맡아 줄까요?"

"이건 괜찮아! 조금 늦을지도 모르니까, 먼저 주문하고 기다리고 있어!"

미오는 이미 화장실을 찾으며 뛰어갔다.

그래서 우리 셋이 먼저 들어가기로 했는데…… 미오가 오랜 고민 끝에 선택한 최선의 수는, 그야말로 최악의 수로 변하고 말았어.

거기서 만난, 뜻밖의 인물에 의해…….

"늦었네……. 짐 맡기는 것만으로 이렇게 시간이 오래 걸릴 줄은 몰랐어……!"

다른 애들과 헤어진 후, 미오는 걷는 속도를 확 떨어뜨렸다.

"컴퍼스 다시마 매력 햄햄 발록 무사시, 일지에 신문지 발진 코피 물벼룩 배 모두, 엄호는 사바나 치과 의사——."

빠른 어조로 불경 같은 말을 중얼거렸다. 미오만 의미를 아는 말이다. 이곳으로 오는 전철을 기다리면서도 플랫폼에서 중얼거렸듯이. 그 전철의 화장실 안에서도 중얼거렸듯이.

미오가, 혼자만 일본에 남은 이유.

아빠와 엄마가 생활거점을 준비할 수 있도록, 이라는 것도 물론 거짓말은 아니다.

하지만 미오에게는 더 중요한 이유가…… 따로 있다.

일본을 떠나기 전에 해야만 하는 일을 하기 위해서. 그것을 위한 준비를 하기 위해서.

그래서 시간이 필요했다.

최대한 시간을 끌고 또 끌며…… 오늘이 어떤 날일지 예상하고, 오늘 장기계가 어떤 상황일지 예상까지 하며, 준비를 했다. 지금, 이 순간에도…….

　"무시는 무력, 구경꾼 아동복, 으음…… 거부 무비 실질 프로퍼."

　화장실은 넓고, 깨끗했으며, 아무도 없다. 나이스!

　"불사 무력 시트 마음 소복, 금후 마음 병아리 여름 곤란…… 진한 콜론 조릿대 미혼! 좋아!"

　개인칸에 들어간 미오는 변기 뚜껑을 내리고 그 위에 앉았다.

　그리고 가방에서 스마트폰을 꺼냈다.

　장기 애플리케이션을 켰다. 상대는 미리 대국 약속을 한 사람이다.

　원래라면 더 일찍 대국할 예정이었다. 어쩌면 이미 나갔을지도……

　"다행이야! 매칭됐어!"

　상대의 이름은──『블랙캣』.

　어제도 컴퓨터로 제한시간이 긴 장기를 뒀고, 오늘도 스마트폰으로 대국을 하기로 약속을 했다. 『나니와 왕장전』 이전부터 계속 장기를 뒀지만, 미오는 이제까지 한 번도 이긴 적이 없다.

　그러니…… 오늘은 절대 질 수 없다!

　"승부야!!"

　시간이 없으니 대기 시간 3분 초과 패배 형식으로 두기로 했다. 만세! 원하던 선수가 됐어!

전법 선택의 권리는 후수에 있지만 『블랙캣』은 이쪽에서 제시한 전형을 꼭 받아준다.

미오 정도의 상대라면, 그 어떤 전형으로도 이길 자신이 있는 것이다.

"하지만…… 오늘의 미오는, 평소와 달라!"

서반은 비장의 정석을 써서 넘긴 후, 중반도 손가락이 가는 대로 빠르게 뒀다.

중요한 건, 종반이다.

"시간은 미오가 더 많아! 이길 수 있어!!"

미오의 남은 시간은 약 1분, 상대방은 30초다.

시간이 초과되면 패배이니, 길어도 1분 30초 후에는 승부가 갈린다.

"스으으읍…………… 하앗!!"

미오는, 숨을 멈추더니…….

이 1분 30초 동안…… 그대로 내달렸다!!

"윽…………!"

100미터 달리기라면 미오가 50미터가량 앞서고 있는 상태다. 여기서부터 자기 옥은 보지 않으며 상대의 옥을 잡는 것만 생각할 수 있다. 골인 지점만을 주시하며…… 질주했다!

심장이 벌렁거렸다. 그 진동 탓에 손가락이 떨릴 지경이었다.

"하지만, 조금만 더…… 할 수 있어! 잡을 수 있어!! 처음으로 『블랙캣』을 꺾는 거야!!"

그렇게 생각한 순간이었다.

상대는 미오와 누가 더 빨리 뛰는지 겨루지 않았다. 그저…….

미오의 발 앞에, 조그마한 돌멩이를 뒀다.

돌멩이처럼 조그마한 보를, 그냥 내줬다.

"앗?!"

골 직전에 그 조그마한 돌에 정신이 팔린 미오는 그대로 바닥을 굴렀다. 마무리 실패…… 그리고 그 틈에 『블랙캣』은 유유자적 골인했다.

"큭! 당했어……."

상대에게 남은 시간은 1초다. 하지만 당황한 기색은 없었다. 이미 여기까지 수읽기를 한 것이다.

미오가 실수한 것이 아니다. 상대가 미오의 실수를 유도한 대국이다.

『처음으로 이길 수 있어!』 하고 생각한 미오가 흥분한 것마저 계산한 듯한 느낌이 들었다. ……실제로 장기판을 사이에 두고 마주 앉은 게 아닌데도, 이렇게까지 마음을 읽혔다는 사실에 소름이 돋았다.

상대방의 손바닥 위에서 놀아났어…….

"휴우…… 역시 『블랙캣』은 세네! 저런 곳에 장기말을 그냥 내 버린다는 발상, 미오는 절대 못 할 거야……. 교활해~."

우연이 아니라, 분명 노리고 둔 수다. 상당히 성격이 더럽…… 아니, 대단한 종반력이다.

하지만, 충분히 해 볼 만했다.

막판에 역전당했지만, 그것은 결국——.

"마지막까지 미오가 앞섰다는 거잖아. 응수가 비정상적으로 뛰어난 『블랙캣』이 아니라 다른 상대였다면…… 이겼을 거야."

컨디션은 좋다. 손가락도 잘 움직인다. 감 또한 날카롭다.

그리고 무엇보다…… 서반의 천재를 상대로 한순간이나마 앞선 자신의 연구에, 자신감이 붙었다.

그것을 확인한 미오는 긴장을 풀려고 볼일을 봤다. 휴…….

"유럽의 화장실은 어떤 느낌일까? 히터와 비데 기능이 있으면 좋겠는데……."

여름에 태어난 미오는 날씨가 추워지면 컨디션이 나빠진다. 프로 기사도 계절에 따라 컨디션이 변한다는 말을 들은 적 있다. 어째선지 여름에 치러지는 타이틀만 왕창 따는 사람이 있거나, 겨울에 성적이 좋아서 《동장군》이라고 불리는 사람도 있다.

"하지만 소라 선생님도 여름에는 햇살 때문에 힘들다고 말하면서도 한여름 3단 리그를 통과해서 프로가 됐잖아. 결국 미신인 걸까?"

그런 생각을 하면서 화장실을 나선 후, 다른 애들이 기다리는 가게로 향하려 했다.

바로 그때, 미오는 마주쳤다.

"응? 어라? …………어어어어?!"

화장실을 나서서 모퉁이를 돈 직후에 눈에 들어온 카페.

비싸 보이는 옷가게와 잡화점 사이에 있는 그 고급스러운 코너에, 낯익은 인물이 있었다.

테이블 위에 둔 태블릿을 조작하고 있는 건————.

검은 고양이처럼 도도하고, 날렵하고, 아름답고…… 누구보다도 교활한 여자애였다.

"텐쨩?!"

"어머. 이런 데서 다 보네."

태블릿을 항상 자기 곁을 지키는 이케다 아키라 씨에게 건네준 텐쨩이 고양이처럼 소리 없이 자리에서 일어섰다.

우연……일, 까?

"해외 출장 중인 할아버님을 마중하러 왔어."

텐쨩은 미오가 묻기도 전에 이곳에 있는 이유를 밝혔다. 그렇구나. 할아버지를 마중하러 온 거구나.

"흐음! 텐쨩의 할아버지는 몇 시 비행기로 오시는 거야?"

"귀국은 내일 하셔."

"어? 그럼 왜 공항에 온 거야?"

"오늘은 마중 전에 공항을 살펴보러 왔어."

"에이, 그건 말도 안 되잖아……."

코베에서 칸사이 국제공항까지는 고속선을 타고 30분이면 올 수 있다. 미오를 배웅하러 왔다고 솔직하게 말하면 될 텐데~.

하지만…… 항상 날카로운 텐쨩의 표정 이면에 숨겨져 있는 상냥함이 비치는 것 같아서, 미오는 무심코 히죽거렸다.

"그런데 너도 어디 가는 거야?"

"미오는 유럽으로 이사 가. 몇 번이나 말했지? 게다가 오늘이 출국하는 날이라는 문자는 수도 없이 보냈거든?"

"그랬어?"

텐짱은 일부러 시치미를 떼더니, 옆에 있는 옷가게를 가리키며 말했다.

"그럼 작별 선물 삼아 뭐라도 사줄게. 마음에 드는 걸 골라."

"어?! 괘, 괜찮아……. 미안할 것 같거든."

"뭐? 내 호의를 거절하겠다는 거야? 네가 그렇게 잘났어?"

"어어어어어……."

그러는 너야말로 얼마나 잘났냐는 생각이 들지만, 미오는 이게 텐짱 나름의 상냥함이라는 걸 알고 있다.

그냥 호의를 받아들여야지!

"으음…… 그럼 이 티셔츠를 사 주지 않을래?"

『오사카인』이라고 프린트된 천 엔짜리 셔츠다. 일본에서 입으면 좀 부끄럽겠지만, 외국에서는 괜찮을 것 같아.

"안 돼! 거기는 건조하고 쌀쌀하단 말이야. 좀 더 제대로 된 옷을 골라."

"뭐어?! 하, 하지만, 짐은 이미 맡겼는데——."

"입고 가면 문제 될 건 없어. 자아, 이것도…… 그리고 이것도 좋겠네. 아키라, 계산해."

"알았습니다."

미오의 몸에 옷을 대 본 텐짱이 아키라 씨에게 지시해서 금방 계산을 마쳤다. 히익~!

"저, 저기…… 고마워. 외국에 도착하면 답례 삼아 뭐라도 보낼게."

"안 그래도 돼."

"미오가 보내고 싶단 말이야! ……안 될까?"

"뭐, 나도 내 마음대로 사 주는 거잖아. 너도 네 마음대로 하지 그래?"

이건 텐짱 언어로 '고마워! 기대하고 있을게!' 라는 의미다. 아마 그럴 것이다.

하지만 뭘 보내면 좋을까? 이미 가지고 있는 걸 보내면 폐가 되겠지?

선물이 겹치지 않게, 미오는 은근슬쩍 캐물었다.

"그리고 보니 텐짱은 외국에 가본 적 있어?"

"할아버지의 오랜 지인이 러시아에 살아서, 몇 번 가본 적이 있긴 해."

"텐짱이 러시아……."

큰일났다. 너무 잘 어울려서 무섭다. 툰드라와 츤데레는 왠지 어감이 좀 비슷하기도 하잖아.

"이게 그때 찍은 사진입니다."

카운터에서 계산을 하던 아키라 씨가 순간이동을 한 것처럼 곁으로 오더니, 어디선가 꺼내든 사진을 보여줬다. 사진에서 희미하게 온기가 느껴져…….

"우와아! 상상한 대로야! 텐짱은 뭘 입어도 잘 어울리네."

폭신폭신해 보이는 검은색 모피 코트와 폭신폭신해 보이는 검은색 모피 모자. 러시아 그 자체란 느낌의 의상을 입은 텐짱은 마치 인형 같았다. 옛날 애니메이션에 나오는 캐릭터 같아.

"다른 건 없어?! 또 어느 나라에 가 봤어?!"

"최근에는 이탈리아에 갔었어."

"이탈리아!"

맘마미아! 파스타! 피자!

"여왕전이 끝난 후, 할아버지…… 할아버님과 함께 일과 바캉스를 겸해 지중해 크루즈를 즐겼어. 여러 섬을 둘러보며 그 지방 사람들과 교류했다니깐. 말은 통하지 않더라도, 같이 식사하기만 해도 친해질 수 있어."

"이게 그때 찍은 사진입니다."

아키라 씨가 새로운 사진을 옆에서 쑥 내밀었다. 떡방아를 찧을 때 떡을 뒤집는 사람처럼 재빠른 손놀림이었다. 자주 남들에게 보여줬던 것 같았다.

"우와아! 이 사진도 참 귀엽게 나왔어♡"

지중해의 태양 아래에서, 새하얀 서머드레스 차림의 텐짱이 챙이 넓은 모자를 쓰고 서 있었다.

미야자키 하야오의 영화에 나올 듯한 슈퍼 미소녀다. 흠잡을 곳 없을 정도로 귀엽다.

그건 그렇고…… 잘도 이런 사진이 금방금방 나오네. 아키라 씨는 대체 텐짱의 사진을 몇 장이나 가지고 다니는 걸까?

그것 말고도 신경 쓰이는 점이 있다.

"잘 어울려……. 하지만 러시아와 이탈리아는 딱히 공통점이 없는 것 같은데……."

미오가 바보라서 모르는 걸까?

이제부터 유럽에서 살아야 하는데, 너무 무지한 것도 부끄럽다. 몰라서 물어보는 건 부끄러운 일이 아니다. 도망치는 건 부끄럽지만 도움이 된다.

그런고로 질문!

"저기, 텐짱. 어떤 일로 외국에 간 거야?"

"어떤 일……?"

텐짱은 한순간 얼이 나간 듯한 표정을 짓더니, 뒤편을 돌아보며 이렇게 말했다.

"아키라. 그건 어떤 일이었어?"

"수입 업무입니다."

아키라 씨는 딱 잘라 그렇게 말한 후, 입을 다물었다.

즉…… 외국에서 뭔가를 샀다는 걸까?

텐짱은 기억의 실을 거슬러 올라가는 듯한 표정을 지으며, 의문을 입에 담았다.

"그리고 보니 그때, 나와 할아버님만 비행기로 돌아왔고, 아키라와 다른 사람들은 배로 귀국했지? 갈 때는 다 같이 비행기를 탔는데…… 그렇게 무거운 걸 산 거야?"

"뭐, 뭐, 그 정도면 됐어! 자세한 내용을 듣더라도, 미오는 바보라서 잘 모를 거야!"

갑자기 두려움을 느낀 미오는 텐짱의 말을 억지로 끊었다. 주위를 둘러보니, 경비원이 은근슬쩍 우리에게 다가오며 험악한 눈으로 보고 있었다.

우리를 주시하고 있는 거야?!

"저기! 바, 밖에 나가지 않을래?! 같이 비행기 보자!"

"뭐……?"

미오는 얼이 나간 표정을 짓고 있는 텐짱의 손을 잡아끌며, 공항 밖으로 향했다.

"와아~! 별의별 비행기가 잔뜩 있네! 엄청나게 커!"

미오가 터미널 옆의 보행로에서 겨우겨우 보이는 비행기를 쳐다보며 그렇게 외치자, 텐짱은 차가운 목소리로 지적했다.

"잔뜩 있다고 할 만큼 많이 보이지는 않잖아. 대부분 건물에 가렸거든?"

"아, 아하하………… 여기는 그냥 길가니까 말이야."

아야농이 가르쳐 준 장소인데, 상상했던 것보다 더 보이지 않았다. 활주로는 터미널 너머라서 전혀 보이지 않네…….

하지만 하늘로 날아오르는 비행기는 보였다.

""………….""

한동안 텐짱과 둘이서 묵묵히 비행기를 응시했다.

엄청 커다란 비행기가 순식간에 작아지더니, 머나먼 바다 너머로 날아갔다.

저런 식으로…… 미오도 곧 떠나는 거구나.

목소리가 들리지 않을 떨어진 장소에 기다리고 있는 아키라 씨에게 마음속으로 감사 인사를 전하며, 미오는 텐짱에게 말을 걸었다.

"그러고 보니 단둘이서 이야기하는 건, 처음 같네!"

"그래. 처음이자 마지막 기회가 되기를 빌게."

"에이~. 미오와 만나지 못해 쓸쓸해질지도 모르거든? 그리고 미오가 없으면 누가 텐짱을 여초연에 초청하냔 말이야."

"흥! 오히려 개운하거든? 이 기회에 개들하고 관계를 청산할 수 있다면 최고일 거야!"

"그렇게 간단히 없애거나 되돌리거나 할 수 있을 리 없잖아…….. 장기말과 마찬가지야."

게다가 텐짱도 진심으로 그러고 싶은 건 아니잖아.

안 그렇다면 이렇게 공항 밖까지 같이 나와줄 리가 없는걸.

애초에 미오를 배웅하러 공항까지 와준 것만 봐도, 텐짱은 상냥해.

그것 말고도 미오를 위해 여러모로 힘써 줬고——.

"미오는 말이지."

"응?"

"전부터 텐짱이 부러웠어."

"장기를 잘 두니까?"

"그것도 있지만 말이야."

그렇다. 그것도 있다.

하지만, 그게 전부는 아니다.

"미오가 부럽다고 생각한 건, 텐짱의 포지션이랄까…… 위치, 같은 거야."

"포지션?"

"외톨이 늑대 같잖아."

"뭐……?"

텐짱은 뜻밖이란 표정을 지었다.

확실히 텐짱이 보기에 미오는 항상 누군가와 같이 있거나, 집단 속에 있는 걸 좋아하는 애처럼 보일 것이다.

"미오는 누구와도 금방 친구가 되잖아? 하지만 텐짱은 친구가 없어."

"시비 거는 거야?"

"칭찬이거든?"

실은, 약간의 도발이 섞이기는 했다.

텐짱은 화났을 때의 표정이 가장 귀엽고, 텐짱다움이 가장 드러난다.

그 얼굴을, 눈에 새겨두고 싶었다.

그러면 미오의 마음이 꺾이려는 순간, 이 애가 꾸짖어줄 것이다.

"너………… 인상이 변했어."

"그래~?"

"혹시 이게 원래 인상이야?"

"아하하! 아니야. 꽤 무리하고 있어."

미오는 텐짱의 손을 잡더니, 자신의 가슴에 댔다.

"평소에는 '이 애는 어디까지 용서해 줄까?' 같은 선을 파악해두고 행동해. 지금은 스스로 텐짱과 나 사이의 선을 살짝 넘었어. 그래서…… 어때? 두근거리지?"

"흥……. 장기에 너무 물든 것 아니야?"

미오가 장기 느낌의 표현을 입에 담자, 텐짱이 그 태도를 지적했다. 난폭하게 느껴지지 않을 아슬아슬한 손놀림으로, 미오의 가슴에서 손을 뗐다.

너무 파고든 바람에 형세가 불리해졌을까?

하지만 때로는 그런 장기를 둬야 강해질 수 있거든?

"미오는 항상 남의 마음에 들려고 해. 아니, 그런 게 아니라…… 남에게 미움받는 게 무서운 거야. 진짜 겁이 많다니깐……."

"누구라도 남에게 미움받는 걸 무서워해. 그게 정상이야."

"하지만 텐짱은 그렇지 않은걸."

"…………나도 너처럼 남들에게 사랑받고 싶어."

"어? 저기, 비행기 소리가 너무 커서 안 들렸어~."

"나도 너 같은 바보라면 여러모로 편할 것 같다고 말했어."

"너무해!!"

이런 말을 남에게 아무렇지 할 수 있다는 게 참 부럽다.

"그럼 텐짱은 미오를 어떻게 생각해? 마지막으로 가르쳐 줘!"

"플레이어로서 평가를 듣고 싶은 거야?"

"그…………래. 말해 줄 수 있다면 말이야."

좀 무서워.

하지만, 듣고 싶어!

장기를 둘 때, 텐짱이 미오를 어떻게 생각하는지를 말이야.

"솔직히 말해——."

흡혈귀처럼 날카로운 송곳니를 슬며시 드러낸 텐짱이 말했다.

"장기 실력에 기복이 너무 심해."

"윽……."

느닷없이 한가운데 직구! 가슴을 도려내는 듯한 볼이었다.

"……좋을 때와 나쁠 때의 차이가 너무 심하다는 거야?"

"맞아."

"그럼 좋을 때도 있기는 하구나?!"

"다소 괜찮은 정도지만 말이야."

엄격하다. 텐짱 진짜 엄격해.

"한 번의 대국 안에서도 기복이 있어. 좋을 수를 둔 직후에 나쁜 수를 두거나, 승세까지 몰고 간 장기를 마무리 실패로 지기도 해. 마음의 흔들림이 그대로 장기에 드러나. 그러니 실력이 승률로 이어지지 못하는 거야. 아무리 좋은 수를 두더라도, 마지막에 나쁜 수를 두면 지는 게 장기잖아."

"으으…… 가슴에 새겨두겠습니다~……."

마치 방금 뒀던 장기의 감상전을 하는 듯한, 지적의 향연이었다. 마음이 똑 부러질 것 같아…….

"『나니와 왕장전』에서 우승할 레벨이라면, 연수회에서 B클래스에 올라가야 당연하지 않아? 네 기력으로 여류기사가 아직 못 된 게 이상하거든?"

"미, 미오가 여류기사?! 무, 무리야!!"

"무리가 아니야."

텐짱은 자기 가슴에 손을 대며…….

"다른 사람도 아니고 내가 하는 말이잖아. 미즈코시 미오는 분명 여류기사가 될 실력을 지녔다고 말이야."

당당히, 그렇게 말했다.

"으………… 텐……짱…………!"

그 말로. 그 말만으로.

미오는 앞으로, 어디에 가든, 상대가 누구든.

두려워하지 않고 당당히 싸울 수 있을 것 같다고 생각했다. 야 샤진 아이처럼……

"하나 더, 물어봐도 돼?"

"얼마든지 물어봐도 돼. 이게 마지막 기회잖아."

말투는 퉁명하지만, 그것은 미오의 억지에 얼마든지 어울려주 겠다는 선언이었다. 역시 텐짱은 상냥해.

그 상냥함에 어리광을 부리듯…… 아니, 허를 찌르듯…….

심호흡을 한 미오는 그 질문을 입에 담았다.

"어제, 소라 선생님이 사상 첫 여자 프로 기사가 됐잖아? 그 점 을 어떻게 생각하는지 알려줬으면 해."

"어째서야?"

"이유는 없어."

미오는 거짓말했다.

그것은 자신이 생각한 것보다 훨씬 능숙하게 입 밖으로 흘러나 왔다.

"그저, 텐짱이, 어떻게 생각하는지, 알고 싶어."

"…………"

텐짱은 처음으로 오랫동안 생각에 잠겼다.

비행기가 한 대, 두 대…… 날아갔다.

그리고 세 번째 비행기가 구름 너머로 사라지는 것을 응시한 후, 텐짱은 그제야 입을 열었다.

"졌다는 느낌은, 들어. 하지만──."

"하지만?"

"장려회는 신기한 곳이야. 2주에 한 번씩 결과만이 나올 뿐, 기보도 남지 않아. 그러니…… 뭐라고 할까? 실력이 결과로 이어지지 않는다고나 할까……."

　텐짱은 지휘봉을 휘두르는 지휘자처럼 공중에 손가락을 휘둘러대며, 마음속의 감정에 날개를 달며 넓은 창공으로 날려 보냈다.

"소라 긴코와의 선승제 승부에서, 나는 3연패를 당했어. 딱 한 번 후수에서 천일수로 몰아가는 데 성공했지만, 선수를 얻고도 졌으니까 결국 상대조차 되지 못한 거야. 그러니 실력 차이는 명백하다고 봐……. 남들이 보기에는 말이지."

"윽……! 텐짱……."

　미오는, 등골이 오싹했다.

　온몸에 소름이 돋았다.

　피가 끓어올랐다.

　뜨거워…….

"억지라고 생각해도 상관없어. 하지만 나는 소라 긴코를 따라잡을 수 없다고 생각하지 않아. 그 타이틀전이 끝나고…………그 생각이, 더욱 굳어졌어. 그건 소라 긴코가 프로가 된 지금도, 다르지 않아."

"그럼——."

미오는 용기를 쥐어 짜내서, 물었다.

"그럼, 텐짱도 목표로 삼을 거야? 프로를…… 장려회를……."

"그렇지는 않아. 나는 프로 기사가 되고 싶은 게 아니야. 여자 프로 기사가 탄생하면서 여류기사 제도가 소멸하게 된다면, 그 때 가서는 생각해 보겠지만 말이야."

"여류기사인 채로도…… 더 강해질 수 있다고 생각해?"

"응. 강해질 방법은 하나가 아니야. 그건 프로만 봐도 명백해."

"컴퓨터를 이용한다거나?"

"그것도 하나의 방법이라고 생각해. 매우 유력할 거야. 하지만, 그게 전부는 아니야."

텐짱은 확신에 찬 어조로 말했다.

흔들림 없는 강렬한 눈빛이 어린 눈동자로, 마음속에 있는 소라 선생님을 응시하면서…….

"소라 긴코와 나는 기질이 달라. 그쪽은 남들 몰래 꾸준히 노력해서 강해지는 타입이지만, 나는 화려한 무대에서 실전을 치르는 편이 효율적으로 강해질 거라고 판단했어. 나는 장려회가 맞지 않아."

"자기 자신을, 잘 보고 있네……."

"아무리 적을 잘 알더라도, 자기 자신을 몰라선 이길 때도 있고 질 때도 있어. 하지만 적과 자기 자신을 전부 파악하고 있다면 백전백승이야. 과거의 전쟁 마니아가 생각한 필승법을 실천하고 있을 뿐이야. 딱히 새로운 건 없어."

"옛날…… 언제쯤이야?"

"한 2500년 정도?"

"우와!!"

그러면 장기보다 더 오래된 것 아니야?!

"역시 텐짱은 대단해! 텐짱한테 이것저것 더 많이 배웠으면 좋았을걸~."

"그래? 항상 네가 일방적으로 떠들어대기만 했던 것 같은데 말이야."

"그건 텐짱이 미오를 무시해서잖아……."

아무튼, 텐짱은 날카로운 관찰력을 지녔다.

미오에 대해서도, 스스로는 눈치채지 못한 부분까지 파악하고 있잖아.

"소라 선생님의 작년 생일 파티 기억해? 그때도 결국 텐짱이 고른 선물을 샀잖아?"

"아…… 그날 말이구나."

텐짱은 인상을 찡그렸다.

"실은 그날, 내가 고른 선물 말고도 몰래 선물을 준 녀석이 있어."

"아~. 미오는 그게 누구인지 알 것 같아~."

"그래? 하지만 무엇을 선물했는지는 모를걸?"

으으?!

그런 말을 들으니 정답을 알아내고 싶어졌다.

"정식 선물이 그거였으니까, 다른 거라면…… 현금!"

"땡. 바보 아니야?"

"으음………… 꽃!"

"땡."

"그럼 551의 돼지고기 만두!"

"땡. 너, 아까부터 자기가 원하는 걸 말하고 있는 거 아니야?"

너무해!

"힌트는『몸에 착용하는 것』."

"뭐?! 설마………… 반지?"

"틀렸어. 영원히 모를 것 같네."

"그럼 정답을 가르쳐줘, 텐짱! 이대로는 너무 궁금해서 일본을 떠나지 못할 것 같아~!"

"좋아. 네가 비행기를 놓치면 꿈자리가 뒤숭숭할 것 같으니까, 가르쳐 줄게. 떠올리기도 싫지만……."

그렇게 말한 텐짱은 기억의 비행기를 과거로 보내서, 그날의 일을 이야기해 줬다.

작년 9월 9일에 있었던 파티의 이야기를.

소라 긴코☆성탄절

©shirabii

그건…… 그래.

작년 마이나비 여자 오픈의 일제 예선이 끝나고, 용왕전의 도전자가 명인으로 결정된 날에서…… 3주 정도 지났을 즈음일 거야.

히나츠루 아이와 나, 그리고 키요타키 케이카도 마이나비 본선 준비에 마지막 박차를 가하고 있었고, 선생님도 용왕전에서 싸울 상대가 결정되면서 본격적으로 대책을 세우느라, 다들 얼굴을 마주할 기회가 없었어.

그럴 때, 갑자기 연락이 온 거야.

『소라 긴코의 생일 파티를 할 테니 오사카역에 모여라』라는 연락이야.

나는 그런 모임에 참가할 생각이 눈곱만큼도 없었어!

마이나비 본선에서 싸울 상대는 장려회 회원인 노보료 카렌. 칸토 측의 장려회 회원이라 기보도 조사할 수 없는 상대지. 준비를 아무리 해도 부족할 지경이거든?

애초에 나는 소라 긴코에게 이겨서 여왕 타이틀을 차지할 생각이었어! 그런데 아무리 같은 일문이라고는 해도, 왜 생일을 축하해 줘야 하는데?!

뭐, 결국 가긴 했지만 말이야.

뭐? 불평을 늘어놓는 것에 비해 이벤트 참가율이 높아? 어, 어쩔 수 없었단 말이야! 일단 내 이야기를 끝까지 들어봐!!

"와아! 샤우, 오사까의 배카쩜에 쩌음 와빠~!"

머릿속을 뒤흔드는 듯한 여자애의 날카로운 고함이 들리자, 나는 무심코 인상을 썼다.

아무래도…….

『샤를, 오사카의 백화점에 처음 와봐!』

이렇게 말한 것 같았다.

9월 9일. 오사카 북부의 중심지인 우메다에 있는 백화점에 나를 포함해 총 네 명이 모였다.

여자애 셋과 고등학생 정도로 보이는 남자 한 명으로 구성된 언밸런스한 집단이라는 점만으로도 눈길을 끄는데, 그중 한 명이 금발 여아인 탓에 점원뿐만 아니라 손님들의 시선도 피부가 따끔거릴 정도로 느껴졌다.

게다가 그 금발 꼬맹이가 시끌벅적하게 떠들어대고 있어서 더 문제라니깐.

"샤, 샤를! 백화점에서 뛰면 안 돼~!"

히나츠루 아이가 허둥지둥 금방 꼬맹이를 쫓아가자, 우리 두 사람의 스승인 쿠즈류 야이치가 못을 박듯 이렇게 말했다.

"저기~ 우리는 여기에 놀러 온 게 아니거든~? 사저의 생일 선물을 고르러 온 거니까, 제대로 좀 골라줘~."

아앙? 제대로 좀 골라? 그건 내가 할 말이야. 그리고 멤버 선정 자체가 잘못됐잖아.

그걸 무시하고 뭐라고 지껄이는 거야? 진짜 쓰레기라니깐.

"하아……. 내가 왜 소라 긴코의 생일 선물을 고르는 걸 도와야 하는데?"

"그야 같은 일문이잖아."

당연하지 않아? 같은 느낌으로 말하지 마, 이 바보야.

"선물값을 보태는 거라면 몰라도, 일부러 모여서 축하를 하거나 선물을 고르는 걸 돕고 싶지 않거든?! 쓸데없이 친해지는 건 딱 질색이야!"

"너무 툴툴대지 마. 내 생일 때도 감동적인 연설과 선물을 줬잖아."

"그, 그건……! 나는 싫다고 했는데, 저 녀석이 멋대로……."

"귀엽네~. 텐짱은 츤데레라 귀여워~."

"쓰다듬지 마~!"

그렇다. 열 받지만, 이 녀석의 말이 옳다.

나와 아이는 마이나비의 일제 예선에서 2연승을 한 후…… 표창식에서, 그날이 생일이었던 스승에게 이렇게 말했다.

『오늘은…… 너를 위해 장기를 뒀어.』

아니까 아무 말도 하지 마.

나도 실은 닭살 돋는 소리 같아서 후회하고 있단 말이야……!

"일전…… 8월 24일이었지? 우리 집에서 했던 미오 양의 생일 파티에도, 투덜거리면서 얼굴을 비쳤잖아."

"그건 그 시끌벅적한 애가 매일같이 파티에 오라며 전화를 해 댔단 말이야! 안 오면 내년 생일 파티 날까지 계속 전화할 거라며 협박했거든?!"

"아이 아가씨는 참 상냥하네~. 오늘도 일부러 코베에서 오사 카까지 와줬잖아~. 아마 다음 생일 파티에도 와 줄 거야~."

"이제 안 올 거야!"

"그러지 마~. 10월에도 잘 부탁해."

"뭐?! 다음 달에도 뭔가 있어?!"

"네 사저의 생일이야. 10월——."

"아이의 생일은 10월 7일이에요!"

금발 꼬맹이를 고양이처럼 안아 든 채 돌아온 아이가 눈을 반짝 이며 그렇게 말하자, 야이치도 고개를 끄덕였다.

"맞아."

"아이의 생일은 10월 7일이에요!"

"기, 기억했거든……?"

못을 박듯이 그렇게 말하자, 야이치는 당황했다. 그리고 히나 츠루 아이는 나를 돌아보더니…….

"텐짱은 12월 10일이지?"

"그걸 어떻게 안 거야……."

"그리고, 아야노의 생일도 12월이야."

"그 안경? 며칠인데?"

"3일."

일주일 차이가 나는구나…….

듣고 보니 이상한 느낌이 든다고나 할까…… 이제까지 여초연 안에서 가장 인상이 흐릿했던 그 안경잡이가 왠지 가깝게 느껴졌다.

띠는 물론이고, 별자리도 나와 같은 사수좌일 것이다. 프로필 중 꽤 많은 부분이 겹치는 것이다.

생일이란 참 신기하네.

내가 그런 생각을 하고 있을 때…… 야이치가 히죽거리며 말했다.

"뭐야. 네가 그 네 사람 중에서 가장 어렸구나."

"아앙? 잠꼬대 같은 소리를 하면 두 눈을 확 뽑아버릴 거야."

"하지만 사실이잖아!"

"같은 학년에 연상도 연하도 없거든? 그리고 그 안경과도 겨우 일주일 차이 나잖아. 왜 너는 그렇게 사소한 것까지 신경 쓰는데? 로리콘한테는 하루 차이도 중요한 거야?"

"그래. 피어나기 직전의 봉오리를 사랑해 주는 게 즐거…… 나, 나는 로리콘이 아니야!"

"나와 떨어져서 걸어."

"개그거든?! 네 말에 맞췄을 뿐이라고!"

과연 그럴까?

물론 나도 이 사람이 로리콘이라는 게 농담이라고…… 아니, 믿고 싶지만…… 때때로 미심쩍기는 해.

내가 거리를 벌리자, 교대하듯 히나츠루 아이가 야이치에게 다가갔다.

"사부님, 사부님~. 케이카 씨와 대사부님의 생일은 언제인가요?"

"두 사람 다 11월이라서, 보통 함께 축하를 해줘."

"8월이 사부님과 미오의 생일, 9월이 아주머…… 소라 선생님, 10월이 저, 11월이 케이카 씨와 대사부님, 12월이 아야노와 텐짱이네요. 매달 생일 파티가 열리는 거네요!"

얘가 무시무시한 소리를 늘어놓잖아?!

"나는 이제 참석 안 할 거고, 축하해 주지 않아도 돼!"

내 항의를 무시한 야이치는 아이가 안아 들고 있는 금발 로리를 쳐다보더니, 싱글벙글 웃으며 물었다.

"샤를 양의 생일은 몇 월이야?"

"껴울!"

"어? 겨울의…… 몇 월인데?"

"우웅…… 껴울?"

"크리스마스 근처? 아니면 정월이 지난 후야?"

"껴울~!"

골치 아프네.

얘는 사계절보다 세세하게 1년을 나누지 못하는 거야. 달력조차 볼 줄 모른다니, 고대 메소포타미아 이하의 문명 레벨이잖아. 말이 안 통할 만하네.

"뭐, 뭐어……. 아무튼, 곧 생일이라는 거구나! 생일이 다가오면 가르쳐줘."

"샤우의, 쌩일 빠띠, 할 꼬야~?"

"물론이지! 샤를 양의 생일 파티는 대대적으로 할 거야!"

""대대적?!""

야이치가 그렇게 말하자, 나와 아이는 깜짝 놀랐다. 대체 뭘 하려는 거야?!

"샤를 양을 가마에 태운 다음, 다 같이 그걸 짊어지고 상점가를 도는 거지."

"샤우를, 영짜영짜 하는 꼬야~?"

"그래. 이런 식으로 말이지!"

야이치는 그렇게 말하더니, 아이한테서 넘겨받은 금발 꼬맹이에게 목말을 태웠다.

"와우~♡ 싸뿌, 노빠, 노빠~!"

"하하하! 샤를 양은 참 가벼운걸!"

꼬맹이는 참 즐거워했다. 로리콘도 좋아 죽으려고 했다.

그리고 로리콘이 기뻐할수록, 나와 히나츠루 아이의 기분은 언짢아졌다.

"저기…… 부끄러우니까 그만 좀 해."

"사부님은 모지리……! 항상 샤를만……!"

형세가 불리해졌다는 걸 눈치챈 로리콘은 허둥지둥 꼬맹이를 바닥에 내려놓더니…….

"어이쿠! 노, 노닥거릴 때가 아니었지. 빨리 사저의 생일 선물을 사서 사부님의 집에 가야지. 케이카 씨가 케이크를 완성하기 전에 가야 해."

그 할망구가 케이크를?

건더기가 별로 없는 된장국처럼, 초라한 케이크일 것 같네.

아이도 나와 같은 의문을 느낀 건지…….

"케이카 씨는 케이크도 잘 만드나요?"

"아, 케이크를 만드는 건 본 적이 없어. 쿠키는 때때로 구웠지만 말이야. 올해는 갑자기 자기가 케이크를 만들겠다고 하더니…… '바쁘니까 선물은 야이치 군과 아이가 준비해!' 라고 하더라니깐. 그래서 이렇게 사러 온 거야."

흐음.

그 할망구는 결혼 적령기니까, 기력을 올려서 여류기사가 되는 것보다 여자 어필을 잘해서 돈을 잘 버는 괜찮은 남자를 잡는 편이 낫다고 판단한 걸지도 몰라. 현명하네.

"그래도 괜찮은 거야? 사람이 먹을 수 있는 걸 만드는 거지?"

"괜찮아. 미오 양과 아야노 양도 돕고 있거든. '백지장도 맞들면 낫다' 라는 속담이 있잖아?"

"안경은 몰라도, 그 시끄러운 애는 도움이 안 될 것 같은데……."

'사공이 많으면 배가 산으로 간다' 는 속담처럼 되지 않기를 빌겠어.

"사저가 나서지만 않으면 괜찮을 거야."

키요타키 케이카를 철석같이 믿는 야이치가 그렇게 말했다.

"소라 긴코의 요리…… 먹어 본 적이 없는데, 그렇게 심각한 거야?"

"그래. 먹어 본 적 있다면 기운차게 빈정거리지도 못할걸?"

"뭐? 먹으면 어떻게 되는데?"

"우선, 혀가 마비됩니다."

"그건 복어 독과 같은 증상이잖아!"

"서서히 몸이 마비되고, 숨을 쉴 수 없어져서……."

"꺄아아아아아————앗!"

"하하하. 중간부터는 농담이야."

…………중간부터?

"뭐, 자기 생일 케이크를 직접 만들지는 않을 테니 괜찮을 거야."

"어디까지가 진실이고 어디까지가 농담인지 신경 쓰이지만…… 진짜로 괜찮은 것 맞지? 오늘 생일 파티에는 요리도 있을 거 아니야."

"요리는 『트웰브』에 부탁했다고 들었어. 일부러 가게에 가서 마스터에게 이야기했다는 것 같으니까, 엄청난 요리가 나오는 것 아닐까?"

"흐음. 뭐, 거기 요리라면……."

대국자의 음식 주문에도 대응해 주는, 기사들의 단골 가게다. 장인 기질인 마스터가 혼자서 운영하며, 맛도 나쁘지 않았다. 가장 마음에 드는 건, 괜히 수다 떨지 않는단 점이다.

"텐짱은 트웰브에서 가장 좋아하는 요리가 뭐야~? 나는 버터라이스!"

"나는 소혀 스튜야."

"사부님! 가장 비싼 메뉴예요……!"

"여, 역시 상류층 아가씨……!"

"뭐야? 너희도 같은 또래에 비하면 부자 아니야?"

"샤우, 아찍 뜨엘쁘에서 밥 머근 쩍 업써~."

자기만 트웰브에서 식사한 적이 없다는 걸 안 금발 꼬맹이가 야이치에게 응석을 부렸다. 효과가 끝내주네.

"그렇구나! 그럼 다음에 단둘이서 같이 가자! 뭐든 다 사줄게!"

"샤우 마리지? 뿌딩 머고 시퍼~!"

"푸딩 말이구나. 샤를 양은 좋아하는 음식도 참 귀엽네♡"

"야, 로리콘. 꼬맹이와 그만 노닥거리고 빨리 선물을 골라."

내가 그렇게 말하며 야이치의 오른쪽 귀를 당기자…….

"그래요, 로리콘. 적당히 좀 하세요."

아이가 반대쪽 귀를 당겼다.

이럴 때는 일문의 결속력이 느껴진다니깐. 어디까지나 이럴 때만 말이야.

"아야야! 너, 너희들…… 사부님에게 경의를 좀……."

"아, 예~. 로리콘 대장 선생님. 소라 긴코가 좋아하는 게 뭔지는 알고 계시는지요?"

"사저가 좋아하는 것? 으음…… 장기?"

"당연히 장기는 좋아하겠지. 여기 있는 사람 모두가 좋아할걸? 그게 아니라, 장기 이외의 취미라거나 따로 모으는 소품 같은 건 없는 거야?"

"따로 모으는 소품? 으음…… 타이틀전 때문에 간 관광지의 삼각기를 모으는 것 같아."

"꽤 음침한 취미가 있네……."

소라 긴코가 타이틀전이 치러지는 지방의 여관 선물 코너에서 삼각기를 물색하는 장면을 상상한 나는 말로 형용하기 힘든 표정을 지었다.

투지가 깎일 것 같으니, 이런 정보는 가능하면 알고 싶지 않다.

"장기꾼은 기본적으로 음침하거든. 입 다물고 묵묵히 생각하는 게 일이나 다름없잖아."

"그 말을 들으니, 인생을 손해 보는 기분이 들어."

"게다가 기사의 평균 수명은 일반인보다 짧다는 것 같거든."

"장기를 좋아하지 않는다면, 못 해 먹겠네……."

"뭐, 그런 어두운 이야기는 그만하고——."

야이치는 자기 귀를 잡은 우리의 손을 떼어낸 후, 이야기를 이어갔다.

"사저에게 뭘 선물하면 좋을지, 정말 감이 오지 않아. 이제까지는 케이카 씨가 골랐는데……."

가까운 사람에 대해 느닷없이 질문을 받으면, 바로 답하지 못할 때가 있다.

그 사람에 대해 의외로 잘 알지 못하는 것이다.

나도…… 돌아가신 부모님에게 뭘 선물하면 기뻐하실지 묻는다면, 바로 답할 자신이 없다.

"항상 같이 장기만 둬서 그런지, 장기 말고 뭘 좋아하는지 모르겠어. 장기말에 새겨진 서체 중 어떤 걸 좋아하는지는 아는데 말이야."

"이제까지는 어떤 걸 선물했어?"

"케이카 씨는 아마 옷을 사 줬을 거야."

옷이구나. 나는 소라 긴코가 교복을 입은 모습만 봐왔으니 고르고 싶어도 고를 수가 없겠네.

아이도 의아하다는 투로 물었다.

"옷은 사이즈를 모르면 고를 수 없겠네요."

"맞아! 사저에게 '가슴 사이즈가 어떻게 돼?' 라고 물으면 아마 나를 죽이려고 들 거야……."

"왜 속옷 선물을 전제로 이야기하는 거예요~!"

"따, 딱히 야한 의미에서 한 말은 아니야! 그리고 여자에게 필요한 거잖아?!"

"소라 긴코한테는 필요 없지 않을까? 가슴이 그 모양이잖아."

내가 반쯤 농담 삼아 그렇게 말하자, 야이치는 진지하게 생각에 잠겼다.

"아니, 그래도 이제는…… 아무리 사저가 절벽이더라도 오늘로 열다섯 살이 되는걸."

"그러니까 속옷 생각을 머리에서 떨쳐내세요!"

"샤우 마리지~? 쁘리뀨아 빤쭈 가지고 시퍼~."

아이가 발끈했고, 금발 꼬맹이는 어찌 된 건지 자기가 원하는 걸 말했다.

그러자 야이치의 로리콘 스위치가 갑자기 켜졌다.

"프리큐어 팬티? 좋아, 샤를 양을 위해 팬티 일곱 장 세트를 사야지~!"

"쁘리뀨아 빤쭈~!"

"샤를만 약았어! 왜 팬티를 일곱 장이나 사려는 거예요~?!"

"뭐? 아, 일주일 동안 샤를이 매일 내가 선물한 팬티를 입는다면 행복할 것 같지 않아?"

우와…… 최악이네.

"방금 그 말은 진짜 역겨웠어."

내가 딱 잘라 그렇게 말하자, 아이도 무너지듯 주저앉으며 약한 소리를 늘어놨다.

"으으으…… 사부님이…… 아이의 사부님이 점점 변태가 되고 있어……. 이제 돌이킬 수 없는 지경에 이른 것 같아……."

"너도 고생이 많네……. 하루하루가 이 모양이라니, 동정할게……."

질색한 주위 사람들을 본 야이치가 허둥대며 변명을 늘어놨다.

"노, 농담이니까……. 너무 심각하게 받아들이지 마……."

"점점 농담이 아니게 들려서 슬프다고요!"

"자, 자아! 다른 아이디어는 없어?"

하아…… 이 한심한 대화로 시간을 빼앗기는 것도 바보 같으니, 슬슬 본격적으로 뭘 선물할지 정해야겠어.

"봉제 인형은 어때? 여자애라면 누구라도 싫어하지 않을 것 같거든."

"봉제 인형이라면 큼지막한 걸 하나 가지고 있거든."

"의외네. 소라 긴코가 커다란 봉제 인형을 안고 자거나, 아니면 소꿉놀이라도 하는 거야?"

"아, 그걸로 백드롭 연습을 해."

"연습…… 그걸 연습해서, 언제 누구한테 써먹는 거야?"

"알고 싶어?"

"아니…… 됐어. 그 대답만으로도 충분히 알겠거든……."

"아니, 들어줘! 제발 들어달라고~! 그 여자, 진짜로 너무하다니까아아안! 장기에 졌다고 열받으면 나를 패대기친다고오오오! 지금도 비가 오는 날이면 뒤통수가 아파아아아아아!!"

피해자인 야이치가 눈물을 흘리며 호소했다.

하지만 왠지 애정을 과시하는 것 같아서, 그다지 동정심이 느껴지지 않을 때——.

"싸뿌, 머리, 아빠? 샤우가, 호호 해쭐까~?"

"으으으…… 샤를 양은 상냥하네……. 샤를 양이 내 사저라면 좋을 텐데……."

"어어? 샤우, 싸뿌의, 누나가 되는 꼬야~?"

이 변태가 또 기분 나쁜 소리를 늘어놔…….

금발 꼬맹이도 놀란 건지 고개를 갸웃거렸다. 하긴, 놀랄 만도 해. 진짜 장기의 심오함과 로리콘의 발상에는 한계가 없네…….

나는 혐오감과 동요를 억누르며 물었다.

"좀 더 귀여운 용도로는 안 쓰는 거야? 무서운 영화를 봐서 잠이 안 올 때, 인형과 같이 잔다거나……."

"그럴 때는 나를 이용하거든. 내제자 시절에는 2단 침대에서 잤는데, 괴담 방송을 본 날 밤에는 화장실에 갈 때 나를 두들겨 패서 깨우거나, 사저가 잠들 때까지 나보고 머리를 쓰다듬어달라고 했어."

방금까지 바닥에 주저앉아 있던 아이는 그 말을 듣고 슬그머니 몸을 일으켰다.

"자랑하는 거예요?"

"뭐? 아니, 그런 건 아닌데……."

"하지만 제가 무서운 방송을 봐도, 사부님은 그렇게 해 주지 않잖아요? 아주머니한테는 머리를 쓰다듬어줬고, 샤를은 지금처럼 안아주면서……."

"샤를 양은 아직 어리니까……."

"아이도 아직 아홉 살이에요! 한 자릿수라고요! 공중목욕탕에 가도 사부님과 같이 들어갈 수 있단 말이에요!"

　웅성웅성…… 주위가 술렁댔다. 경비원이 이쪽을 보고 있다.

　그리고 나는 은근슬쩍 애들과 거리를 뒀다. 그리고 모르는 사이인 척했다.

"자, 잠깐만! 아, 아이, 목소리가 너무 커! 다른 손님들이 들어! 오해를 살지도 모른다고……!"

　오해가 아니라고 생각하는데 말이야.

"마, 맞다! 아이라면, 어떤 선물을 받으면 기쁠 것 같아?"

"네?! 저, 저…… 말인가요?"

"응. 뭐든 말해 봐."

"뭐든…… 사부님이 주는 거라면, 뭘 받아도 기쁠 거예요."

"그렇게 말해 주니 기쁘지만, 좀 더 구체적으로 말이야. 응?"

"…………."

　아이는 일단 입을 다물었다.

말할지 말지 잠시 고민한 후…… 입을 열었지만, 또 말을 삼켰다. 되게 꾸물거리네!

한동안 그런 행동을 반복한 후…….

"그, 그럼…………."

아이는 원하는 것을 입에 담았다.

"…반지, 예요……."

"반지? 보석이 박힌 거 말이야? 너무 비싼 건……."

"가격은 상관없어요! 보석이 박힌 게 아니라도 괜찮, 아니, 아무것도 박히지 않은 게 좋아요!"

"그래?"

"예! 심플한 은반지………… 그리고 사, 사부님도 똑같은 걸 끼면……."

잠깐만 있어 봐.

그건 설마…… 약혼————.

"반지……. 사저도 그런 걸 좋아할까?"

"안 돼요!"

"뭐?! 하, 하지만, 방금 아이는 반지가 좋겠다고——."

"저는 가지고 싶어요! 하지만 사부님이 아주머니에게 반지를 선물하는 건 절대 안 돼요! 착각할 거라고요!"

"착각?"

야이치는 얼간이 같은 얼굴로 더 얼간이 같은 표정을 지으며 되물었다. 이 녀석은 뇌가 장기 말고 다른 쪽으로는 전혀 돌아가지 않는 거 아니야?

"'생일 선물'로 줄 거잖아. 그런데 뭘 착각한다는 거야?"

"그, 그게, 그러니까………… 아무튼 안 돼요! 절대로 안 된다고요~!"

"아, 알았어! 알았다고! 애초에 장기꾼에게 반지는 영…… 장기를 둘 때 상대방이 신경 쓰일 거라며 빼는 사람도 있거든."

왠지 가슴이 따끔거린 나는 무심코 끼어들었다.

"확실히 반짝거리는 게 눈에 들어오면 신경이 쓰일 거야."

"응. 게다가 사저는 액세서리 같은 걸 질색하니까, 줘도 끼지 않을 게 틀림없어."

"그럴까? 그 눈 결정 같은 머리 장식은 네가 선물한 거라며?"

"그렇긴 한데…… 싸구려야."

야이치는 의아한 표정을 지으며 그렇게 말했다. 확실히 그건 비싼 물건 같지 않았다.

하지만, 그렇기 때문에――.

"게다가 제대로 고른 것도 아니야. 사저가 처음으로 타이틀을 딴 호텔의 선물 코너에서 팔던 걸 대충 사서 줬을 뿐이라고."

"그런 싸구려를 그 후로 몇 년이 지났는데도 계속 머리에 꽂고 다니는 거잖아? 액세서리 같은 건 질색하는 사람이 말이야."

"뭐, 그래."

"그럼 뭐든 괜찮지 않을까? 이 근처에서 주는 티슈 같은 거라도 괜찮겠네."

"너무 귀찮아하는 거 아니야?! 왜 방금 이야기에서 그런 결론으로 이어지는 건데?!"

"몰라요! 사부님은 모지리!"

"게다가 왜 아이까지 화내는 거야?! 제발 부탁이야. 나는 여자 중학생이 가지고 싶을 만한 게 뭔지 감도 안 와. 협력해 준다면, 그만큼 빨리 이 일이 끝날 거야."

"그 머리 장식과 비슷한 걸 또 선물하는 건 어때? 지금 쓰는 건 꽤 낡았고, 싸구려라며?"

"으음~……. 그것도 괜찮지만, 기왕 다 같이 선물하는 거니까 내가 옛날에 준 것과 겹치는 건 좀 그래."

하긴. '모두의' 선물인 만큼, 우리의 의견이 반영된 것이 좋을 거야.

"그럼 애완동물은 어떨까?"

"애완동물…… 기사 중에는 마음의 치유를 위해 동물을 기르는 사람이 많긴 하지."

"황폐해진 마음을 동물로 치유해 주면, 그 날카로운 성격도 다소 누그러들지도 몰라."

"너도 말이야……."

"방금 무슨 말씀 하셨나요? 쓰레기 선생님?"

"아, 아무 말도 안 했어! 애완동물도 괜찮겠네! 사저는 가족들과 같이 사니까 기를 수 있을 거야! 역시 아이 아가씨!!"

방침은 정했다. 이제 어떤 동물을 기를지 정해야 하는데…….

"사부님은 어떤 동물을 좋아하세요?"

"귀여운 포유류를 좋아해. 도마뱀이나 물고기 같은 건 기르고 싶지 않아."

"그게 전제조건이네."

비늘 있는 생물은 나도 싫어해. 좋아하는 사람에게 좀 미안하지만 말이야.

"그리고 털은 금색이면 좋겠어."

"골든레트리버 같은 게 괜찮긴 할 거야."

"포메리안도 귀여워요! 복슬복슬~♡"

"눈은 녹색이었으면 해."

"아, 고양이도 괜찮겠네."

"냐옹냐옹~♡"

"조그마하고."

"그편이 기르기 좋아."

"혀 짧은 듯한 말투로 말해."

"그건 샤를이잖아요~!!"

"우왓! 마, 맞아…… 무의식적으로 갈구하고 말았어……"

마치 여아 금단 증상이네.

"어어~? 샤우, 싸뿌의 애완동물이 되는 꼬야~?"

"아, 아니야! 샤를 양을 애완동물로 삼다니──."

"낄러쩌~."

"어……?"

"싸뿌, 샤우, 낄러쩌~."

"귀여워어어어어어어어어어어어어어어어어어어어어엇!"

아, 망가졌다.

양손을 벌리며 "낄러쩌~." 하고 응석을 부리는 금발 로리를 안아 든 야이치가 엄숙한 투로 말했다.

"좋아! 이대로 집에 데려가서 기르겠어!"

"저기, 사부님! 우리 아파트는 애완동물 키우지 못해요!"

"싫어어어어! 기를 거야~! 이 애, 우리 집에서 돌볼 거라고~!"

"안 된단 말이에요!"

"부탁이야~! 교육도 잘 시키고, 밥과 산책도…… 목욕도 매일 같이할게!"

"모교옥~!"

"므흐흐~♡ 샤를 양을 우리 집에서 기른다니, 참 기쁘네~♡ 음식과 전용 침대도 준비하고…… 그리고 뭐가 필요하지~? 아, 산책할 때 쓸 목줄도 필요하겠어. 이야, 살 게 확 늘어버려서 큰 일이네~."

"큰일 난 건 저예요! 사부님은 모지리! 로리콘 킹!"

"로리콘 소리 좀 그만해! 나도 상처 입는다고!"

"으으…… 훌쩍………… 자기 스승이 여섯 살 여자애를 자택에 감금해서 애완동물로 삼겠다고 공공장소에서 선언하는 변태라는 걸 안 제가…… 더 싶은 상처를 받았다고요……!"

백화점 바닥에 주저앉은 아이가 엉엉 울기 시작했다.

하지만 아홉 살 여자애를 내제자로 삼은 것만으로도 충분히 문제라고 생각하는데 말이야.

"노, 농담한 거야……. 분위기를 띄우려고 좀 장난쳤을 뿐이니까, 그렇게 엉엉 울면서 화낼 것까지는…….."

"전혀 농담으로 들리지 않으니까 화내는 거예요!"

"자, 자아! 원래 목적을 떠올려 보자! 우리는 사저에게 줄 선물을 사러 온 거잖아! 빨리 골라 보자!"

"샤를의 귀여움에 눈이 멀어서 목적을 망각한 사람은 사부님이면서……."

"뭐가 좋을까~? 물건이 너무 많아서 고민되네~."

야이치는 티 나게 얼버무렸다.

하아……. 역시 스승을 잘못 골랐던 걸까?

"앗. 그러고 보니……."

나는 호주머니에 넣어뒀던 봉투를 떠올렸다.

그것은 집을 나설 때, 아키라가 건네줬던 봉투다.

『아가씨. 오늘은 중요한 용건이 있어서 동행할 수 없습니다. 하지만…… 우메다에 도착하신다면 이 봉투를 열어봐 주세요.』

나를 쭉 돌본 아키라는 나를 누구보다 잘 안다. 그리고 야이치와 마찬가지로 진성 로리콘이다. 그런 아키라라면…… 이 상황을 예측하고 나에게 좋은 아이디어를 맡겼을지도 몰라!!

"윽…………!"

내가 실낱같은 희망에 매달리며 봉투를 열어 보니————.

『초고성능 소형 카메라! 인터넷 경유로 당신의 스마트폰에 리얼 타임으로 영상과 음성을 송신. 집에 혼자 있는 아이의 상태를 확인하는 데 최적! 특판 기간은 9월 9일까지.』

그런 전단지 조각과 요도바시 카메라의 포인트 카드가 같이 들어 있었다.

우메다에 가는 김에 사다 달라는 거야?! 이건 도촬용이잖아!

게다가 내 방에 설치하려는 거지?!

아무짝에도 쓸모없는 그 종잇조각을 요도바시 카메라 포인트 카드와 함께 쓰레기통에 버린 후, 나는 마침 눈에 들어온 것의 명칭을 입에 담았다.

"양산은 어때? 자주 쓰는 것 같던데 말이야."

"오오! 양산! 사저는 햇볕에 약해서 외출할 때는 양산이 필수니까, 여러 개 있어도 괜찮을 거야! 좋아! 그걸로 하자!"

"저기에 양산을 파는 코너가 있네."

"그럼 돈 줄 테니까, 적당한 녀석을 골라 봐."

야이치는 그렇게 말하더니, 다른 층에 어린애가…… 아니, 볼일이 있는지 에스컬레이터를 쳐다보았다.

"나는 개인적으로 살 게 있어."

아이는 미심쩍은 눈길로 쳐다보며 물었다.

"목줄을 사려고요……?"

"안 사!!"

△

택시 뒷좌석에서 몸을 내민 아이가 기쁜 어조로 말했다.

"사부님! 멋진 선물을 샀네요!"

선물을 고르다 보니 해가 졌기에, 우리는 택시를 타고 우메다에서 대사부님의 집이 있는 노다로 향했다.

참고로 우리는 흰색 양산을 골랐다. 소라 긴코가 검은색 양산을 쓰는 모습을 본 적 있어서 다른 색깔을 고른 것이다.

야이치가 조수석에서 백미러로 우리 쪽을 쳐다보며 말했다.

"그래. 그거라면 사저도 기뻐할 거야. 다들 수고했어!"

"피곤하니까 그만 돌아가고 싶어."

"너, 정말…… 이제부터 파티 장소로 갈 거니까, 조금은 기대
해달라고……."

노곤하니까 무리.

"자, 분위기 좀 띄우자! 맛있는 케이크가 기다리고 있어!"

"할망구와 안경과 시끌이가 만드는 거지? 맛있는 케이크가 완
성될 요소가 하나도 없어. 근처 편의점에서 사는 게 나을걸?"

아이와 나 사이에 앉은 금발 꼬맹이가 환한 목소리로 말했다.

"샤우 마리지? 께이끄 찐짜 머꼬 시퍼~!"

"그럼 내 몫을 전부 줄게."

"뗀짱, 싸랑애~!"

"잠깐만?! 침 묻은 손으로 만지지 마!"

"저, 저기! 좁으니까 두 사람 다 날뛰면 안 돼~!"

"사이가 좋은 건 괜찮지만, 선물을 망가뜨리지는 마."

바로 그때, 야이치의 스마트폰에서 착신음이 흘러나왔다.

"아! 케이카 씨한테서 문자가 왔어……. 어디 어디? 도중에 트
웰브에 들러서 요리를 찾아와? 그리고 케이크 제작에 고전 중이
니까, 한시라도 빨리 아이를 돌려보내라네……."

"그거 봐. 케이크 폭망 알림이 왔네."

"아, 아직 포기하기에는 일러! 내가 어떻게든 할 테니까……

텐짱과 샤를 양도 도와줘!"

"샤우, 생끄림, 빠를래~!"

"그럼 나는 그 위에 딸기를 얹겠어."

"텐짱, 의욕 좀 내줘~!"

"뭐? 내 손은 장기를 두기 위해 존재해. 요리는 태어나서 한 번도 해 본 적 없으니까, 딸기를 얹는 것도 엄청 서비스하는 거야."

야이치는 스마트폰을 호주머니에 넣고, 대신 지갑을 꺼냈다.

"기사님, 칸사이 장기회관에 들러 주세요. 거기서 저만 내리고, 이 애들은 아까 말한 목적지로 데려가 주세요. 미리 돈을 드릴 테니까, 잔돈은 이 애한테…… 아이, 잔돈을 챙겨."

"사부님은 어쩌실 거예요?"

"요리도 양이 많을 테니까, 따로 택시를 잡아서 타고 갈게."

우메다에서 칸사이 장기회관은 택시로 5분도 걸리지 않는 거리다.

곧 갈색 건물이 보이자, 야이치는 혼자만 택시에서 내렸다.

"사부님~! 케이크는 제가 만들어둘 테니까 안심하세요~!"

"싸뿌~! 빠이빠이~!"

아이와 금발 꼬맹이는 창문을 열더니, 출발한 택시 안에서 야이치를 향해 그렇게 말했다.

그렇게, 우리는 야이치와 헤어졌다.

그러니 이제부터 하는 이야기는, 내가 그 자리에서 직접 보고 들은 게 아니다.

하지만…… 그렇다고 내 상상인 것도 아니야.

그 자리에는 없었지만 전부 보고 있었거든.

"자, 빨리 트웰브에 가서 요리를 받아와야지."

택시를 보낸 후, 야이치는 칸사이 장기회관 1층에 있는 레스토랑의 입구로 갔다. 가게와 장기회관은 입구가 따로 있다.

그리고 그날, 레스토랑의 문에는 『금일 대절』이라는 팻말이 걸려 있었다.

"어? 오늘은 누가 통째로 빌렸나 보네. 뭐, 요리를 받아 가기만 하는 거라면 괜찮겠지."

야이치는 단골인 만큼, 주저 없이 문을 열고 안으로 들어갔다.

문에 달린 종이 울리는 가운데, 어둑어둑한 가게 안으로 들어선 야이치는 점장에게 말을 걸었지만…….

"실례합니다~. 요리를 주문해둔………… 어라?"

가게 안에는————— 뜻밖의 인물이 있었다.

"야이치?"

소라 긴코.

오늘 주역인 인물이, 어둑어둑한 가게 안에서, 홀로 카운터에 앉아 있었어.

게다가 평소 입던 중학교 교복이 아니라………… 세련된 드레스 차림이야. 큭! 귀엽잖아…….

© shirabii

"사저? 여기서 뭐 하는 거예요?"

"케이크 만드는 걸 도우려고 했더니, 케이카 씨가 파티 주인공에게 케이크를 만들게 할 수 없으니까, 요리를 가져오라고 시켜서……."

"아하, 케이크를 망치지 못하게 쫓아낸 거군요."

"확 담가버린다?"

"자, 잘못했어요……."

소라 긴코는 자기 옆자리를 가리키면서 '여기 앉아.' 라고 손짓하더니…….

"뭐, 잘됐기는 해. 내 생일 파티를 준비하는 사람들 옆에서 멀뚱멀뚱 있는 것도 좀 그러니까 말이야……."

"그렇긴 할 거예요."

카운터 자리에 앉은 야이치가 가게 안쪽을 향해, 약간 큰 목소리로 말했다.

"마스터. 케이카 씨가 요리를 부탁했다고 들었는데요. 다 됐나요?"

낮은 목소리가 들려왔다.

야이치는 그 말을 듣더니, 김빠진 콜라 같은 목소리로 말했다.

"예? 조금만 더 기다려 달라고요? 하아, 알았어요……."

그리고 옆에 앉은 소라 긴코에게 귓속말을 했다.

"여기 마스터는 진짜 무뚝뚝하네요."

"그래서 괜찮지 않아? 이렇게 의사소통은 가능한걸."

소라 긴코는 물을 반쯤 남은 컵의 가장자리를 손가락으로 훑으면서 대답했다. 장기전 태세네.

비스듬히 앉아 있던 야이치는 각오를 다진 듯이 똑바로 앉더니, 다른 화제를 입에 담았다.

"그건 그렇고…… 사저, 그 드레스는 어디서 난 거예요?"

"샤칸도 선생님한테 받은 선물이야."

"아하……."

야이치는 다 이해한 것처럼 고개를 끄덕였다.

샤칸도 리나 여류명적은 여류 장기계의 제1인자.

그리고 야이치의 절친인 칸나베 아유무의 스승이기도 하다.

또한, 하라주쿠에서 해외 유명 브랜드 상품을 취급하는 가게를 운영하고 있으며, 독자적인 패션 브랜드도 가졌다. 그래서 그런지, 그 일문은 대국 때 화려한 복장으로 나타난다. 그거, 장외전술 아니야?

오늘 소라 긴코가 입은 드레스는 그 일문이 입는 옷보다 간소하기는 하지만…… 장기회관에 입고 오는 옷치고는 지나치게 화려했다.

"케이카 씨가 입고 가라고 난리였거든. 기왕 받은 거라니 입어보라면서 말이야. 샤칸도 선생님한테서는 생일 파티에서 입었다는 증거 사진을 보내란 지시를 받았고……."

"연구회에서 신세를 지고 있으니까요. 뭐, 그 정도는 참는 게 어때요?"

야이치가 쓴웃음을 지으며 그렇게 말하더니, 은근슬쩍 빠른 어조로 덧붙이듯 이렇게 말했다.

"그리고…… 저기, 귀엽네요."

"엉큼해."

"예?!"

바로 그때, 가게 안쪽에서 마스터가 나왔다.

"아, 마스터. 다 됐나요?"

야이치는 구원자라도 본 듯한 투로 그렇게 말했지만, 마스터는 요리 대신 음료를 두 사람 앞에 뒀다.

그것은 선명한 색깔을 띤 액체가 담긴 칵테일 잔이었다.

"어? 시간이 더 걸리니까, 이거라도 마시면서 기다리라고요?"

"이건…… 논알코올 칵테일일까?"

"엄청나게 멋들어진 음료네요……."

물론 주문한 건 아니다. 아니, 메뉴에도 없다.

소라 긴코는 난처한 듯이 그것을 쳐다보더니…….

"기왕 이렇게 됐으니…… 건배라도 할까?"

"아, 예. 건배……."

두 사람은 잔을 들었다.

그리고 잔을 맞대자, 땡~ 하는 소리가 울려 퍼졌다.

"좀 있다 생일 파티를 할 거지만……. 사저, 생일 축하해요."

"응……."

야이치는 단숨에, 소라 긴코는 천천히 잔을 기울였다. 이 분위기는 뭐야…….

"아, 이거 맛있네. 마스터는 이런 것도 만들 줄 아나 보네요."

그런 야이치의 말에 반응한 건 아니겠지만, 마스터가 또 나타

나서 두 사람 앞에 접시를 뒀다.

"이번에는 수프가 나왔어요……."

"마치 코스 요리를 즐기는 것 같아……."

"제대로 주문이 전달되긴 한 걸까요? 요리는 테이크아웃을 하기로 되어 있는데…… 뭐, 배도 좀 고프니까 먹기로 할까요?"

"그래……. 아, 또 뭔가 가지고 왔네."

새롭게 요리가 나왔나 했더니, 그렇지 않았다.

마스터는 소라 긴코에게 조그마한 상자를 건넸다.

"어? 저한테요? 고, 고마워요……."

예쁘게 포장된 그것을 받고 동요한 소라 긴코는…….

"마스터? 이 상자는 뭐죠? 저기, 마스터?"

가게 안쪽으로 들어가는 마스터를 향해 그렇게 말했지만, 상대방은 답하지 않았다.

남겨진 두 사람은 상자를 응시했다.

"이번에는 뭘까……?"

"마스터가 주는 생일 선물? 같은 걸까요?"

"마스터가 어떻게 내 생일을 알고 있는 거야?"

"케이카 씨가 요리를 주문하면서, 사저의 생일 파티용이라고 전한 걸지도 몰라요. 모르는 사이도 아니니까, 소소한 선물을 준비하더라도 이상할 건 없잖아요?"

"하긴…… 네 살 때부터 여기 단골이잖아."

"게다가 다이너마이트 요리를 먹는 건 사저뿐이고요. 그래서 그 답례…… 같은 것 아닐까요?"

"그게 답례할 만한 일인 거야?"

"머지않아 《나니와의 백설공주》의 열렬한 팬들 사이에서, 이 가게에서 다이너마이트를 먹는 게 행사화될지도 모르잖아요."

"말도 안 돼."

"뭐가 들어 있을까요? 열어 보죠!"

"좋아……. 어, 가볍네?"

"가벼워? 헉……! 서, 설마 열다섯 살 생일인 만큼, 생애 첫 브래지어를……?!"

"헛소리하지 마!"

"아얏!"

카운터 아래편에서 소라 긴코가 날린 발차기가 야이치의 정강이에 꽂힌 건지, 묵직한 소리가 났다.

역시 쓰레기 스승이야.

좋은 분위기를 말 한마디로 망쳤네. 경이적인 종반력이라니깐. 장기판 위의 판타지스타네.

"브래지어는 한참 전부터 착용했거든?! 확 죽여버린다!"

"네?! 사저의 가슴 크기로는 해 봤자 의미 없지 않아요? 아, 혹시 그건가요? 한창 싸우는 도중에 벗어서 파워업하는 느낌인가요."

"바보 아니야?! 대국 도중에 브래지어를 벗는다고, 장기가 세지는 게 말이 돼?!"

"적어도 상대방은 동요할 거예요."

"그 상황에선 장기를 못 둘걸? 바보. 변태. 치한."

"말이 너무 심하잖아요……."

그런 말 들어도 싸. 쓰레기.

소라 긴코는 입술을 삐죽 내밀며 투덜거리듯 중얼거렸다.

"내 가슴도, 그런 소리를 들을 만큼 작지는 않은데……."

"사저? 뭐라고 했어요? 목소리가 가슴만큼 작아서 안 들렸어
요."

"좋아. 죽이겠어!"

"죄송해요, 죄송해요, 헛소리해서 죄송해요, 다시는 안 할게
요!!"

야이치는 카운터에 이마를 비비며 사죄했다.

소라 긴코는 한숨을 내쉰 후, 찌직 하는 소리를 내며 포장을 뜯
더니, 내용물을 확인했다.

"하아. 생일인데, 대체 왜………… 어머?"

"왜 그래요?"

"이 상자…… 비었어……."

소라가 의외라는 듯이 그렇게 말하자, 야이치도 의아하다는 듯
이 안을 살펴보려고 했다. 저기…… 너무 들러붙는 거 아니야?
나, 나와 딱히 상관은 없지만…….

"넣는 걸 깜빡한 걸까요?"

"아, 종이가 들어 있네……."

"메시지 카드일까요? 그럼 일부러 상자에 넣지 않아도 될 텐
데……."

"뭐라고 적혀 있을까?"

"나한테도 보여줘요. 어디어디……?"

야이치가 소라 긴코의 손 언저리를 쳐다보았다.

그리고, 두 사람은 한 목소리로 카드에 적힌 글을 읽었다.

""긴코에게. 생일 축하해! 긴코가 가장 좋아할 것을 선물해 줄게. 만끽해! 케이카.""

두 사람은 메시지를 읽더니, 고개를 갸웃거렸다.

"……으음. 이게 뭐지?"

"케이카 씨의 메시지일까요? 그럼 이 상자는 케이카 씨가 준비한 거겠네요?"

"어떤 의미일까?"

"사저가 가장 기뻐할 것……?"

"게다가 '만끽' 하라니…… 안에 아무것도 없는데, 뭘 어떻게 즐기라는 걸까?"

"글쎄요. 이 빈 상자 안의 공간을 즐기라는 말일까요?"

야이치가 별생각 없이 그렇게 중얼거린 순간, 소라 긴코의 반응이 달라졌다.

"…………공간?"

"수수께끼일까요? 그러고 보니 이 가게도 오늘 좀 이상하네요. 대절 팻말도 붙어 있는데, 손님이 없잖아요."

"…………대절?"

"우리는 주문해둔 요리를 기다리고 있는데, 다른 요리가 계속 나오고 있고요. 이래서야 나와 사저가 이 가게를 통째로 빌려서, 단둘이 생일을 축하하고 있는 것 같잖아요."

화악!

소라 긴코의 얼굴이 마치 불이 붙은 것처럼 새빨개졌다. 그리고 작은 목소리로, 키요타키 케이카에게 불평을 늘어놓았다.

"케, 케이카 언니. 상의도 없이 이런 짓을 벌이면 어떻게 해……. 즐길 수 있을 리가 없잖아……!"

뭐, 어떤 의도인지는 명백하네.

즉, 처음부터 그 할망구가 일을 꾸민 거야.

여초연을 분단시킨 건, 소라 긴코가 어디에 있는지 우리가 이상하게 여기지 않게 하기 위해서다. 그리고 나와 아이를 사부와 동행시킨 것도, 우리를 방심시키기 위해서다.

『사부님과 함께 쇼핑~♡』

이런 생각을 하며 기뻐하던 아이가 진실을 알게 됐을 때, 얼마나 충격을 받을까.

분해! 완전히 농락당했어!

그리고…… 이 상황에서도 아직 사태를 이해하지 못하고 느긋한 소리를 늘어놓고 있는 쓰레기 사부 때문에 울화통이 터질 것 같아! 왜 눈치채지 못하는 거야?!

"사저? 방금 뭐라고 했어요? 아! 정답을 눈치챈 거예요?!"

"…………몰라."

"에이~. 시치미 떼지 말고 가르쳐 줘요~."

"죽어! 성희롱 쓰레기 로리 둔감 쓰레기!"

"너무해! 은근슬쩍 쓰레기를 두 번 넣다니, 진짜 너무해!"

"……바보."

"정답을 눈치채지 못했다고, 바보라고 말할 것까지는 없잖아요……."

"그런 뜻으로 한 말이 아니야, 바보야……."

작은 목소리로 한 말은 야이치에게 들리지 않았다. 평소와 마찬가지로 말이다. 일부러 저러는 거 아닐까?

"하아…… 오늘은 혼만 계속 나네. 제자들에게 혼난 걸로 모자라, 사저한테도 혼났어……."

"자업자득이야."

"내 어디가 문제인 건데요?"

"얼굴. 태도. 머리."

"너무해……."

야이치는 신음을 흘렸다.

소라 긴코는 더욱 몰아붙이려는 듯이 공세의 끈을 놓지 않았다.

"야이치는 옛날부터 다른 여자애한테는 항상 친절하지만, 나한테만 매몰차게 굴었지?"

"그 반대 아니에요? 사저가 나한테만 매몰차게 구는 거 아니에요?"

"그 쪼그만 애한테는 아내로 삼아주겠다고 했으면서……."

"샤를 양 말이죠? 하지만 그건 제자로 삼아달라는 걸 거절할 구실 삼아서——."

"제자 부모님한테 '따님을 주십시오' 니, 제자한테 '가족이 되자' 같은 소리를 했잖아. 그거 완전 프러포즈 아니야?"

"그러니까 그건 결혼하자는 의미가 아니라……."

"케이카 씨한테도 말했다며? '나, 프로 기사가 되면 케이카 누나를 아내로 삼을 거야!' 하고 말이야."

"그, 그건 초등학교 1학년 때 한 말이잖아요! 그 나이에는 누구나 한 번쯤 그런 말 하거든요?"

확실히 야이치의 주장에도 일리가 있다. 나도 유치원에 다닐 때, '할아버지와 결혼할래' 같은 소리를 했으니 말이다.

하지만 소라 긴코는 그냥 넘어가지 않았다. 오히려 더욱 불만에 찬 목소리로 말했다.

"나는 들은 적 없어."

"어릴 적에는 연상의 누나를 동경하니까——."

"나도 누나인데, 들은 적 없어."

"확실히 누나는 맞지만, 연하잖아요."

"그래도 누나거든?"

"사저…… 내 아내가 되고 싶어요?"

"좋아. 두 번 죽이겠어."

"왜요?! 이야기의 흐름을 보면 딱 그런 느낌이잖아요?!"

"그럴 리 없잖아. 바보 아니야? 저 테이블 모서리에 머리 박고 돈사하지?"

소라 긴코가 독설을 퍼부어대자, 야이치는 당연한 의문을 입에 담았다.

"그럼 왜 아까부터 아내란 말에 집착하는 거예요?"

"야이치한테 '아내가 되어 주세요' 란 말을 듣고, 그걸 거절하고 싶단 말이야."

"대체 왜……."

"그러면 기분 좋을 것 같거든."

"진짜로 귀여운 구석이 없는 사람이라니까."

"어차피 나는 하나도 귀엽지 않거든~? 야이치가 말하는 귀여운 애는 열 살 이하의 E컵 이상인 여자애지? 그 기준에 미치지 못해서 참 미안하네."

"나는 대체 얼마나 변태인 거야?! 그런 망상 속 생물은 이 세상에 존재하지 않거든요?!"

"글래머와 어린 여자애는 좋아하면서……."

"좋아하긴 하는데……. 아, 아니! 어린애는 좋아하지 않는다고요!"

이렇게 설득력이 없는 반론도 흔치 않을 거야.

"뭐든 닥치는 대로 합친다고 최강이 되는 건 아니라고요! 로리별 사람과 찌찌별 사람은 다른 별의 주민이에요! 섞으면 위험하다고요!"

"아무튼, 나는 귀엽지 않다는 거지?"

"아니, 그러니까 말이죠? 내가 케이카 씨와 샤를 양을 아내로 삼겠다고 말한 건, 글래머를 좋아하거나 로리콘이라서 그런 게 아니에요. 그리고 사저는…… 매우 귀엽다고 생각해요. 일반적인 의견으로서……."

"그럼 야이치가 나한테 장기로 지면, 나한테 결혼하자고 해."

"왜 그렇게 되는데요……?"

맞아! 왜 그렇게 되는 거야?

하지만 그 의문에 답하는 것을 거부하듯, 소라 긴코는 기쁜 어조로 말했다.

　"그럼 장기 두자."

　"예엣? 지금요?"

　"7칠보."

　"잠깐만요! 사저가 선수예요?!"

　"내 생일이잖아. 그 정도 핸디캡은 선물해 줘도 되지 않아?"

　"하아, 알았어요…………. 그럼, 3사보."

　야이치는 두 번째 수를 뒀다. 무난하고 정석적인 수다.

　하지만 각의 길을 열어주는 그 수가, 뜻밖에도 패착이 되고 말았다.

　"참, 야이치는 비각떼기야."

　"에에엣?! 그, 그건 너무 악랄한 거 아니에요?! 그리고 접장기라면 내가 선수여야 할 거 아니에요!"

　"핸디캡을 선물해 준다며? 자아, 1일각성."

　"…………졌습니다."

　"벌써 투료하는 거야?"

　소라 긴코는 깜짝 놀란 투로 그렇게 말했다. 뻔뻔해…….

　"그야 비각떼기의 접장기에서 향차를 그냥 내주고, 각행이 용마가 됐으니 누구라도 투료할걸요?! 애초에 사저 상대로 비각떼기로 두면 투료할 수밖에 없다고요!"

　"겨우 세 수만에 투료하다니…… 야이치는 그렇게 나를 아내로 삼고 싶은 거야?"

"아니, 그러니까──."

"투표까지 1분도 걸리지 않았거든?"

"그러니까, 이건──."

"너무 흑심을 드러내는 거 아니야?"

"그야 처음부터 승산이 없으니까──."

"긴코 양의 매력에 투표! 같은 거구나?"

"그런 말을 해도 부끄럽지 않은 거예요……?"

"확 담가버린다?"

"잘못했어요, 잘못했어요. 또 기어올라서 죄송해요! 잘못했어
요!"

야이치는 카운터에 이마를 비비며 사죄했다.

소라 긴코는 그런 사제의 뒤통수를 손가락으로 톡톡 두드리며
즐거운 어조로 재촉했다.

"자아. 그것 말고 할 말이 있지 않아?"

"으음…… 진짜로 말해야 해요?"

"자아~. 빨리 말해 봐~."

소라 긴코는 어린애처럼 야이치의 팔을 흔들어대며 응석을 부
렸다.

투표의 말보다 더 각오와 굴욕이 요구되는 그 말을, 야이치는
쥐어짜듯 말했다.

"…………내 아내가 되어 주세요."

"흐흥~♡ 진짜 싫어♡"

잘 먹었습니다…….

너무 달아서 입으로 설탕을 토할 것만 같아!

◯

종이 달린 문을 연 야이치와 소라 긴코는 함께 가게를 나섰다.
""잘 먹었습니다~.""
밖은 어느새 어두컴컴해졌다.
약간 쌀쌀해진 밤의 공기를 느끼며, 소라 긴코는 말했다.
"결국, 디저트까지 먹었네."
"케이카 씨가 짠 일이라고는 해도, 기다리고 있는 사람들에
게 미안한 짓을 했네요. 빨리 이 요리를 가지고 돌아가야겠어
요……. 짐도 있으니, 택시로 돌아가죠."
"내가 택시를 잡을 테니까, 야이치는 요리가 엉망이 되지 않게
잘 들고 있어."
"예."
야이치는 봉투에 들어있는 대량의 요리를 양손으로 들었다. 소
라 긴코는 찻길 쪽으로 가더니, 한 손을 들어서 택시를 잡으려고
했다.
하지만 바쁜 시간대라서 그런지, 아니면 소라 긴코가 서툴러서
그런지, 택시는 그냥 지나치기만 할 뿐 멈춰 서지 않았다.
"좀처럼 잡히지 않네……."
바로 그때였다.
"저기, 사저."

"왜?"

"부끄러우니까 도로를 보면서 내 말을 들어줬으면 해요."

"뭐……?"

소라 긴코는 무심코 뒤를 돌아볼 뻔했지만, 야이치의 이어지는 말을 듣고 석상이라도 된 것처럼 굳어버렸다.

"저기…… 나는 오늘, 사저의 생일 선물을 애들과 함께 사러 갔는데, 고르면서 깜짝 놀랐어요. 10년이나 같은 방을 썼는데, 사저가 좋아하는 것이나 취향을…… 장기 말고는 전혀 알지 못했거든요……."

"…………."

"하지만 그렇다고 해서 쓸쓸했다는 게 아니라…… 그만큼 우리 둘이 장기에 몰두했다고 생각했어요. 나 혼자였다면 절대로 프로 기사가 되지 못했을 테고, 타이틀을 따는 건 꿈도 못 꿨겠죠……. 사저가 있어 줘서, 내 사저가 소라 긴코여서, 이만큼 강해질 수 있었다고 생각해요."

두 사람의 가슴이 두근거리는 소리가, 들리는 것만 같았다.

소라 긴코의 커다란 눈동자가, 호수처럼 빛을 머금기 시작했다.

"그러니까…… 뭐랄까, 태어나 줘서 고맙다고나 할까…… 하하, 미안해요. 이런 말에 익숙하지 않아서, 이상한 소리처럼 들리죠? 그러니까, 제가 하고 싶은 말이 뭐냐면——."

그리고, 야이치는 말했다.

잠시 뜸을 들인 후, 차분한 어조로…….

"생일, 축하해. 긴코."

한순간…… 나는 이렇게 생각했다.

나도 생일에 이런 식으로 누군가가 축하해줬으면 좋겠다고 말이다. 한순간에 지나지 않지만…….

"야이치……."

소라 긴코는 멈춰선 채, 사제의 이름을 입에 담았다. 이름만을…….

"맞다! 실은 나도 선물을 준비했어요."

"뭐?"

"아까 말했죠? 오늘, 제자들과 함께 선물을 고르러 갔다고요. 실은 사저에게 어울릴 것 같은 물건을 발견해서, 개인적으로 구매했어요."

호오~? 그런 짓을 했구나?

우리가 양산을 계산하는 사이에 산 거구나. 흐음~. 호오~.

"야이치가 고른 거야? 나한테 주려고?"

"받아주세요. 마음에 들지는 모르겠지만요."

야이치는 호주머니에서 조그마한 꾸러미를 꺼내더니, 소라 긴코에게 건네줬다.

그것은 귀엽게 포장되어 있었다. 마치 어린이에게 주는 선물처럼, 만화 느낌의 캐릭터가 프린트된 포장지로 감싸여 있었다.

"고…………고마워……."

"대단한 건 아니에요. 비싼 것도 아니고요."

야이치는 쓴웃음을 흘렸다.

하지만 소라 긴코는 값싸고 조그마한 그 꾸러미를 소중히 품에 안더니, 떨리는 목소리로 말했다.

"그런 건 상관없어…………. 기뻐. 정말 기뻐……."

"그, 그렇게 기뻐해 주니, 산 보람이 있네요……."

"뜯어도 돼……?"

"물론이죠."

소라 긴코가 포장을 뜯는 소리가 들렸다.

멋쩍은 듯이 고개를 숙인 야이치는 머리를 긁적이며 수다스럽게 말을 늘어놨다.

"이야~ 딱 보는 순간 감이 왔어요. 이거라면 사저에게 딱 어울릴 것 같더라니까요. 지금 쓰는 건 오래된 거죠? 그러니 새 걸——."

"…………야이치."

"샀어요. 지금 쓰는 것처럼 마음에 들었으면 좋겠네요. 물론 지금 걸 계속 써줘도 기쁘겠지만, 괜찮다면 새것을 써 주세요. 분명 잘 어울릴——."

"야이치."

"응? 왜 그래요?"

"이게 나한테 어울릴 거란 말이야?"

"예. 그 머리 장식………… 어라아아아아아아아아아?!"

소라 긴코가 떨리는 목소리가 움켜쥔 것.

그것은———— 매우 조그마한 팬티였다.

"프리큐어 그림이 있는 팬티가, 나한테 어울린단 소리야……?

유아 체형인 나한테는 유아용 팬티가 어울린다…… 그런 말이 하고 싶은 거지……?"

"팬티?! 왜 팬티가……?!"

"그건 내가 할 말이거든?! 시비 거는 거야?!"

"아, 아니에요! 바뀐 거예요! 사저에게 줄 선물은 반대쪽 호주머니에 넣어뒀어…… 이거예요! 이 종이봉투라고요!"

"그 전에 대답해 줄래? 왜 야이치의 호주머니에, 여아용 팬티가 들어있는 거야?"

"그건, 저기…… 샤를 양에게 줄 선물…….."

"너, 그 꼬맹이한테 팬티를 선물하려는 거야?! 제정신 맞아?!"

"그……그게 가지고 싶다고 해서, 사저에게 줄 선물을 사는 김에——.."

"사는 김에?! 내 생일 선물은 여아용 팬티의 덤인 거야?!"

"그게 아니라——.."

소라 긴코가 불같이 화를 내자, 야이치는 슬금슬금 뒷걸음질을 쳤다.

바로 그때 나타난 건——.

"아앗——! 역시 여기 있었어——!"

"아, 아이?! 네가 왜 여기 있는 거야?!"

"케이카 씨가 전부 꾸민 일이었어요! 사부님과 아주머니가 단둘이 있게 해 주는 게 목적이었다고요!"

"뭐어?! 왜, 왜 그런 짓을……?"

"몰라요! 사부님은 바보 모지리 둔감!"

새로운 단어가 창조되고 있었다. 분노는 인류 발전의 원동력이네.

아이의 뒤를 이어 나타난 나는 손에 든 스마트폰을 들어 보였다.

"세상 참 편리하네. 우메다의 요도바시에서 평범하게 파는 값싼 모바일 카메라만 있으면, 이렇게 스마트폰으로 가게 안의 영상을 실시간으로 볼 수 있잖아."

소라 긴코와 야이치가 동시에 소리쳤다.

""카……카카카, 카메라?!""

그리고 두 사람은 동시에 얼굴을 새빨갛게 붉혔다. 저 반응은 뭐야? 열받네…….

자아, 이제부터 마술의 트릭을 밝히도록 할까.

왜 대사부님의 집에 있던 내가 트웰브에 있는 야이치와 소라 긴코의 모습을 마치 직접 본 것처럼 이야기할 수 있었을까?

이미 눈치챘으려나?

그건 말이지? 진짜로 봤으니까.

키요타키 케이카는 트웰브의 마스터에게 부탁해서, 가게 안과 밖에 조그마한 카메라를 몇 개나 달았어. 특판 중이던 카메라를 말이지.

그리고, 집에서 다 같이 그 모습을 보고 있었던 거야.

파티 분위기를 띄울 여흥 같은 거랄까?

그 시끄러운 애와 의외로 연애 이야기 같은 걸 좋아하는 밋밋한 내숭 안경은…….

『와아~! 이런 걸 봐도 되는 거야? 응?』

『사, 사생활 침해예요! 하지만 배울 부분도 있을 테니까 조금만 볼게요……. 어디까지나 공부의 일환으로 보려는 거예요…… 정말이에요…….』

이렇게 말하면서 한순간도 놓치지 않으려 했고, 키요타키 케이카는 와인 병을 손에 쥔 채…….

『좋아, 가는 거야! 지금이야! 확 덮쳐버려!!』

……하고 외쳐댔다.

물론 아이에게 들켜서 혼쭐이 났다.

분노에 사로잡혀 키요타키 케이카를 케이크 재료로 쓰려고 하는 아이에게, 나는 트웰브의 영상을 가리키며 말했다.

『저대로 내버려 둬도 괜찮겠어?』

물론 괜찮을 리가 없다. 아이는 전철을 타고 후쿠시마로 갔고, 나는 우리 일문에서 살인범이 나오는 것을 막기 위해 쫓아온 것이다.

"그, 그럼…… 전부 보고 있었던 거야……?"

"그래. 선생님과 소라 긴코가 분위기 잡는 모습이나, 우리 몰래 산 선물을 주려다 여아용 팬티를 건네는 모습도 말이야."

"아이한테 계산을 시켜놓고, 자기는 몰래 다른 선물을 산 걸로 모자라, 분위기에 휩쓸려서 분위기 있는 디너를 아주머니와 같이 즐긴 거예요?! '내가 바로 선물이야!' 같은 소리라도 할 작정이었어요!? 그럼 아이가 사부님과 케이카 씨를 케이크 재료로 삼을 거예요!!"

흉흉하기 그지없네…….

아이가 거칠어진 만큼, 나는 차분해졌다. 사람들이 보는 눈이 있는 만큼, 소동을 일으키는 건 좋지 않다.

안 그래도 우리 일문은 칸사이 장기회관 앞에서 자주 소동을 일으킨다. 대사부님의 방뇨 사건을 포함해서 말이다.

"좀 진정해. 우리도 케이크를 먹으며 나름 즐겼고, 몰래 훔쳐보기도 했잖아. 그러니 너무 화낼 건——."

"텐짱도 계속 안절부절못했잖아!"

"뭐엇?! 그, 그런 적 없거든?! 요, 요리가 너무 늦게 나와서 짜증이 났을 뿐이야!!"

내가 언제 안절부절못했다는 거야?!

나와 아이가 말다툼을 벌이자, 여아용 팬티를 손에 쥔 소라 긴코가 물었다.

"꼬맹이. 케이카 씨는 어떻게 했어?"

"두 번 다시 이딴 짓을 벌일 엄두도 안 날 만큼, 따끔한 맛을 보여줬어요."

"잘했어."

《나니와의 백설공주》는 아이의 대답을 듣고 만족한 듯이 고개를 끄덕이더니…….

"야이치."

"아, 예…….

"요리를 내려놓고, 이 자리에서 무릎을 꿇어."

"예? 하지만, 여기는 노상…….

"꿇어."

"옙."

용왕은 좀 떨어진 곳에 요리를 두더니, 명령대로 칸사이 장기 회관 앞 보도에서 무릎을 꿇었다.

대국실에 있는 것처럼 당당한 그 자세가, 왠지 안타깝게 느껴졌다.

"이 팬티를 뒤집어써."

"봐주세요."

"뒤집어쓸래? 죽을래? 하나만 골라."

"쓸게요."

"『쓰겠사옵니다』라고 말해, 쓰레기. 그리고 말끝에 『로리』를 붙여."

"쓰겠사옵니다, 로리."

조그마한 여아용 팬티를 머리에 뒤집어쓴, 장기계 최고위 타이틀 보유자…… 주최 신문사의 담당 기자가 봤다면 졸도할 광경이야.

"꼬맹이들. 이쪽으로 와. 너희도 스승에게 할 말이 있지? 이참에 전부 말해. 시간도, 식량도, 많잖아."

소라 긴코가 우리를 향해 손짓했다. 그러자 야이치는 머뭇거리며 입을 열었다.

"저기…… 그 전에, 하나만 물어봐도 돼요?"

"뭔데?"

"이, 이제 여기에서…… 뭐가, 시작되는 건가요…… 로리?"

"알고 싶어?"

"아…… 예……."

"파티가 시작돼. 태어난 것을 감사하는 게 아니라, 후회하게 되는…… 파티 말이야."

그리고――.

열다섯 살이 된 소라 긴코(with Ai)의 한 단계 상승한 처벌이, 야이치에게 프레젠트된 거야.

내가 도중에 말리지 않았다만 그날이 제삿날이 됐을 테니, 감사하도록 해. 선생님.

※ 이 단편은 『용왕이 하는 일! 6 드라마CD 한정 특장판』의 드라마CD 각본을 소설로 각색한 것입니다.

최후의 오찬

《최후의 여초연 3》

©shirabii

"그, 그런 일이…… 있었구나……."

미오는 텐짱의 말을 듣고, 그 말만 겨우 입에 담았다.

쿠쭈류 선생님과 소라 선생님이 트웰브에서 뭔가 좋은 분위기를 형성하는 건 봤지만, 그 후로는 난리가 난 케이카 씨에게 정신이 팔려서 신경 쓰지 못했다.

설마 여아용 팬티를 선물하다니…… 소라 선생님이 화낼 만도 해. 소라 선생님의 가슴이 작은 건 사실이지만, 그래도 해도 되는 짓과 해선 안 되는 짓이 있잖아.

뭐, 어쨌든…….

"소라 선생님의 생일이 얼마 남지 않았네. 올해도 다 같이 축하해 주고 싶었어."

"너…… 방금 이야기를 듣고, 용케 그런 생각을 하네……."

"올해는 더 시끌벅적하지 않을까? 장기계 전체가 축제 분위기일 거야~. 하다못해 그날까지는 일본에 있고 싶었어~."

"그래? 세간에서는 축제 분위기일지도 모르지만, 장기 관계자는 복잡한 심경 아닐까?"

"뭐?"

"어찌 보면 즉위식 같은 거잖아."

즉위……식?

타이틀을 획득한 사람을 위해 열리는 축하 파티 같은 거지?

미오도 다른 애들과 함께 쿠쭈류 선생님의 용왕 즉위식에 초대를 받은 적이 있는데, 다들 싱글벙글 웃으며 즐기는 자리였잖아…….

　"사상 최초니, 전인미답이니……. 아무도 해내지 못했던 일을 해냈다는 건, 남들에게 '너는 못 해'라는 패배자의 낙인을 찍는 거나 다름없어. 콤플렉스로 가슴이 타들어 가는 심정이 아닐까? 적어도 소라 긴코를 라이벌로 의식하고 있는 인간이라면, 어제 일을 웃으면서 이야기할 수 없어. 나처럼 그걸 고려하며 마음의 준비를 했다면 모르지만 말이지."

　"앗……!"

　그런 마음이라면 맛본 적이 있다.

　아니, 미오는 지금도 그 마음을 계속 맛보고 있어.

　미오와 같은 마음을, 여류기사 선생님들이 느끼고 있다면──.

　"그럼 역시…… 오늘 할 수밖에 없겠네…………."

　텐짱은 미오가 중얼거린 말을 들었겠지만, 그 의미를 묻지는 않았다.

　그 대신, 이런 말을 입에 담았다.

　"네가 뭘 꾸미는지는 모르고, 관심도 없어. 하지만 그게 내가 생각하는 것과 같다면…… 이 점만은 기억해 둬."

　칠흑빛 눈동자가, 미오를 포착했다.

　진심으로 대국할 때처럼 박력이 담긴 시선이, 미오를 꿰뚫었다.

　그것만으로도, 마치 뱀과 마주친 개구리가 된 것처럼 온몸이 떨렸다.

공포에 떠는 미오에게, 텐짱이 말했다.

"중요한 무언가가 걸린 때일수록, 그 기회가 딱 한 번뿐이라는 생각이 들수록, 승부가 두려워져. 네가 느낀『두렵다』란 감정은 『소중함』의 반증이야."

"윽……!! 소중함의, 반증……."

텐짱은 미오의 가슴 한가운데를 새하얀 손가락으로 찔렀다.

"가장『두렵다』고 생각하는 승부를 해 봐. 가슴이 두근거리는 승부만으로는 부족해. 겁많은 심장이 터질 것 같은 뜨거운 승부를, 이제까지 쌓아온 모든 것이 걸린 장기 한판을 두는 거야. 그 승부에서 이긴다면, 인생이 달라질 거야."

"그러면, 미오도 텐짱처럼 될 수 있을까?"

"그럴지도 몰라."

미오는 하늘을 올려다보았다.

아까 활주로에서 날아오른 거대한 비행기가 구름 너머로 사라지더니…… 이제, 보이지 않게 됐다.

순식간에, 미오를 지상에 내버려 둔 채…….

다시 고개를 숙인 미오가 신발 끝부분을 응시하며, 불쑥 이렇게 중얼거렸다.

"하지만…… 이제까지 쌓아온 모든 것을 걸고 그 두려운 승부에 임했지만, 결국 진다면?"

"글쎄? 생각해 본 적 없어."

거짓말이다. 미오는 직감적으로 그렇게 생각했다.

텐짱의 표정은 투명했다. 평소와 전혀 다르지 않다.

분명…… 아니, 틀림없이, 수백 수천 번도 생각했을 것이다. 졌을 때를. 지금도, 그 공포와 싸우고 있으리라.

──그래서 텐짱은 강한 거야.

자신과 그녀의 격차를, 통감했다.

그 격차는, 너무나도 크게 벌어져 있었다.

장기판 앞에 앉아 있을 때만 싸우는 자와, 장기판 앞에 앉아 있지 않을 때도 싸우는 자의 격차다.

──텐짱에게 있어서는…… 장기를 둘 때가, 가장 편안한 순간일지도 몰라…….

텐짱의 아빠와 엄마가 돌아가셨다는 건 본인에게 듣지 못했지만, 여초연 멤버들은 다들 눈치채고 있다.

그것이 비참하고 불행한 사고 탓이라는 것도…….

불행해졌다고 해도 누구나 강해지는 건 아니다. 비참한 경험과 무참한 패배에 짓눌리고 마는 사람이 훨씬 많다.

하지만 야샤진 아이란 소녀는 그것을 극복했다. 미오와 같은 해에 태어난 소녀가 말이다.

그렇다면…… 못한다고 말할 수는 없겠지?

"이게 내가 주는 작별 선물이야."

"참 많이도 주네."

"강자가 약자에게 베푸는 건 의무거든."

텐짱은 훗 하고 웃으며 긴 흑발을 쓸어올렸다.

그리고 텐짱은 머리카락을 날개처럼 흩날리며, 떨어진 곳에서 대기하고 있던 아키라 씨에게 지시했다.

"아키라! 차량을 준비해."

"벌써 돌아가는 거야? 다른 애들도 보고 가지 그래?"

"바빠. 소라 긴코가 4단이 되면서 빈 여류옥좌와 여왕 타이틀을 일단 확보해야 하거든."

"프로가 되면 여자라도 여류기전에 나갈 수 없지? 타이틀은 반납하는 거야?"

"현재 규정으로는 말이야. 하지만 스폰서는 소라 긴코가 여류 타이틀을 계속 가지고 있기를 바라는 것 같고, 연맹 상층부에서도 그런 움직임이 있어."

"그런 걸 누구한테 듣는 거야? 여류기사가 되면 자연스럽게 알게 되는 건…… 아니지?"

"그야 물론 내가 독자적으로 조사해. 사람을 써서 말이야."

"아키라 씨라든가?"

미오가 그렇게 묻자, 주차장으로 향하던 아키라 씨가 걸음을 멈췄다.

"야샤진 가문에서 운영하는 기업 중에는 조사하는 회사도 있습니다."

아키라 씨는 차분한 어조로 그렇게 말했다. 이럴 때는 이 사람도 참 멋지네…….

텐짱이 추가로 설명했다.

"우리 가문은 대외적으로 널리 알려지진 않았지만, 기전의 스폰서와도 교류가 있어. 여류명적전은 동업자가 스폰서거든. 대외적으로는 그 회사가 소유한 미술관이 스폰서인데 말이야. 그

동업자한테서 '장기에 해박하다면 여류기전을 넘겨드릴까요?' 라는 제안도 받았어."

"우와……."

"뭐, 그건 좀 문제의 소지가 있을 것 같아서 거절했지만 말이야. 아직은 말이지."

확실히 『여샤진배 여류명적전』 같은 식으로 이름이 바뀌고, 출전자에 텐짱이 있다면…… 다른 여류 선생님들은 거부감을 느낄지도 몰라…….

"나는, 여류기사도 나쁘지 않다고 생각해."

텐짱은 미오에게 등을 보이며 선 채로 그렇게 말했다.

"여러모로 문제가 있는 건 사실이지만, 장기를 시작하는 여자애가 늘어난 건 사실이잖아. 장려회와 프로만이 평가되는 것도 이해는 돼. 하지만, 강해지기 위해선 많은 것이 필요하고…… 그중에서 가장 소중한 것을, 여류기사라는 제도가 나에게 줬어."

"가장 소중한 것? 그건──."

"경쟁하며 함께 나아갈 동료를 만나게 해줬거든."

뭐어?!

"테, 텐……짱? 바, 바바, 방금 그 말은, 혹시──."

빠른 어조로 말했지만, 틀림없다.

텐짱은 이렇게 말한 것이다.

『미오와 만나서 다행이다』라고!

"작별 선물이야. 소중하게 간직해 둬."

텐짱은 고개만 돌리고 희미하게 웃더니, 상냥한 눈길을 보였다.

그것은 미오가 아는 텐짱보다, 훨씬 어른스러워 보였다.

상점가에서 여름 축제가 열린 날 이후로, 겨우 몇 주 못 봤을 뿐인데⋯⋯.

마치⋯⋯ 그렇다. 마치 여름 방학 동안에 남자와 선을 넘은 소녀 같은————.

"왠지⋯⋯ 텐짱은 변한 것 같아."

"그래?"

"응. 예전 같으면 '따, 딱히 너를 두고 한 말은 아니거든?!' 같은 느낌으로 츤데레 반응을 보였을 거라고 생각해."

"아키라. 권총."

"아가씨. 공항에서는 안 됩니다."

공항에서는?! 그게 무슨 소리야?! 다른 장소였으면 권총을 꺼내 들었을 거란 소리야?!

역시 텐짱은 무서워!

"흥! 너 같은 애와의 작별을 아쉬워하는 내가 바보였어! 빨리 외국이든 지옥이든, 어디든 가버려!"

"너무해~."

"요즘은 온라인을 이용해서, 언제 어디서나 대화를 나누거나 장기를 둘 수 있지? 원래 매일 얼굴을 마주하는 사이도 아니니까, 딱히 달라질 건 없어."

"맞다! 외국에 가서도 『블랙캣』 씨한테 장기를 배워야지!"

"냐앗?!"

갑자기 새끼 고양이 양의 얼굴이 새빨개지자, 미오는 이제까지

당한 걸 한꺼번에 갚아주려 했다.

"어라라~? 혹시 텐짱도 『블랙캣』 씨를 알아?"

"그, 그딴 계정, 모르꺼든?!"

"응? 미오는 그게 장기 사이트 계정이라고 말한 적 없는데~. 왜 알고 있는 거야? 응? 어째서? 응~?"

"시끄러워, 시끄러워, 시끄러워!! 너 같은 애와는 두 번 다시 장기를 안 둘 거야!!"

아하하. 역시 아이 아가씨는 이래야지.

미오가 아는 텐짱도, 아직 남아 있어서 안심이야!

하지만——.

"자기 마음을 속이거나 감추는 걸, 이제 관뒀어."

텐짱은 개운한 표정으로 그렇게 말했다.

"나는 가지고 싶은 게 있어. 그걸 진정으로 원하니까, 남에게 비판당하는 게 무섭지 않아."

"윽……!!"

그리 말하는 텐짱이 너무 눈부신 나머지…… 미오는 고개를 돌렸다.

그러자, 비행기가 눈에 들어왔다.

하늘로 날아오르는 비행기가 아니다. 바다 너머에서 일본으로 돌아오는 비행기다.

"그러고 보니…… 여류옥좌전에는 해외 초대 제도가 있지?"

"응. 그게 왜?"

외국 장기 대회에서 우수한 성적을 거둔 사람을 일본으로 초대

하는 제도다. 그것을 계기로 여류기사가 된 외국인 선생님도 있다.

지금은 어디서나 장기를 둘 수 있다.

외국인 중에도 강한 사람이 잔뜩 있고, 앞으로도 수많은 실력자가 해외에서 탄생할 것이며, 장기 또한 얼마든지 둘 수 있게…… 될 것이다.

그러니————.

"텐짱이 여류2관이 된다면……."

"응?"

"미오는! 유럽 챔피언이 될 거야!!"

전 세계의 모든 사람에게 들릴 듯한 목소리로, 미오는 선언했다.

아무리 커다란 비행기 소리에도 가려지지 않았다.

절대, 무너지지 않을, 결의.

"강해질게! 여류옥좌의 도전자가 될 수 있을 만큼! 그렇게 되면…… 그렇게 되면——!!"

"홋."

텐짱은 조용히 웃었다.

그리고 다시 한번, 긴 흑발을 날개처럼 휘날리며, 미오를 향해 손을 내밀었다.

"강해져서 돌아와. 그러면…… 최고의 무대에서, 너와 춤춰 줄게."

◯

　제 이름은 사다토 아야노. 어디에나 있을 법한 초등학교 5학년 여자애예요.

　특징은, 안경을 썼다는 걸까요.

　특기는, 장기를 둔다는 거예요. 칸사이 연수회에 소속되어 있으니, 여류기사를 꿈꿀 레벨의 수행을 하고 있다고 할 수 있죠.

　그래서 제가 다니는 교토의 초등학교에서는 '대단해!' '머리가 좋나 보네!' 같은 말을 들어요.

　하지만 아이 같은 천재나, 미오처럼 배짱과 근성 있는 애들 사이에 섞이면 쉽게 묻힐 수준이에요…….

　미오와 결승에서 싸우기 위해 출전한 『나니와 왕장전』에서도, 준결승에서 같은 학년인 칸나베 마리아에게 완패했죠.

　일본을 떠나는 미오와 큰 무대에서 장기를 둔다는 목표를 이루지 못했고, 이 분한 마음을 영양분 삼아 연수회에서 좋은 성적을 내려고 해 봤지만…… 현실은 혹독해요.

　쿠즈류 선생님의 자택에서 직접 가르침을 받고 있는데도, 특훈의 반동 탓인지 오히려 강등점이 붙고 말았죠.

　여류기사가 될 각오와 실력도 없고, 장기를 이어갈 모티베이션이 되어줬던 미오도 해외로 가버려요…….

　미오를 난처하게 하지 않으려고 겉보기에는 밝게 행동하고 있지만, 마음속 깊이 고민하고 있을 때였어요.

이 세상에서 가장 존경하는 사저가, 저에게 이런 이야기를 해 줬어요.

『내도 재능이 있는 건 아니대이. 료나 긴코 양과 비교하며, 재능이 없다는 사실에 자꾸 한탄한 기다. 그런데도 따라잡고 싶다면, 그 차이를 메우기 위해 노력할 수밖에 없었다 아이가.』

『마치 언니…… 저도 노력하고 있다고 생각해요. 다른 애들보다 노력하는데도, 실력이 늘지를──.』

『평범한 노력으로는 안 된대이. 강렬한 노력을 하그라.』

『강렬한…… 노력……?』

『내가 존경하는 기사의 말버릇이대이. 얌전하고 성실한 아야노야말로, 그분을 본받으면 벽을 넘어설 수 있을지도 모르긋다…….』

마치 언니의 말을 들은 후, 저는 그 기사를 조사해 봤어요.

그리고, 그 강렬하고 처절한 기보와 명언에 감동했죠.

만나 보고 싶어!

딱 한 번만이라도 좋으니 만나서, 내 고민을 털어놓고 싶어! 만약 어딘가에서 만난다면, 그 『강렬한 노력』이란 말의 의미를 묻고 싶어……!!

그러니까────.

"거●기이이이이이이이이이이이이이이이이이이이이이이이!!"

아니에요.

이런 상스러운 단어를 외치는 변태가 마치 언니가 이야기한 위대한 선생님일…… 리…… 없, 어……요…….

"거기, 미남 거 ● 기! 맥주 한잔 더 가져와! 맥주, 맥주, 맥주~!!"

젊은 남성 점원분을 향해, 저 사람은 몇 번째인지 모를 맥주 리필을 요구했어요.

금방이라도 곯아떨어질 것 같을 만큼 술에 취했⋯⋯어요.

"이런 우연이 다 있나! 설마 공항의 중국요리 가게에서 야이치의 제자와 만날 줄이야! 이미 사부님의 거 ● 기 끄트머리 정도는 봤냐? 응?"

원래 아는 사이인 듯한 아이는 머뭇거리면서, 이미 수십 번도 더 했던 말을 입에 담았어요.

"저, 저기⋯⋯ 선생님? 술은 이제 그만──."

"걱정하지 마! 계산은 내가 할게! 그러니까 마음껏 주문하라고! 먹고 싶은걸! 뭐, 내가 가장 먹고 싶은 건⋯⋯ 메뉴에 실려 있지 않지만 말이지! 우헤헤헤헤헤헤⋯⋯."

그 여성은 맥주와 뒤섞인 침을 손등으로 닦더니, 가게 안의 젊은 남자들을 음흉한 눈길로 쳐다봤어요.

"와아! 샤우, 슈마이 더 머글래~."

"얼마든지 먹어. 슈마이든, 칠리새우든, 거 ● 기든, 뭐든지 먹어. 샤를은 참 맛나게 먹는걸. 머리카락도 금색이라 꼭 강아지 같네. 아래 털도 금색 모자이크인 거냐~? 응~?"

"어~? 아래 떨~?"

그, 그만하세요!

샤를도, 우리도, 그리고 소라 선생님도 아직 민둥산 소녀란 말이에요!!

슈마이와 맥주를 가져온 점원에게서 맥주잔을 받은 그분은 가슴골이 훤히 드러난 기모노 앞섶을 여미지도 않은 채…… 벌컥벌컥, 푸하~ 하고 숨을 토했어요. 으으…… 술 냄새~…….

그리고 정신이 나간 듯한 눈길로 우리를 쳐다보며 말했어요.

"아이, 그리고 안경…… 아야노라고 했지? 더 먹는 게 어때? 아니면 너희도 마실래? 응?"

"마, 마시면 안 돼요~! 우리는 아직 초등학생이란 말이에요!"

"그래? 뭐, 요즘에는 법이 엄격하니 말이야. 내가 어릴 적에는 물 대신 일본주를 벌컥벌컥 마셨거든."

그 시절에도 법률 위반이었을 거라고 생각해요…….

"저기…… 선생님? 이렇게 술을 마시다간, 나중에 비행기를 못 타는 것 아니에요?"

"걱정일랑 붙들어 매, 아이."

그분은 맥주를 맛있게 들이켜면서, 낮은 목소리로 말했어요.

"실은 이 공항에는 말이지? 나 같은 슈퍼 VIP만이 쓸 수 있는 방이 있어. 거기서 비행기를 타러 가면 안전 검사도 안 받으니까, 이렇게 술에 취해도 괜찮은 거야."

"혹시 라운지란 곳인가요?"

"라운찌~?"

제가 그렇게 묻자, 샤를은 만두를 먹던 손을 멈추며 고개를 갸웃거렸어요.

"항공회사나 카드 회사가 준비한 특별한 방이에요. 예를 들어 퍼스트 클래스에 타는 사람만 이용할 수 있는 엄청 고급스러운 라운지를 이용하는 탑승객은, 보안 검사도 안 받고 비행기에 오른다는 소문이 있어요……. 그래서 밀항에 이용되기도 한다나 봐요. 실은 밀항에 이용된 적도 있다고 해요. 악기 케이스에 사람이 숨어서……."

"아, 라운지는 아니야."

눈이 풀린 여성이 대답했어요.

"이렇게 기분 좋게 술을 마시고 있으면, 공항 측에서 마련해 주는 특별한 방이지. 미남 직원 거 ● 기가 둘이나 찾아와서, 내 두 팔을 잡고 상냥히 부축해 주면서 그 방까지 모셔다 준다고. 어때? 대단하지?"

"그냥 격리되는 것 아닌가요……."

"쉿! 아야노, 쉬잇~!"

아이가 검지를 입술에 대며 필사적으로 말을 막았어요.

미, 미안해요…….

"그 방에서는 말이지? 면세품 위스키와 보드카처럼 독한 술을 실컷 마실 수 있어. 사실은 그러면 안 되지만, 슈퍼 VIP인 나는 가능하지! 슈퍼 VIP니까 말이야!"

그렇……군요.

저는 아이에게만 들릴 목소리로…….

"술에 취한 상태에서 비행기에 태우면 위험하니, 아예 곯아떨어지게 만드는 작전 같아요……."

"응……. 공항 사람들이 고생고생해서 짠 대책 같아. 장기 기사는 외국에서 대국할 일이 거의 없지만…… 이 선생님은 외국에서도 차주 대국을 하잖아……."

그래요.

장기의 이웃사촌은 이미 세계 규모의 보급에 성공해서, 중국과 한국 같은 아시아권만이 아니라 유럽에서도 활발하게 기전이 펼쳐진다고 들었어요.

저 사람이 어디로 갈 예정인지, 아직 듣지 못했지만——.

호, 혹시…… 미오와 같은 비행기에 타는 걸까요?!

"이번에는 국내에서의 개인적 볼일 때문에 비행기를 타지만, 내가 공적으로 공항을 이용할 때는 일본 선수단의 일원으로서 젊은 거 ● 기들과 함께 움직이거든. 그때는 그 방을 이용해 거 ● 기 연구에 힘쓰거나, ● 시기들을 단련시켜주기도 해. 거시 ● 안 하면 나올 수 없는 방이 되는 거지."

휴우…….

아무래도 목적지가 미오와 다른 것 같아서 안심이에요…….

발언 내용은 전혀 안심이 안 된다고나 할까, 그런 방이 진짜로 있다면 밀항보다 더 문제가 되지 않을까요?

자기 입으로 『슈퍼 VIP』라고 말한 대로, 이분은 바둑을 두는 여자들에게 있어 신이나 다름없는 존재예요.

마치 언니조차도 '내는 그 선생님의 그림자도 못 밟는대이.' 라고 서슴없이 말하는 만큼, 우연히 마주쳤을 때는 흥분했어요. 그리고 제 고민을 들어줄지도 모른다는 기대를 했지만…… 제대로 이야기를 나눌 수 있는 상태가 아니었죠.

역시, 천재란 이런 걸까요……? 저와는 달라도 너무 달라서,

자신감을 더 잃을 것 같아요…….

마음이 꺾이려던, 바로 그때였어요.

"다들 미안해! 너무 늦었어…… 어?! 이 기모노 차림의 주정뱅이 언니는 누구야?!"

가게로 뛰어 들어온 미오가 우리가 앉아 있는 박스석을 보고 깜짝 놀랐어요.

처음 보는 어른 여자가 같이 있으니, 놀라는 게 당연해요…….

하지만 나도 미오를 보고 깜짝 놀랐어요.

"어라?! 미오, 왠지…… 입고 있는 옷이 엄청 호화로워지지 않았어요?!"

"아…… 그게 말이야."

게다가 평소의 미오라면 입지 않을 옷이에요. 프릴이 달린 저 검은색 옷은…… 그래요, 텐짱이 입을 법한 옷이에요.

"이건, 저기…… 그래! 미오가 옷가게의 쇼윈도에서 이 옷을 뚫어지게 쳐다보고 있으니까, 친절한 아저씨가 사줬어~."

""친절한 아저씨?!""

그건 '얇은 책'에 자주 나오는 패턴이에요! 답례를 요구당하는 패턴이라고요!

"그, 그렇게 모르는 사람한테 물건을 넙죽넙죽 받는 건 좋지 않아요!"

"그, 그렇지?! 앞으로는 조심할게!"

"그 아저씨가 쿠즈류 선생님 같은…… 어험. 그, 그러니까…… 로리콘이면 큰일이잖아요! 모르는 여자애에게 옷을 사주는 사람은, 십중팔구 흑심이 있는 변태예요!"

"그, 그래! 변태야!!"

미오는 겉에 걸친 옷을 벗으면서 격렬하게 고개를 끄덕이더니…….

"그것보다! 저 사람은 누구야?!"

지극히 당연한 질문을 던졌어요. 신경이 쓰일 만해요…….

아이가 소개했어요.

"이분은…… 장기판 장인인, 텐츠지 우즈 선생님이야. 센니치마에의 도구야스지에서 『텐츠지 바둑판점』이란 가게를 운영하고 있어."

"센니치마에라면…… 그랜드 카게츠 극장이 있는 동네지? 거기 있는 장기판 장인? 아이와 아는 사이야?"

"정월의 첫 여초연에서 미오와 대국했을 때, 아이가 장기판을 깼잖아? 그 장기판을 고쳐준 사람이——."

"이 사람이야?! 그럼 아이가 쿠쭈류 선생님한테서 여류기사가 된 기념으로 선물 받은 장기판을 만든 게, 이 언니인 거네?"

미오는 다시 그 여성을 쳐다보더니, 눈을 반짝이며 이렇게 말했어요.

"여자인데 장기판을 만드는구나! 정말 멋져!"

"하하하! 장기말과 장기판 제작의 극의(極意)는 나무와 옷의 성질을 완벽하게 파악하는 거지. 거●기의 유무는 상관없어."

"거시……?"

미오는 모르는 말을 듣고 고개를 갸웃거렸어요. 어어어…….

"자, 장기판 하니 말인데요! 올해 처음으로 했던 퀴즈 대결에서 아이가 버튼을 엄청나게 빨리 눌렀잖아요?! 그게 아직도 기억에 남아 있어요!"

"마, 맞아! 그때는 나도 타이밍이 너무 절묘해서 깜짝 놀랐어~. 마침 저 선생님에게 장기판과 말에 대해 배운 직후였거든."

"호오? 재미있는 이야기 같은걸."

그 여성은 잔에 남아 있던 맥주를 전부 들이켜더니, 미오에게 메뉴판을 건네주며 이렇게 말했어요.

"이 애는 아직 점심을 안 먹었지? 뭐든 먹고 싶은 걸 시키렴. 나도 아직 술을 덜 마셨거든! 아이의 이야기를 안주 삼아 더 마셔야겠어."

이 테이블에서 계속 마실 작정인가 봐요…….

하지만 이건 미오에게 있어 일본에서 즐기는 마지막 점심 식사잖아요.

하다못해…… 하다못해 미오만은, 식사에 집중하게! 해 주고 싶어요!

그 시간을 확보하기 위해, 아이는 이야기를 시작했어요.

"으음…… 그건 선생님께서 타치모리 작업을 보여주신 날의, 다음 주 토요일의 일이었던 걸로 기억하는데——."

재능도 각오도 없는 제가 유일하게, 다른 애들보다 빛날 수 있었던, 그날의 일을 말이에요.

퀴즈! 장기 아카데미

©shirabii

계기는, 평소처럼 여초연이 개최된 날의 휴식 시간이었다.

사부님이 자리를 비운 사이 미오가 개발한 놀이를 하다가——.

"*동서고금!"

미오가 그렇게 선언하자, 나와 아야노가 한 손을 들며 외쳤다.

"""예이~!"""

"몰이비차 전법. 싱글벙글 중비차!"

탁! 하고 대국시계를 누르는 소리가 들렸다.

누른 직후, 삐~ 하고 초읽기를 시작하는 전자음이 들렸다.

제한시간은 10초. 시간이 끝나기 전에 대답하지 못하면 지는 거라서, 나도 바로 대답했다.

"사간비차!"

내 대답에 이어, 아야노와 샤를도 즉시 대답을 하면서 대국시계의 버튼을 눌렀다.

"이시다류! 예요!"

"따이레프 맛삐짜!"

아야노는 평소 얌전하지만, 초읽기 상황에서 대국시계를 누를 때는 주먹으로 쾅! 소리가 나게 눌러서 깜짝 놀랐다. 샤를은 평

---

* 동서고금 : 제일 처음 시작한 사람이 '동서고금'을 외치고, 주제를 말해서 그 주제에 맞는 단어를 정해진 박자. 또는 시간 내로 릴레이하듯 말해 나가는 파티 게임. 우리나라에도 비슷한 게임이 있다.

소와 마찬가지로 귀엽게 딱 하고 눌렀다.

　하지만.

"어? 방금 뭐라고 했어?"

　미오가 무심코 확인할 정도로, 샤를의 혀짧은 발음은 이렇게 시간이 촉박한 상황에서 알아듣기 어렵다. 이 승부…… 대답하는 순서에 따라 승패가 갈릴지도 몰라!

　샤를 언어 통역가인 아야노가 가르쳐줬다.

"아마 다이렉트 맞비차라고 말한 것 같아요."

"그럼…… 각교환 사간비차!"

"어?! 미오, 사간비차는 아이가 이미 말했잖아?!"

　내가 깜짝 놀라며 그렇게 말하자, 미오는 여유로운 어조로 대답했다.

"아까 아이가 말한 건 단순한 사간비차잖아? 노멀 사간비차와 각교환 사간비차는 다른 전법인걸."

　그렇게 분류되는 거야?!

"어어?~ 으음~ 으음~……."

"자아. 시간 얼마 안 남았거든~?"

"앗! 그럼 오른쪽 사간비차!"

　다행이야! 제한시간 안에 대답했어!

　그렇게 안심한 것도 한순간에 불과했다. 미오와 아야노가 동시에 이렇게 외친 것이다.

""땡~!""

　어라?

내가…… 졌어?

"뭐?! 어어~! 왜, 왜야~?!"

"아이땅, 져써~?"

이해를 못 한 건 나와 샤를뿐인 것 같다. 하지만 오른쪽 사간
비차는 비차를 옆으로 옮기니까 몰이비차 아니야? 몰이비차 맞
지?

으으~! 납득이 안 돼~! 왜야~?

마침 바로 그때, 사부님이 다다미방으로 돌아왔다.

"자아, 주스와 과자를 가져왔어~……. 어, 대국시계로 뭘 하
는 거야?"

"10초 동서고금! 미오가 개발했어요!"

"대국시계로 동서고금? 머리 좀 썼는걸."

나는 간식을 내려놓으면서 감탄한 듯한 어조로 그렇게 말하는
사부님의 소매를 움켜잡으며, 호소하듯 말했다.

"사부님, 사부님! 오른쪽 사간비차는 몰이비차가 아닌가요?!"

"그래, 오른쪽 사간비차는 앉은비차로 분류돼."

"하지만, 비차를 옮기잖아요?! 비차를 옮기지 않는 게 앉은비
차, 움직이는 게 몰이비차 아닌가요?!"

"좀 더 자세하게 말하자면, 한가운데를 포함해 자기가 보는 방
향에서 왼쪽으로 비차를 이동시키는 게 몰이비차, 오른쪽에 둔
채로 싸우는 게 앉은비차야."

"뭐어……?"

움직이는데 『앉은비차』라니, 이상하지 않아?

아이의 머리가 나쁜 걸까……?

"그러니까 비차를 4열에서 싸우게 하는 오른쪽 비차와 3열에서 싸우게 하는 소매비차는 앉은비차의 전법이야."

"쏘매비짜~?"

샤를이 고개를 갸웃거렸다. 확실히 들어본 적 없는 전법이야.

"『소매비차』는 비차를 옆으로 한 칸만 옮기는 전법이에요. 옷의 소매는 몸 옆에 딱 붙어 있잖아요? 그래서 그렇게 부르는 거예요."

아야노가 술술 해설을 해줬다. 이럴 때는 정말 믿음직해. 아야노 같은 애를 『박식』하다고 하는 걸까.

하지만! 아이는 진짜 화났어요!

"부우…… 이해가 안 돼~!"

"확실히 처음에는 앉은비차와 몰이비차를 분류하는 게 어려울 거예요."

"헤헷~. 미오가 각교환 사간비차를 말한 건, 오른쪽 사간비차를 유도해서 돈사시키려고 그런 거야!"

"이, 이건 함정수야! 이런 식으로 이겨봤자 실력으로 이긴 게 아니야!"

"여류기사가 아마추어의 함정수에 걸려드는 건 엄청 부끄러운 일 아니야~?"

"으으으~! 이, 이건 동서고금 게임이거든?! 장기 실력과는 상관없어!"

장기로든, 퀴즈로든, 지면 분하다.

그런 감정은 마음속으로 잘 소화한 후, 다음으로 이어가는 게 중요하다. 더는 그런 감정을 느끼고 싶지 않다면, 이미 끝난 승부를 가지고 왈가왈부하는 게 아니라 다음 승부에서 이길 수밖에 없는 것이다.

하지만! 방금 패배는 납득이 안 돼!

"으음…… 확실히 장기 실력이 뛰어나다면, 그런 지식이 없더라도 프로 기사나 여류기사로 활약할 수 있을 거야."

"그렇죠?! 사부님!"

"하지만 여류기사라면 장기 실력이 뛰어난 게 당연해. 그 이외에 더 요구되는 부분이 있는 거야."

"요구되는…… 부분?"

"혹시 아는 사람 있어?"

다들 고개를 갸웃거리면서 자신 없다는 듯이 서로를 쳐다보는 가운데, 아야노는 평소보다 더 적극적으로 손을 들며 대답했다.

"『보급』이에요."

"그래! 아야노 양, 딩동댕!"

"가, 감사해요!"

"아야노 양이 대답한 것처럼, 보급…… 즉, 장기 기술과 지식을 올바르게 전하는 게 정말 중요해."

사부님은 아이를 쳐다보며, 약간 엄격한 어조로 말했다.

"컴퓨터만 있으면 장기 실력을 얼마든지 쌓을 수 있는 시대가 됐거든. 이제부터는 팬이 얼마나 장기를 즐기게 해 주는지가 중요해질 거야. 그걸 돕는 것도 기사에게 중요한 일이거든. 그러니까 이런 지식도 익혀둬야만 해."

"예……. 더 열심히 공부할게요……."

"전법의 분류만이 아니야. 장기계의 역사와 문화에 관한 폭넓은 지식이 필요해. 팬이 더 해박하다면 프로로서 부끄럽잖아?"

그건…… 확실히, 그럴지도 몰라.

미오가 말했다.

"장기의 역사…… 그럼, 명인의 이름을 초대부터 전부 외우고 있다거나~?"

"하하하. 그럴 수 있다면 이상적이겠지만, 그 정도는 필요 없을 거야. 나도 초대 명인인 오오하시 소케이는 알지만, 그 뒤로는 몰라."

나는 사부님에게 질문했다.

"그, 그럼 뭘 알아야 하나요?"

"예를 들자면…… 그래. 장기에는 타이틀이 있지?"

"용왕이나 명인? 같은 거요?"

"그래. 그 타이틀에 서열이 있다는 건 알아?"

샤를이 사부님이 가져온 간식을 입안 가득 집어넣으며 고개를 갸웃거렸다.

"써열~?"

"서열이란, 순서를 말해요."

아야노의 말에 고개를 끄덕인 사부님은 손가락을 접으며 설명했다.

"프로 기사의 7대 타이틀에는 용왕, 명인, 제위, 옥좌, 반왕, 옥장, 기제 순서로 격이 있어."

그것은 알고 있다. 나도 일곱 개의 타이틀을 전부 서열 순서대로 말할 수 있다.

"여류 6대 타이틀은 여왕과 여류옥좌가 동격이자 최상위이고, 다음부터 여류명적, 여류제위, 여류옥장, 산성앵화 순서로 서열이 있어."

여류 타이틀도, 물론 전부 외우고 있다.

하지만…… 여왕과 여류옥좌가 가장 서열이 높다는 건 알고 있었지만, 서열까지는 몰랐다.

아야노 말고는 마찬가지였던 건지, 사부님이 열세 개의 타이틀을 술술 말하자 다들 감탄했다.

그렇게 우와~ 하는 반응이 기분 좋았던 건지, 사부님은 코를 살짝 벌렁거리며 설명을 이어갔다.

사부님이 기분 좋을 때의 반응이다. 귀여워♡

"참고로 바둑 타이틀에도 서열이 있는데 그중에서 기성(棋聖), 명인, 본인방이 『대삼관(大三冠)』이라 불리면서 격이 다른 걸로 여겨져."

"대삼관~. 왠지 별자리 같아!"

미오가 그렇게 말하자, 아야노가 곧바로 지적했다.

"그건 여름의 대삼각형이에요……."

"아야노는 그런 것도 아는구나……."

감탄했다. 정말 머리가 좋구나.

"장기 타이틀도, 용왕과 명인만 다른 타이틀보다 격이 높아.

예를 들어 아마추어의 단위를 인증하는 면허장에는 장기연맹 회장의 서명과 함께, 당시의 용왕과 명인의 서명도 들어가."

"앗! 그러고 보니 미오가 가지고 있는 면허장에도 쿠쭈류 선생님이 사인이 있었어!"

"그럼 사부님도 그런 일을 하나요?"

"그래. 내가 때때로 연맹 사무국에 틀어박혀 지내는 건 알지? 한 달에 200장가량 서명해야 하니까, 의외로 힘들어~."

"그렇군요! 저는 사무국의 젊은 여직원분과 즐겁게 수다를 떠는 줄 알았어요."

"젊은 여직원…… 혹시 오가 씨 말이야?"

맞아요.

츠키미츠 회장님의 비서이자, 지적인 사무원의 품격이 있는 그 오가 사사리 씨예요.

"그 사람은 나를 압박하기만 하거든? '용왕이 악필이면 회장님도 악필인 것처럼 보이니까, 죽을힘을 다해 정성껏 쓰세요.' 라고 말하는데, 진짜 무시무시하거든? 게다가 내가 글자를 틀리면 한숨을 팍팍 쉬면서 '하아…… 그 바쁘신 회장님과 명인께, 또 글을 써달라고 해야 하나요…….' 라고 말하거든? 완전 지옥이야."

"그래도, 미인이잖아요?"

"그건 부정하지 않겠지만…… 그렇다고 아무나 들이대지는 않아!"

"찌릿~……."

"왜, 왜 그런 눈으로 보는 거야? 아이는 대체 나를 어떤 남자라고 생각하는 건데?"

"이 자리에서 말해도 될까요?"

"…………아니야. 관둬. 제발 하지 마세요."

사부님은 무릎을 꿇고 애걸복걸했다. 역시 찔리는 구석이 있는 거죠?

미오가 사부님의 뒤통수를 톡톡 두드렸다.

"저기저기, 쿠쭈류 선생님. 아까 말했던 타이틀의 서열이란 건, 어떤 이유로 정해진 거예요?"

"역사나 격식처럼 그럴듯한 이유가 있지만…… 결국 이거야."

사부님은 손가락으로 동그라미를 만들었다. 즉, '돈'.

"먹고살기 참 힘드네에에에에~!!"

"돈으로 안 되는 일이 없듯이…… 타이틀의 서열도 돈으로 정해지는 거예요."

"뭐, 프로의 세계니까 말이야. 상금이 있으니까 프로도 존재하는 거지."

현실을 알고 충격을 받은 미오와 아야노를 향해 쓴웃음을 지은 사부님이 프로와 돈의 관계를 설명했다.

"게다가 스폰서 측면에서 보자면, 누구보다 비싼 돈을 내고 있는데 서열이 낮으면 불만 아니겠어? 그러니 그 돈을 받는 프로 또한 타이틀의 격식을 지키는 게 당연시되는 거야."

"그게 프로의 자세군요! 엄마도 자주 말했어요. 우리 여관도 비싼 방에 묵는 손님에게 더 나은 서비스를 해드려요!"

"아이는 어느 손님이 어떤 방에 묵는지 전부 기억하나요?"

"방에 놓여 있는 유카타의 무늬가 달라. 그래서 방 밖에서 만났을 때도, 금방 알 수 있어!"

"히익~! 그렇게 구분하는구나……. 하지만 그런 방법을 쓴다면, 단순히 암기하는 것보다 훨씬 효율적으로 기억할 수 있을 거야! 똑똑하네!"

미오는 깜짝 놀랐지만, 한편으로 감탄한 것 같았다.

그렇게 티가 나게 차이를 두지 않더라도, 허리띠에 그어진 선의 숫자를 다르게 하거나 나막신 끈의 색깔을 다르게 한다.

"앗, 물론 단골들의 얼굴은 외우고 있고, 손님의 얼굴도 최대한 외우려고 해."

"아하……. 아이는 어릴 적부터 당연한 듯이 그렇게 해서 기억력이 좋고 장기도 잘 외우는구나. 응. 이해했어……."

프로로서의 태도 이야기보다 암기 방법에 대해 감탄하는 미오를 보며 쓴웃음을 지은 사부님이 다시 화제를 되돌렸다.

"이야기가 잠시 엇나갔는데, 장기를 직업으로 가진 사람은 그 역사와 문화에 관해 최소한의 지식을 가지고 있어야 한다고 생각해. 예전에는 은퇴한 기사가 여류기사에게 그런 이야기를 알려주는 강습회도 했다고 해."

강습회?! 고, 공부…….

"왜, 왠지 어려울 것 같아……. 잘 외울 수 있을까? 나, 장기 국면과 손님의 얼굴은 한 번 보면 대부분 외우지만…… 공부는 싫은데…… 으으……."

"아이라면 괜찮아요! 저도 협력할게요!"

아야노는 그렇게 말하면서 내 손을 잡았다.

"저는…… 장기 실력이 아이와 너무 차이가 나서, 연구회에서는 거의 도움이 되지 못해요. 그러니 이런 식으로라도 조금이나마 보답하고 싶어요……."

사부님은 상냥한 미소를 머금으며 말했다.

"아야노는 이런 이야기를 좋아해?"

"예! 저는 장기 그 자체보다도, 장기의 역사와 문학을 좋아해요!"

"호오?"

"그래서 장래에는 마치 언니처럼 관전기를 쓰는 일을 하고 싶어요! 저는…… 장기 재능이 별로 없으니까요……."

아야노의 사저는 산성앵화 타이틀을 지닌 쿠구이 마치 선생님이야. 쿠구이 선생님은 『쿠구이(鵠)』란 이름으로 관전기자로 활약하고 있어.

그런 다양한 재능을 지닌 사저가 목표라고, 자신 없는 투로 말하는 아야노를──.

"대단해! 정말 대단해, 아야노!"

사부님은 환한 미소를 지어 보이며 응원했다. 그야말로 극찬이었다.

"이 나이에 자기가 하고 싶은 일을 찾았고, 그 꿈을 위해 노력하고 있잖아? 성실한 줄은 알았지만, 이렇게 견실한 애인 줄은 꿈에도 몰랐어!"

"어……? 하, 하지만…… 제가 이런 이야기를 하면 '초등학생이 벌써부터 여류기사가 되는 걸 포기하다니, 너무 나약해.' 같은 말을 들었어요……. 더 열심히 장기를 두라면서……."

"물론, 여류기사가 되는 걸 관두기엔 아직 이른 나이라고 봐."

"하아……."

"하지만, 그것보다 더하고 싶은 일이 있다면, 기사에 집착할 필요가 없어. 오히려 그 마음을 응원해 주지 못하는 어른이 부끄러워해야 하지 않을까?"

"쿠, 쿠즈류 선생님…… 감사해요!"

안경을 벗은 아야노가 촉촉이 젖은 눈가를 손가락으로 훔치더니, 기쁜 듯한 어조로 그렇게 말했다.

"저…… 저는, 이런 식의 응원을 받은 게, 처음이라…… 정말, 정말 기뻐요……!"

잘됐어, 아야노!

사부님은 그 어떤 꿈도 절대 부정하지 않아! 역시 사부님이야!

"어머머~? 아야농, 얼굴이 빨개졌네. 혹시……."

"노, 놀리지 말아요, 미오! 저, 저는…… 그, 그그그, 그런 게…… 그런…… 아우우……."

잘됐어, 아야노.

사부님은 언제나 여자애를 오해시켜……. 역시 사부님…….

"아야노만 칭찬해 주고……. 약았어……."

아야노는 쿠구이 선생님처럼 의외로 강적일지도…… 의도하지도 않았는데, 급소에 손이 닿는 타입이랄까…… 위험, 해.

"싸뿌~♡"

그리고 더 위험한 게………… 샤를, 이야…….

"샤우도~. 샤우도, 대꼬 시픈 거, 쩡해써~."

"흐음~. 되고 싶은 걸 정한 거구나? 샤를은 커서 뭐가 되고 싶어?"

"싸뿌의~. 아내!"

"하하핫! 그랬지. 샤를 양은 내 아내가 되기로 했었지!"

"싸뿌, 싸랑애~♡"

"나도 샤를을 사랑해!"

방금 대화는 대체 뭐야?

"우오오……! 으그그그극……!"

"쿠, 쿠쭈류 선생님, 그쯤에서 스톱! 질투심 때문에 아이가 마하의 속도로 무시무시해지고 있어요!"

"으, 으음…… 맞다. 으음, 무슨 이야기를 하고 있었더라?"

"장기의 역사와 문화 이야기를 하고 있었어요! 깜빡하면 어떻게 해요~!"

"아하하. 그건 무리야, 미오. 사부님의 머릿속은 귀여운 여자애로 가득 차 있거든."

"아, 아이……? 화난 거니……?"

"화 안 났어요. 왜 화났다고 생각하는 거예요? 제가 화낼 만한 일을 사부님이 했다는 건, 자각하고 있는 거예요?"

사부님은 자신의 첫 번째 제자인 아이를 가장 소중히 여긴다고 항상 말하지만, 결국 언제나 가장 귀여워하는 건 샤를이잖아요.

그게 용왕이 해야 할 일인가요. 거짓말쟁이, 거짓말쟁이, 거짓말쟁이, 거짓말쟁이, 거짓말쟁이, 거짓말쟁이, 거짓말쟁이, 거짓말쟁이, 거짓말쟁이, 거짓말쟁이……

아야노가 고함치듯 말했다.

"쿠, 쿠즈류 선생님! 선생님은 어떤 식으로 공부하셨나요?!"

"아, 아아……. 그게 말이지. 나는 내제자 시절에 사부님에게 가르침을 받았어. 사저는 그런 걸 질색하는지 툭하면 도망쳤지."

"샤우 마리지? 꽁부아면, 쫄려……."

샤를은 다다미 위에서 데굴데굴 굴러다녔다.

사부님은 약간 아쉽다는 듯이……

"뭐, 그래. 장기를 게임으로서 좋아하지만, 이런 문화면에는 전혀 흥미가 없는 애도 많거든……."

"아하하! 미오가 딱 그래!"

"그럼, 퀴즈라면 어떨까요?!"

""퀴즈?""

아야노는 고개를 힘차게 끄덕였다.

"예! 장기연맹은 『장기 문화 검정』이라는 걸 실시해요. 저는 그 문제를 퀴즈처럼 풀며, 즐겁게 장기 지식을 익혔어요."

"그거, 재미있을 거 같아!! 아야뇽, 나이스 아이디어야!"

"그래! 다 같이 하면 퀴즈 대회 같아서 즐거울 거야!"

나도 찬성!

혼자서 공부를 한다면 꾸준히 할 자신이 없지만, 다 같이 와자

지껄 떠들며 즐겁게 장기 지식을 배운다면 훨씬 재미있을 거야!
게다가 지금은 초등학교에서도 퀴즈 방송이 인기거든!

"그래…… 좋아~!"

아야노의 제안을 듣고 생각에 잠겼던 사부님이 무릎을 두드리며 말했다.

"기왕이면 타이틀전을 하자!"

"""……어?"""

이리하여, 여초연의 휴식 시간에 하던 놀이와 사부님의 생각이 더해지면서 새로운 『타이틀전』이 펼쳐지게 됐지만──.

그것이 설마, 그런 결말을 맞이하게 될 줄은…….

이때까지만 해도 우리도, 사부님도, 누구도 상상하지 못했어.

◌

그리고 며칠 후, 칸사이 장기회관.

4층에 있는 다목적실을 빌려서, 그 『타이틀전』을 하기로 했다.

"다 같이 퀴즈를 풀면!"

사부님이 그렇게 외치자…….

"장기 세계가 보인다! 예요!"

아야노가 그렇게 외쳤고…….

""뉴 타이틀! 장기 퀴즈왕 선수권~!""

마지막으로 두 사람이 한목소리로 타이틀을 외쳤다. 몇 번이나 연습을 한 덕분인지, 호흡이 딱딱 맞네! 역시 아야노는 요주의

인물이야☆

"자아, 드디어 이 순간이 왔습니다! 장기계에 존재하는 수많은 수수께끼에 도전하는 새로운 기전, 이름하여 장기 퀴즈왕 선수권! 사회 및 진행은 바로 저, 쿠즈류 야이치 용왕이 맡겠습니다. 어시스턴트 사다토 아야노 양과 함께 최선을 다하겠어요!"

"과연 초대 장기 퀴즈왕이 되는 영예를 누리는 건 누구인가?! 예요!"

"타이틀을 차지하기 위해 어택! 찬스!"

사부님은 주먹을 쥐고 일요일 오후에 텔레비전에서 흔히 나오는 대사를 외쳤다. 참고로 쿠즈류 일문의 일요일은 아침 장기 방송→점심 식사→퀴즈 방송이 정석이에요.

"의외로 타이틀 명칭을 단순하게 지었네!"

"알기 쉬워서 좋아!"

미오와 나는 『장기왕』, 『퀴즈 9×9칸의 벽』 같은 것도 괜찮겠다며 제안했지만, 결국 저렇게 했다.

다 같이 열심히 꾸민 덕분에, 이 퀴즈 대회의 완성도도 상당하다고 생각하지만──.

"저기, 이게 뭐야? 나는 새로운 타이틀전을 치른다고 해서 온 건데…… 설마 이 헛짓거리가 그거야?"

"그래. 대답 여하에 따라…… 확 담가버린다, 이 꼬맹이들아."

초대 선수인 텐짱과 소라 선생님이 무시무시한 표정으로 불만을 드러냈다. 어라~?

"샤우 마리지? 꽁주님꽈 뗀짱을 만나써, 쩡말 끼뻐~."

"그, 그렇구나……."

"나는 딱히 기쁘지 않거든?!"

샤를의 순진무구한 미소를 보고 당황한 소라 선생님과 여전히 화내는 텐쨩을 사부님이 설득했다.

"두 사람 다 진정해. 기왕 새로운 기전을 개최한 만큼, 다 같이 경쟁하는 편이 더 의욕이 나지 않겠어?"

"의욕…… 이기면 뭐라도 받을 수 있는 거야?"

"장기 퀴즈왕 선수권 첫 우승자의 명예를 차지할 수 있어요."

"그딴 건 필요 없어! 너, 바보지?! 돈사하고 싶어?!"

소라 선생님이 손에 쥔 부채로 사부님을 때렸다.

장려회에서 막 3단에 올라간 소라 선생님은 봄부터 시작되는 3단 리그 때문인지, 동면 직후의 곰처럼 신경이 곤두서 있었다.

"애초에 나는 진짜 여류 타이틀 방어전이라는 성가신 일이 코앞에 닥쳤단 말이야! 안 그래도 시간이 없거든?! 꼬맹이들 놀이에 끌어들이지 마!!"

"알아요, 사저! 그건 타이틀 보유자인 나도 알고 있다고요!"

그런 소라 선생님을 설득하기 위해…… 사부님은 비장의 승부수를 펼쳤다!

"물론 그게 전부는 아니에요! 우승자에게! 부상으로 호화 온천 여행을 증정해요!"

"“온천?”"

다들 호화로운 깜짝 선물을 준다는 말을 듣고 화들짝 놀랐다.

하지만 눈치 빠른 텐쨩이 뭔가를 깨달은 건지…….

"어, 설마——."

"아~ 이번 장기 퀴즈왕 선수권은 말이죠? 용왕전이 치러진 호쿠리쿠의 유명 여관 『히나츠루』에서 숙박권을 협찬해 주었습니다."

"협찬했어요~!"

짜잔~! 아이가 엄마와 상의했더니 '정월에도 귀성하지 않았으니, 마침 잘된 걸지도 모르겠군요.' 하며 승낙해 줬어요~!

"그냥 귀성이잖아!"

"뭐, 그럴 것 같았어."

미오와 텐짱이 동시에 그렇게 말했다.

소라 선생님은 더욱 짜증이 치솟은 건지…….

"바보 같아……. 온천여관에는 타이틀전을 치르며 질릴 정도로 가봤거든? 왜 쉬는 날에 일부러 노토 반도까지 가야 하는데? 나는 돌아가겠어."

소라 선생님은 거칠게 의자에서 일어났다. 텐짱도 아무 말 없이 그 뒤를 따르려 했다.

흐흥~?

그런 소리 해도 되겠어요~?

"참고로 1박 2일, 2인 1실 커플 티켓이에요~."

내가 그렇게 말하자…….

""…………페어?""

소라 선생님과 텐짱이 한목소리로 '커플' 단어를 입에 담았다.

사부님은 다시 분위기를 살리며 말했다.

"그러므로! 여러분, 초대 장기 퀴즈왕이 되기 위해 파이팅~!"

"""오오~!"""

"샤우, 따이뜰 뽀우짜가 되래~!"

자아…….

나는 이 타이밍에 사부님에게 부탁할 게 있다.

"사부님, 사부님~! 아이가 커플 티켓을 따면, 같이 가실 거예요?!"

"어? 나와 말이야?"

"예! 저는 오사카에 온 후로 사부님에게 계속 폐를 끼쳤으니까, 이참에 사부님에게 쌓인 피로를 풀어드리고 싶어요!"

"아, 아이…….."

사부님의 눈가에 눈물이 맺혔다.

"기뻐……. 제자한테 선물로 온천 여행을 받다니, 스승으로서 이렇게 기쁜 일은 없을 거야……!"

"그럼 같이 가 주실 거죠?!"

"물론이야! 전에 갔을 때는 용왕전 승부가 중요해서 즐기지를 못했으니까, 이번에는 편한 마음으로 즐길래!"

"와아! 아이가 사부님의 등을 씻겨드릴게요!"

"뭐어?! 그, 그건 좀…….."

"물론 수건을 몸에 두를 거고, 온천물을 직수로 끌어오는 실내 탕에서 할 거니까 괜찮아요. 우리 말고는 아무도 없어요! 단둘뿐이니까요!"

"그……그런 문제가 아닌데……."

"애초에 한집에서 같이 살고 있으니 아무 문제 없어요! 식사 시중도, 목욕 후의 마사지도, 전~부~ 아이가 해드릴게요! 여관에 있는 동안, 쭉 함께 지내는 거예요!"

"으음~…… 아무리 사제지간의 오붓한 여행이라고 해도, 너무 붙어 다니는 건……."

"안 될……까요~?"

내가 올려다보며 응석을 부리자, 사부님은 잠시 고민한 후에…….

"하아…… 여류기사가 됐는데도 여전히 어리광쟁이구나. 이번만이야."

"와아~ 와아~! 사부님한테 엄청 효도할게요♡"

덜컹덜컹덜컹!!

격렬한 소리가 들려서 고개를 돌려보니, 의자에서 반쯤 일어섰던 소라 선생님과 텐짱이 다시 자리에 앉았다.

"거기, 로리콘. 초등학생과 기분 나쁘게 시시덕거리며 기분 나쁜 소리 늘어놓지 말고 빨리 퀴즈를 내기나 해."

"어라? 사저, 집에 간다면서요?"

"아앙? 누가 집에 간다는 거야? 자아. 빨리 퀴즈나 내란 말이야, 로리콘. 로리콘 주제에 퀴즈도 제대로 못 내는 거야?"

"방금 로리콘 소리를 할 필요는 없었죠? 그리고 로리콘이 퀴즈를 잘 낸다는 법칙도 없거든요?"

"네가 영락없는 로리콘이라 이러는 거야! 방금 대화를 녹음해서 직접 들어보는 게 어때?!"

소라 선생님은 사부님에게 설교한 후, 퀴즈에 참가한 이유를 설명했다.

"사제가 퀴즈 대회를 이용해 어린 여자애와 단둘이 온천 여행을 가는 변태 로리콘 자식이 되지 않게, 사저로서 저지하려는 거야. 감사하는 게 어때? 로리콘."

"……."

나는 소라 선생님을 뚫어지게 응시했다. 찌릿~…….

"뭐, 뭐야, 꼬맹이. 불만이라도 있어?"

"있어요."

당연하죠. 산더미처럼 있다고요.

"소라 선생님은 저를 비판했죠? 그럼 본인이 티켓을 손에 넣으면 어쩔 작정이죠?!"

"사……사부님과 케이카 언니한테 선물할 거야."

"그래 봤자 케이카 씨는 소라 선생님을 배려해서 꾀병을 부릴 게 뻔하거든요?! 아와지시마에 갔을 때처럼요!"

"뭐, 뭐어? 이 꼬맹이가 무슨 소리를 하는 거야? 그때는 케이카 언니도 같이 갔잖아. 내 말 맞지?"

소라 선생님이 미오와 아야노에게 확인하듯 그렇게 묻자…….

"케이카 씨도 오긴 했어."

"맞아요. 차를 운전해 줬잖아요."

"민박에서 코가 삐뚤어지게 술을 마셨지만 말이야."

마지막으로 텐짱이 어깨를 으쓱하며 그렇게 말하자, 소라 선생님은 의기양양한 표정을 지었다.

"자아, 착각에 빠져 말도 안 되는 소리 좀 작작 지껄여줄래?"

"쳇………… 민둥산 주제에…….."

"확 담가버린다?"

"자, 자아, 두 사람 다 릴렉스! 그 분노는 퀴즈에 쏟아부어요, 퀴즈에! 오, 온천에 가고 싶나요~?!"

"""오~!"""

다들 의욕이 넘치는 것 같아!

"샤우 마리지~? 온쩐보다, 뿔짱에 까고 시퍼~."

샤를은 풀장에서 놀고 싶어 했다. 확실히 샤를 같은 나이의 애한테 온천은 좀 심심할지도 몰라.

"페어…… 그럼 할아버지를 모시고 가도 괜찮겠네. 감사의 마음을 담아서…….."

텐쌍이 그렇게 중얼거리자, 미오가 바로 딴죽을 날렸다.

"어? 텐쌍, 방금 '할아버지'라고 했어?"

"그, 그런 적 없어! 할아버님이라고 했거든?! 너, 평소에 하도 떠들어대는 바람에 고막이 망가진 거 아니야?!"

"어~? 그래? 뭐, 됐어."

텐쌍이 티나게 얼버무리자, 미오는 히죽거렸다.

미오는 텐쌍을 좋아해서 방금처럼 기회가 날 때마다 말을 걸었고, 요즘 들어서는 놀리기도 했다.

나는 아직 저렇게 자연스럽게 텐쌍에게 말을 걸지 못해. 미오의 저런 면은 재능일 거야.

부럽다……는 생각과 함께, 내 사매인 텐쌍과 내 절친인 미오가 사이좋게 지내는 모습을 보니 마음이 복잡했다. 나는 두 사람에게 가장 특별한 사람이 되고 싶으니까…….

"그럼 퀴즈를 시작하죠! 어시스턴트 아야노 양, 설명해 주세요."

"예, 쿠즈류 선생님. 우선 여러분께서는 스피드 퀴즈에 도전해 주셨으면 해요. 답을 아는 사람은 눈앞에 있는 스위치를 눌러 주세요."

아야노는 밝은 목소리로 방식을 설명했다.

최근 며칠 동안 사부님과 함께 늦게까지 준비를 한 덕분인지, 호흡이 척척 맞네…… 모지리.

"안경잡이…… 오늘은, 저쪽이구나……."

"왠지 아야농의 안경이 평소보다 빛나는 것 같아……."

텐짱과 미오가 귓속말로 그렇게 말했다. 역시 사이가 좋네. 왠지 속이 부글부글 끓어…….

어! 내, 내가 무슨 생각을 하는 거지?!

집중, 집중!! 우승해서 사부님과 함께 고향집에 가는 거야!

그렇게 사부님과 함께 몇 번이나 고향에 가서, 주위의 인식을 '쿠즈류 선생님은 히나츠루의 사위가 되려나 보네'라는 방향으로 이끌어 가는 거야……. 외곽부터 다져가며 우리 둘의 관계를 공고히 한다…… 이름하여 『오사카 겨울의 진 작전』이야~.

"스피드 퀴즈의 결과, 상위 2명만이 결승전에 진출해요."

"결승 진출 파이팅! 그럼 아야노 양, 첫 문제를 내주세요!"

"문제예요."

아야노가 입을 열려던, 바로 그 순간이었다.

펑~! 하는 스위치 소리가 들렸다. 사부님도 깜짝 놀랄 타이밍이었다. 누구지?!

"빠르군요! 어, 샤를 양?"

"꼬기!"

뿌뿌~ 하는 오답 소리가 들렸다. 휴우…….

아무래도 샤를은 퀴즈의 의도를 모르면서 누른 것 같았다.

"어어어……?"

샤를이 어리둥절한 표정을 짓자, 사부님은 곤란한 듯한 어조로 설명했다.

"저기…… 샤를 양? 빨리 누르기만 하면 되는 게 아니거든? 문제를 끝까지 잘 듣는 것도 중요해. 그리고 기본적으로 장기에 관한 문제니까, 고기가 답인 경우는 적을 거야."

"우에엥……!"

"아, 그래도 아까웠어! 응! 샤를 양, 정말 아까웠다니깐! 다음에 더 잘해 보자! 다음번에는 꼭 정답일 거야! 그러니까 울지 마! 응?!"

"응…….."

사부님이 필사적으로 달래자, 샤를은 그제야 진정했다. 휴…….

아야노가 차분하게 보충 설명을 했다.

"참고로 오답을 말하면, 이번 문제에는 답할 수 없어요. 다른 페널티는 없고요."

"그러니 여러분도 샤를 양을 본받아서 적극적으로 답을 말해 주세요!"

또 울려고 하는 샤를을 달래려는 듯이 사부님이 그렇게 말하자, 소라 선생님과 텐쨩은 아까보다 더 언짢은 목소리로 이렇게 말했다.

"문제를 다 듣기도 전에 답하는 걸 적극적이라고 표현하는 건 이상하지 않아?"

"그냥 얼간이 짓이야."

"거기! 무례한 소리 하지 마! ……그럼 아야노 양, 문제를 계속 읽어주세요!"

"문제예요. 장기판의 소재 중에서 최고급으로 여겨지는 목재는 비자나무예요. 그렇다면 장기말——."

앗! 알겠다!

"저요!"

스위치를 노타임으로 누르자, 펑~ 하는 소리가 들렸다. 내가 대답해도 되지?! 응?!

사부님이 나를 쳐다보며 말했다.

"자아, 아이 양! 답은 뭐죠?!"

"회양목이에요!"

"딩동댕!"

딩동댕동————☆

만세! 1포인트 땄어!

"장기판의 소재 중 최고급으로 여겨지는 목재는 비자나무예요. 그렇다면 장기말의 소재 중에서 최고급으로 치는 목재는 뭘까요? 라는 문제였어요."

아야노가 문제를 끝까지 말한 후, 사부님이 해설을 해줬다.

"장기판은 비자나무, 특히 미야자키현에서 나는 것을 최고로 치며, 장기판의 소재는 회양목, 특히 미쿠라지마 산을 최고급으로 여기죠! 아이 양, 잘했어요!"

"에헤헤. 해냈다~!"

얼마 전, 사부님한테서 여류기사가 된 기념으로 장기판을 받으면서, 장기판과 말에 관한 것을 반사 선생님에게 들었거든!

『타치모리』라고 하는, 칼로 장기판에 눈금을 긋는 기술을 견학했다. 자극적인 체험이었기 때문에 똑똑히 기억하고 있다. 아니, 잊을 수 있을 리가 없다. 알몸으로 일본도를 쥔, 그 사람의 모습을…….

"이야…… 진심이야. 아이는 진심이 분명해……."

"이겨 봤자 집에 가는 건데……."

미오와 텐짱이 질린 듯한 어조로 그렇게 말했지만, 아이는 진짜로 이길 거야!

특히…… 저 아주머니한테는 꼭 이기겠어!!

"흥! 이런 하찮은 일에 열을 올리기는……. 역시 어린애네."

어라라라~?

소라 선생님, 초등학생한테 졌다고 툴툴거리는 거예요~?

"자~. 의욕이 안 나는 분들도 열심히 퀴즈를 풀어주세요~. 그럼 다음 문제로 넘어가죠!"

사부님이 그렇게 말하자, 아야노가 두 번째 문제를 읽었다.

"문제예요. 각교―――."

퍼엉~!

"빠르군요! 또, 또 샤를 양이야?!"

"답을 말해 주세요."

"·················꼬기~?"

뿌뿌~.

"······아쉽지만 틀렸습니다!"

"샤우 마리지? 머리 마니 써떠니, 빼고빠~."

"아직 두 문제째잖아······."

텐쨩도 어이없다는 표정을 지었다.

사부님은 "곤란하네~." 하고 말하더니······.

"배, 배가 고프구나······. 그럼 배달 음식을 시키자! 1층의 레스토랑, 트웰브에 전화해서 비프 스튜를 시키는 거야."

"꼬기~!"

"정답 버튼이 패밀리 레스토랑의 호출 버튼 취급이 됐어!"

미오가 절묘한 비유를 입에 담았다.

센스 있네. 넌센스 퀴즈였다면 강적이었을지도 몰라.

샤를은 비프스튜로 머릿속이 가득 찬 것 같다. "꼬기~♪ 꼬기~♪" 하고 노래를 불렀다. 귀여워······. 하지만, 퀴즈 대회에서 저러면 탈락이야.

자아! 진짜 승부는 이제부터 시작이야!!

"그럼 아야노 양. 문제를 계속 읽어 주세요."

"각교환의 기본 정석은 은을 이용한 세 가지 전법이에요. 『봉은』, 『결상──』."

퍼엉~!

"『속진 은』."

"딩동댕~! 사저, 대단해요!"

빠, 빨라……?!

게다가 아주머니가 정답을 말했어……!!

"각교환의 기본 정석은 은을 이용한 세 가지 전법이에요. 『봉은』, 『걸상 은』, 그리고 마지막 하나는? 이란 문제였어요. 정답은 『속진 은』이죠. 소라 선생님, 역시 대단하세요!"

"이 정도는 별것 아니야."

아주머니는 앞머리를 쓸어올리며 어깨를 으쓱했다.

부우~. 되게 거들먹거리네요…….

"자기도 필사적이면서……."

"뭐? 이 정도는 장기 공부를 제대로 하면 반사적으로 대답할 수 있잖아? 게다가 나는 이름의 한자에는 『은(銀)』이 들어가 있으니까, 은과 관련된 승부라면 아무리 하찮더라도 남한테 지고 싶지 않을 뿐이야."

소라 선생님은 태도가 차분하지만, 꽤나 빠른 어조로 그렇게 중얼거렸다.

그 태도를 미심쩍게 여긴 건, 나만이 아니었다.

"그런 사람이 남의 말을 끊고 답한 거야? 게다가 방금 설명도 꽤 구차하게 들렸거든?"

"너무 그러지 마, 텐짱. 솔직하지 못한 소라 선생님은 흔히 볼 수 있는 게 아니지 않사옵니까~."

"항상 저렇잖아."

"다 들려, 꼬맹이들…….."

"그, 그럼 다음 문제로 넘어가겠습니다!"

짜증을 내며 혀를 차는 소라 선생님을 달래듯, 사부님은 아야노에게 세 번째 문제를 읽으라고 재촉했다.

"초대 명인, 오오하시 소케이의 이름에 쓰인 한자 중에는 『계마』의 『계』가 있는데, 이것은 『계마의 운용이 절묘하다』며 찬사를 보낸 어떤 인물에게 받은 이름입니다. 그럼 그 인물은 누구일까요?"

어? 누, 누구지……?

애초에 오오하시 소케이? 초대 명인?

어느 시대 사람이야?

쇼와 시대?

"자아, 어떤가요? 이번 문제는 의외로 어려울지도 모르겠군요~."

펑~! 하고 버튼을 누른 미오가 힘찬 목소리로 대답했다.

"저요! 모리모토 레오!"

"유감입니다! 모리모토 레오는 당시에 태어나지 않았어요!"

모리모토 레오 씨는 장기 애호가로 유명한 베테랑 배우야. 그 베테랑보다 더 옛날 사람인 걸까? 으음, 쇼와 이전의 연호는…….

아무도 대답하지 못하자, 샤를이 또 버튼을 눌렀다.

"오뎅!"

"아깝군요!"

"""어?!"""

바, 방금 그게?! 어째서 아깝다는 거야?!

"샤를 양이 아쉽게 틀렸습니다! 첫 글자는 맞았어요!"

"앗! 저요!"

"예, 사저!"

"오다 노부나가……?"

소라 선생님이 대답한 후, 몇 초 동안 무거운 침묵이 흘렀다. 그
리고——.

딩동댕동————☆

"정답~!!"

"뭐?! 진짜야?!"

미오가 눈을 동그랗게 뜨며 그렇게 외쳤다.

당했어……! 아주머니가 포인트로 앞서기 시작했잖아!

"으……! 아이도, 혹시나 했는데~!"

저, 정말이거든? 머릿속에 떠올랐었단 말이야!

텐짱은 미심쩍은 듯이…… 아니, 순수하게 호기심을 자극받은
듯한 표정으로 사부님에게 물었다.

"그런데 진짜로 오다 노부나가가 장기 역사와 관련이 있어?"

"그래. 노부나가는 바둑과 장기를 좋아해서, 아케치 미츠히데
에게 살해당하기 직전에도 혼노지에서 바둑을 관전 중이었다는
말이 전해져 내려올 정도야.『고스트 바둑왕』에도 나왔으니까
틀림없어."

"""와아~!"""

"뭐, 소케이에게 이름을 내렸다는 건 속설이지만 말이야."

그럼 사실무근이잖아요~!

"그래도 유명한 일화니까 지식 삼아 기억해두세요! 그럼 다음 문제로 넘어가죠!"

꼭 점수를 따서, 아주머니를 따라잡고 말겠어! 타이틀전에서도, 퀴즈에서도, 2점 이상 차이가 나면 만회하기 어렵단 말이야! 집중!!

"문제예요."

아야노가 다음 문제가 적힌 종이를 손에 쥐고 입을 열었다. 그리고 샤를이 배달된 비프스튜를 홀짝이는 소리만이 이 행사장에 울려 퍼졌다……. 으으, 군침 도는 향기와 종이 넘기는 소리가 신경 쓰여~…….

아야노는 충분히 뜸을 들인 후, 문제를 읽었다.

"장기 묘수풀이의 세계에서 최고 걸작으로 이름 높은 『장기도교』를 만든 이토 칸쥬. 그렇다면 그 형인 이토 소칸이 만든, 장기도교와 어깨를 나란히 하는 걸작 장기 묘수풀이집은 뭔가요?"

알겠어~!!

"저요저요저요! 『장기무쌍』!"

"딩동댕!"

딩동댕동————☆

"만세————!!"

"아이 양이 점수를 따면서 소라 선생님을 따라잡았어요! 대단해요!"

"당연하잖아! 아이는 장기 묘수풀이와 사부님에 관한 지식으로는 아무한테도 안 져!"

그 말을 입에 담은 순간…….

"호오~? 자신감이 넘치네."

눈이 희번덕거리는 소라 선생님이, 나에게 문제를 냈다!

"그럼 야이치가 몸을 씻을 때 가장 먼저 씻는 덴 어디지?"

펑~!

아이는 눈앞의 버튼을 바로 눌렀다. 그 정도는 쉽거든요~?

"왼쪽 팔뚝이에요!"

딩동댕동~!

"제법인걸?"

"훗…… 이번에는 아이의 차례예요."

매일 '사부님~. 갈아입을 옷은 여기 둘게요~' 하고 사부님이 목욕하고 있을 때를 골라 욕실에 얼굴을 비추는 아이에게, 그 정도는 퀴즈조차도 아니란 말이야!

아이가 진정한 퀴즈 문제를 내주겠어요!

"어라? 저기, 둘이서 멋대로 퀴즈 배틀을 시작——."

"사부님이 가장 자주 하는 잠꼬대는?!"

"『케이카 씨, 더는 못 먹겠어』."

"정답이에요! 사부님은 모지리!"

"나한테 불똥이 튀었어?!"

꿈속에서도 커다란 가슴 생각만 하는 사부님이 당황한 목소리로 그렇게 말했다.

오늘은 처음부터 의욕이 바닥을 치던 텐짱이 어깨를 으쓱하며…….

"칼에 찔려 죽는 것보다는 낫잖아? 뭐, 이대로 가면 머지않아 그런 일이 벌어질 것 같네."

"샤우 마리지? 꼬기 머거서, 배 빵빵애~."

"이야~. 미오도 곧 배가 부를 것 같네~."

"어어~? 미오땅, 아무거또 안 머거짜나~?"

샤를이 고개를 갸웃거렸다.

텐짱은 자기 가슴 언저리를 손으로 쓰다듬는 시늉을 했다.

"나는 아무것도 안 먹었는데도 속이 더부룩해."

"아하하. 나도 좀 그래…….'"

미오가 쓴웃음을 지었다.

하지만! 아이는 이 승부에서 질 수는 없어……!

"문제. 야이치가 처음으로 직접 산 장기책 제목은?"

"카네코 타카시 씨의 『장기 수순 200』! 이에요!"

"쳇…… 정답이야."

"문제예요! 사부님이 처음으로 산 만화 중에서, 현재도 몰래 애독하고 있는 작품은?!"

"야부키 켄타로 선생님의 『To LOVE 트러블』."

"정답이에요! 아이가 잠든 후에 몰래 보세요!"

"내제자 시절에도 그랬어."

그렇게 옛날부터?! 사부님은 모지리!!

"쿠쭈류 선생님, 낮에는 장기의 수순을 연구하고, 밤에는 2차원 아내를 연구하는구나!"

"참 열성적으로 연구하시네요."

미오와 아야노의 시선을 견디다 못한 사부님이 양손으로 얼굴을 가렸다.

"그럼…… 선택지 문제야."

소라 선생님이 사부님을 힐끔 쳐다본 후…….

"야이치가 초등학생 때, 처음으로 '크면 아내로 삼아줄게' 하고 말한 상대는 다음 세 사람 중 누구?!"

"끄아————!!"

양손으로 얼굴을 가린 사부님이 너무 부끄러운 나머지 공벌레처럼 몸을 말며 바닥을 굴러다녔다.

"사부님이 초등학생 때……?! 그럼, 케이카 씨와 샤를 이외의 사람한테도 그런 말을 한 건가요?! 사부님은 모지리……!"

대체 누구와 그런 약속을 한 거지?! 아이는 그런 말을 들은 적 없는데!

소라 선생님은 손가락 세 개를 들며 선택지를 말했다.

"1번. 『이웃에 살던 여고생(E컵)』."

"히이이익————!!"

"2번. 『초등학교 선생님(B컵)』."

"괄호 안은 상관없잖아! 필요 없는 정보라고!"

"3번. 『사이 좋던 초등학생(AAA컵)』."

세 선택지를 들은 아야노와 텐짱의 얼굴에 전율이 흘렀다.

"이, 이 문제는 너무 어려워요……!"

"확실히 어렵기는 한데…… 장기와는 전혀 상관이 없는 데다, 딱히 알고 싶지도 않은 지식이야……."

미오는 손가락을 접었다 폈다 하면서…….

"이웃집 누나, 매일 자기를 보살펴주는 초등학교 선생님, 동년 배 여자애…… 솔직히, 전부 가능성이 있어~. 이렇게 되면 감으로 맞힐 수밖에 없지 않아?"

"아니야! 사부님의 여자 취향을 알면, 답을 찾을 수 있을 거야……!"

답은 하나…… 하나일 게 틀림없어.

"틀려도 돼! 맞힐 필요 없다고!"

"이렇게, 이렇게, 이렇게이렇게이렇게이렇게이렇게이렇게이렇게이렇게이렇게이렇게이렇게이렇게이렇게————."

"이렇게이렇게, 하지 않아도 돼! 전심전력을 다하지 않아도 된다고!!"

사부님, 시끄러워요.

잡음을 떨쳐낸 나는 정답을 향해 손을 뻗었다!

"사부님이 좋아하는 건, 연상…… 그리고, 가슴이 큰 사람이야. 그렇다면, 정답은…… 1번, E컵 여고생이 틀림없어!!"

"정답……!"

"으갸아아아아아아아아아아아아아아아아아아아아!!"

"만세! 사부님, 이번 주는 쭉 굶을 줄 알아요!"

당연하잖아?

가슴 크기로 인간을 차별하다니, 절대로 용서 못 해……. 소라 선생님도 같은 생각인지, 바닥을 굴러다니는 사부님을 몇 번이나 걷어찼다. 그때 일을 떠올리고 화난 것 같았다.

"참고로 야이치의 첫사랑은 유치원 선생님인데, 그 사람도 E컵이었어."

"흐음~? E컵에 집착하는 건가요? 발랑 까졌네요~."

다음 주까지 굶겨야겠네요.

그리고 이 싸움 속에서…… 아이와 소라 선생님은 서로를 조금씩 이해하기 시작했다……. 마치, 장기를 두고 있는 것처럼…….

퀴즈 대결은, 정말로 장기와 이어지는 부분이 있을지도 몰라!

"세 살 버릇 여든까지 간다는 말이 있지만, 진짜로, 세 살 때부터 여자 가슴만 봤구나……. 정말 최악의 쓰레기야……."

걷어차이고 있는 스승을 벌레 보듯 하던 텐짱이 자신의 가슴을 손으로 가리며 물러났다.

"으음…… 하지만 미오는 원래부터 남자는 그렇다고 생각했거든. 쿠쭈류 선생님이 글래머 마니아라도 상관없어! 건강하다는 증거인걸~."

"저, 저도…… 못 들은 걸로 할래요!"

"샤우도, 어르니 띄면, 찌찌가 꺼질까~?"

"이제 그만해애애애애애애애애애애애!!"

계속할 거예요.

"그럼 이번에는 아이의 턴이에요! 사부님이 가장 간지러움을 심하게 타는 부위는?!"

"무릎 뒤."

"큭……! 정답이에요!"

"문제. 야이치가 초등학생 시절에 몰래 생각했던, 장래에 자기가 명인이 되어서 인터뷰를 할 때 할 말은?"

"야, 긴코! 무슨 소리를 하는 거야! 제발 그만해! 그건 비밀로 하기로 약속했잖아!"

"『장기를 두며 괴로웠던 적도 있어요. 좌절할 뻔한 적도 있어요. 하지만 그때마다, 저는 마음속의 리틀 쿠즈류에게 말해요. '어때? 장기를 관두고 싶어?' 라고요. 그때마다 그는 이렇게 말했어요. '명인이 되고 싶어!' 라고……』예요!"

"……정답이야."

"끄아아아아아아아!! 어째서 알고 있는 거야————!!!"

케이카 씨를 졸라서 사부님의 어릴 적 앨범과 장기 노트를 대부분 훑어봤거든. 이 정도는 간단해. 전부터 알고 있었다고.

하지만 여초연 멤버들은 처음 듣는지……

"쿠쭈류 선생님…… 옛날부터 그런 망상을 했구나……."

"쿠즈류 선생님…… 저는, 그런 걸 딱히 싫어하지 않아요!"

"안경, 너…… 착하구나……."

자아! 이쯤에서 승부를 걸겠어!

"아이의 턴! 비장의 문제를 출제! 사부님이 컴퓨터로 검색하는 단어 중에서 가장 빈도가 높은 건?!"

"『골짜기』."

"크으으…… 정답이에요!"

"차라리 죽여어어어어어어어어어어어어어!!"

사부님의 개인 노트북 컴퓨터를 몰래 체크하는 아이만 알고 있는 해답을 안다는 건…… 아주머니도 제법이군요!

그래야 제 라이벌이죠!

"동거한 지 1년밖에 안 된 꼬맹이치고는 꽤 하네……."

"아주머니도, 사부님과 10년 남짓 같이 산 사람답네요……!"

"미리 말하겠는데, 내가 아는 야이치의 비밀은 아직 많아."

"아이의 『사부님 극비 노트』는 108권이나 돼요!"

"쿨럭……! 주, 죽여…… 줘……! 죽, 여……줘…………!"

인간과 다양한 동물을 합성해 괴상한 생물이 태어나고 만 SF 영화의 불쌍한 몬스터 같은 소리를 사부님이 중얼거렸다.

텐짱은 그런 사부님의 머리를 발로 툭툭 건드리면서 말했다.

"승부를 가르기 전에, 우리 변태 사부가 죽어 나자빠지겠거든?"

"아아놩! 쿠쮸류 선생님의 체력은 바닥났어! 아니, 마이너스거든?! 아이와 소라 선생님의 포인트 차이는 어떻게 돼?!"

"혀, 현재 완전히 대등해요! 어느 쪽이 이길지 예측할 수가 없어요!"

성실하게 포인트 계산을 이어가던 아야노가 그렇게 말했다.

비프스튜로 배를 채운 샤를은 장난삼아 수저를 입에 넣었다 뺐다 하며 이렇게 말했다.

"뚜 사람 따, 싸뿌에 때애 짤 아는 꾸나! 때다나네~."

"그것보다, 이대로는 결판이 안 나는 거 아니야?"

"응. 지장기 같아. 어떻게 하지?"

미오와 텐짱이 그런 의문을 품는 것도 당연하지만——.

"헉헉………… 그, 그럼 무승부로 치고…… 그냥 사저와 아이가 둘이서 온천에 간다거나……."

"절대로 싫어요!", "절대로 싫어!"

"뭐, 그럴 거야……."

나와 소라 선생님이 동시에 거부하자, 사부님은 또 공벌레처럼 몸을 동그랗게 말았다.

그런 천일수 같은 교착 상태를 타개할 수를 둔 건——.

"쿠즈류 선생님."

"응? 아야노 양, 왜 그래?"

"우리가 준비한 문제는 딱 하나 남았어요. 이걸로 결판을 내는 게 어떨까요?"

"어, 이 문제는………… 좋아!"

인간으로서의 존엄을 되찾은 사부님이 두 발로 서더니, 우리를 향해 말했다.

"사저! 아이!"

"무슨 일이야, E컵.", "골짜기는 입 다물고 있어요!"

"그만해~!"

계속할 거예요.

"두 사람 다, 좀 진정하세요!"

보다 못한 아야노가 차분한 목소리로 제안했다.

"이대로 계속 싸워봤자 결판이 나지 않을 거예요. 그러니 제가 낸 문제를 누가 맞히는지로 승자를 정했으면 해요. 그리고 만약 비긴다면, 우승자가 없는 걸로 하는 게 어떨까요?"

""……""

아마추어 대회에서 천일수와 지장기는 『양패』 판정이 나기도 한다.

양쪽 다 패배라는 아야노의 제안은, 장기기사라면 충분히 받아들일 수 있었다.

"……알았어. 아야노의 뜻에 따를게……."

"그럴 수밖에 없을 것 같네……."

두 대국자가 동의하면서, 결정됐다.

맞든, 틀리든…… 이게 마지막 문제야!

"그럼, 최종 문제예요! 이번에는 지금까지와 달리, 문제를 끝까지 들은 후에 두 사람이 동시에 답해 주세요."

찬물을 끼얹은 것처럼 정적이 감도는 이곳에서, 아야노의 목소리만이 울려 퍼졌다.

대, 대체…… 어떤 문제일까?

장기의 역사일까? 전법일까? 아니면————.

"장기 타이틀에 관한 문제예요."

아야노는 차분하게 문제를 읽었다.

그것은 이런 문제였다.

"프로의 7대 타이틀은 용왕, 명인, 제위, 옥좌, 반왕, 옥장, 기제라는 서열……이 존재해요. 그렇다면 여류 6대 타이틀 중에서 다섯 번째에 해당하는 타이틀이 뭔지 대답해! 주세요!"

그 말을 들은 순간, 미오는 외쳤다.

"우와! 이건 쿠쭈류 선생님이 얼마 전에 가르쳐 줬잖아?!"

동서고금을 했을 때, 사부님이 분명 말했다!

"그, 그래~! 으음, 그때는…… 어라?! 순서가 어떻게 됐지?! 새, 생각이 안 나~!"

아이가 압도적으로 유리한 국면……이라고 생각했지만, 아래쪽 서열이 생각나지 않았다!

혹시 여류 타이틀을 보유한 소라 선생님이 유리할지도 몰라!

아아~! 모르겠어~!!

"이런 세세한 순서 같은 건, 나도 잘 생각이 안 나네……."

"샤우도, 아나또 모르게써~."

텐짱과 샤를도 고개를 저었다. 어렴풋이 알 것 같지만 명확하게 기억나진 않는, 어려운 문제다……!

아~! 후보를 두 개로 줄였지만, 뭐가 맞는지 모르겠어……!!

"두 분…… 고민 시간 종료예요."

그리고 순식간에 제한시간이 바닥났다.

"그럼 대답해! 주세요!"

소라 선생님의 대답은————.

"산성앵화야."

아이가 고른 건————.

"여류옥장!"

답이, 겹치지는 않았다.

이것으로 두 사람 다 정답일 가능성은 사라졌다.

한쪽이 틀리거나, 아니면 두 사람 다 틀리면서 양패…….

아야노가 안경을 손가락으로 고쳐 쓴 후, 확인했다.

"…………파이널 앤서?"

""파이널 앤서!""

"정답은…………."

아야노는 고개를 숙이며, 진득하게 뜸을 들였다. 아야노는 오늘 하루 동안 사회자로서 비약적일 만큼 성장한 것 같았다. 골짜기 생각만 하는 사부님과는 달리, 퀴즈에 집중하고 있다.

자아! 정답은?!

"여류옥장! 이에요!"

어?!

진, 짜…… 진짜야?!

"꺄아━━━━━! 해냈다━━━━━!!"

"아이, 대단해~!"

"아이땅, 쪼대 짱기 끼쯔앙이야~!"

"눈곱만큼도 부럽진 않아…….."

여초연 멤버들도 축복해줬다.

심술궂은 코멘트를 늘어놓은 텐짱도, 지금은 용서해 줄게…….

"여류 타이틀의 서열은 여왕, 여류옥좌가 동격. 다음이 여류명적, 여류제위, 그리고 다섯 번째가 여류옥장이며, 여섯 번째가 산성앵화예요."

"큭…… 그랬어. 둘 중 하나일 것 같았는데…… 산성앵화 보유자인 마치 씨가 여류옥장인 츠키요미자카 료보다 왠지 지적이고 한 수 위 같은 이미지가 있어서…….."

"사저, 그런 이유로 고른 건가요……. 뭐, 이해는 돼요."

어느새 인간으로 돌아온 사부님이 어이없다는 투로 그렇게 답했을 때, 아야노가 총평을 요청했다.

"쿠즈류 선생님. 이번 대국의 전체적인 감상을 말씀해 주세요."

"글쎄요……. 여류기사가 된 지 얼마 안 된 히나츠루 양은 장기에 대해 배워 나가자는 겸허한 마음을 지녔다고 생각해요. 그게 승패를 가른 게 아닐까요."

확실히 오늘은 내가 이겼다.

하지만 그건 얼마 전에 사부님이 답을 가르쳐준 덕분이다. 그냥 운이 좋았던 것이다.

1년 후에 이 문제를 풀면…… 과연 정답을 맞힐 수 있을까?

정답을 말할 수 있는 여류기사가 되어야만 한다. 진심으로 그렇게 생각했다.

"반대로 사저는 여류 타이틀 보유자지만 프로 기사를 목표로 삼고 있죠. 그래서 마음 한편으로 여류 타이틀을 얕잡아보고 있었던 게 아닐까요?"

"맞아. 솔직하게 반성할게."

소라 선생님은 순순히 패배를 인정하며 반성했다.

이런 태도가, 이 사람의 실력을 뒷받침한다는 생각이 들었다.

퀴즈 대결이지만…… 이 짧은 시간 동안 소라 선생님과 진심으로 싸운 덕분에, 나도 이해하게 된 것이 있다.

그것은───.

"그럼 초대 장기 퀴즈왕은 히나츠루 아이 양입니다! 첫 타이틀 획득 축하해!"

"감사해요! 그런데 사부님."

"응?"

"문제를 낼게요."

"뭐……?"

"사부님이 이제부터 어디에 가서 뭘 하게 될까요? 다음 세 개의 문항 중에서 골라주세요!"

"뭐? 그야…… 아이와, 온천에——."

"1번. 『폭포』."

"폭포……?"

"아름다운 폭포에서 물을 맞으면서, 연상녀의 커다란 찌찌에만 흥미가 있는 엉큼한 마음을 정화해 주세요."

"뭐? 저, 정화…… 어? 게다가 폭포라니…… 지금은, 한겨울 ——."

"2번. 『절』."

사부님의 말을 끊으며, 나는 문제를 계속 말했다.

"일주일 동안 잠도 안 자고 좌선을 하며, 번뇌를 지우는 거예요. E컵 여고생을 봐도 아무 생각이 안 나게 말이에요. 울지도, 웃지도 못하게 되는 거예요."

"어이어이, E컵 여고생을 본다고 잡념이 생기는 건——."

자기 입으로 본다고 실토하네요.

"3번. 『취조실』."

"취조?!"

"사부님은 숨기고 있는 일이 잔뜩 있을 것 같으니까, 이참에 전부 털어놓으세요. 그래요. 바지락이 진흙을 토하듯, 전부 토해 줘야겠어요."

나는 손가락 세 개를 내밀며 답변을 요구했다.

"자아, 사부님. 어디에 가게 될 것 같나요?"

"뭐……? 어, 어디…… 아니, 저기………… 셋 다 가기 싫은데──."

"답하지 못하겠다면, 내가 대신 말해 줄까?"

"예?! 사저가요?!"

"정답은 『전부』야."

딩동댕동────☆

"잠깐?! 어……? 진짜요……?"

진짜예요. 당연하잖아요.

아직 현실을 받아들이지 못하는 사부님을 좀 떨어진 곳에서 쳐다보고 있던 여초연 멤버들이 이런 말을 했다.

"아아~. 이래서야 온천은……."

"못 갈 것 같네요……."

"하지만 일상을 잊을 수 있을 거야……. 그대로 죽을지도 모르지만."

"싸뿌, 여기쩌기 다 까보는구나~. 즐거께네~!"

"아~ 확실히 폭포는 좀 재미있을 것 같아! 미오도 소풍으로 『미노오 폭포』에 간 적이 있어~."

"저는 키요미즈데라의 『오토와 폭포』를 좋아해요. 영험하다고 하거든요."

"폭포 하면 코베의 『누노비키 폭포』야. 일본 3대 폭포인데, 헤이안 시대부터 전통 시가에서 다뤄질 정도거든. 폭포에 갈 거면 거기를 추천할게."

소라 선생님은 다른 이들의 의견을 들은 후, 사부님의 어깨를 움켜잡았다. 손톱이 살에 파고들 정도로 세게 말이다.

"좋겠네, 야이치. 여러 폭포에 갈 수 있겠어."

"안 좋거든요?! 하나도 안 좋거든요?! 2월에 폭포에 들어갔다간 죽는다고요!!"

소라 선생님과의 퀴즈 대결을 통해, 깨달은 게 있어요.

그건, 절대로 사부님의 응석을 받아주면 안 된다는 거예요! 소라 선생님처럼 혹독하게 대해야 해요!

너무 엄격해서 돈사해버릴 정도로!! 사부님은…… 왕모지리!!

※이 단편은 『용왕이 하는 일! 7 드라마CD 한정 특장판』의 드라마CD 각본을 소설로 각색한 것입니다.

쓰다 만 편지

《최후의 여초연 4》

©shirabii

"호오오오오! 아이가 우승한 거냐? 대단한걸!"

이야기를 끝까지 들은 선생님…… 텐츠지 우즈 씨가 감탄하며 그렇게 말했다.

별로 기쁘지는 않았다.

"그런데 그 후에 야이치는 어떻게 됐지? 물론 다 같이 감금해서 할 짓 안 할 짓 다 한 거겠지? 그 부분도 자세하게 이야기해 봐."

"으, 으음…… 실은 결국, 사부님을 굶기는 선에서 봐주고 넘어갔어요……."

"그랬구나. 나였다면 거●기를 쥐어짰을 텐데~. 다음에는 나도 불러. 약속하자? 응?!"

선생님은 윽박지르듯 그렇게 말한 후…….

"그건 그렇고, 장기계의 보급은 순조로운 것 같아 부러운걸. 바둑계는 기사가 많아서 해외 보급이 진행되고 있지만, 국내의 젊은 거●기가 줄고 있거든. 우리도 퀴즈 대회를 열어 볼까?"

"바둑?"

미오가 상반신과 함께 고개를 갸웃거리더니, 눈앞에 앉아 있는 주정뱅이 장기판 장인을 응시했다.

"바둑? 어? 그러고 보니 미오…… 이 사람을 어디서 본 적 있는 것 같아."

"아마 일요일 아침에 텔레비전에서 하는 장기 토너먼트의 다음 방송이나, 신문의 바둑 장기란에서 봤을 거야."

"어? 아이, 그게 무슨 소리야?"

미오는 얼이 나간 듯한 반응을 보였다.

응, 그래. 상상이 안 될 거야…….

나는 텐츠지 씨가 지닌 또 하나의 이름을 입에 담았다.

"이 분은 바둑의 대삼관 중 하나인 『본인방』의 보유자이기도
해. 즉, 바둑계의 프로 기사이자, 타이틀 보유자…… 본인방(本因坊) 슈
마이 선생님이셔……."

"호, 혼인보 슈마이?! 진짜?! 바둑에서 엄청 높은 사람이잖아!
이 변태 같은 주정뱅이가?!"

"우하하하하. 맞아, 맞아. 나는 바둑계에서 처음으로 프로 타
이틀을 획득한 여자, 혼인보 슈마이지. 슈마이 선생님이라고 불
러."

슈마이 선생님은 기분 좋은 듯이 맥주를 들이켰다. 시야 한편
에 있는 아야노가 "아아……." 하고 신음을 흘리며 체념한 듯한
표정을 지었다. 샤를은 "슈마이, 쪼아~!"라면서 중화요리를 우
걱우걱 먹었다.

"그런데 미오한테는 거 ● 기가 달렸어?"

"거시……?"

단발머리라 남자애 같아 보이는 미오를 슈마이 선생님에게서
지키려는 듯이, 아야노가 고함을 질렀다.

"미, 미오도 여자애예요! 오늘은 외국으로 가는 미오를 배웅하
러 온 거고요!"

"그래. 그거 쓸쓸한걸……."

슈마이 선생님은 아쉬워했다. 그것은 미오가 외국에 가기 때문인지, 아니면 여자애라서 그런지는 알 수 없다……. 그리고 미오는 아직 믿기지 않는다는 듯이 "거시……?" 하고 중얼거렸다. 그건 그냥 넘어가!

"아, 맞다. 슈마이 선생님은 장기판도 잘 아세요?"

"물론이지. 장기계와 바둑계가 아무리 넓다 해도, 장기판 및 바둑판과 거시 ● 에 관한 지식으로 나와 어깨를 나란히 할 사람은 없어."

"그렇구나!"

미오는 이상한 화제는 그냥 무시하고 넘어가기로 한 것 같았다.

"사실 미오는 장기판을 닦을 동백기름을 외국으로 가지고 가려다, 안 된다는 말을 들었어요. 동백기름을 가지고 못 간다면, 뭐로 장기판을 닦으면 될까요?"

"동백기름?"

슈마이 선생님은 뜻밖의 말을 입에 담았다.

"그딴 거창한 건 필요 없어. 샐러드유로 충분해."

"""샐러드유?!"""

"샐러드유도 없으면, 우유로 닦으면 되지."

"""우유?!"""

"중요한 건 기름기가 너무 강하지 않은 걸로 부드럽게 닦아주는 거야. 강한 세제를 쓰면 옻칠이 벗겨지거든. 그렇게 되면 표면이 닳아서 눈금을 다시 그어야 해."

처음에는 믿기지 않았지만…… 슈마이 선생님의 설명은 술에 취한 사람답지 않게 논리정연했다.

역시 대대로 이어져 내려오는 장인 가문의 사람답다.

기사의 손가락이 무의식적으로도 최선의 수를 골라서 두듯, 아무리 취하더라도 반사의 본능이 그렇게 시키는 것 같았다.

"참고로 내가 개인적으로 시험해본 것 중에서 가장 좋았던 기름은, 바슬바슬 타입의 러브 로션이었어."

"러브…… 로션? 화장품일까?"

"화장품에는 쓸데없는 성분이 들어가 있으니까, 더 단순한 윤활유가 좋아. 부모님의 침실을 뒤지면 있을 거야."

"""???"""

그게 무슨 말이지?

그리고 아야노는 "아우우……." 하고 신음을 흘리며 얼굴을 붉혔다. 뭔지 아는 걸까?

"오~? 아야뇨, 끄게 먼지 아라~?"

"모, 몰라요! 저는 전혀 이해 못 했어요!! 마치 언니한테 빌린 얇은 책에 나온 건 아니거든요?!"

틀림없이 아는 반응이네……. 게다가 음란한 물건 같아…….

미오는 납득이 안 된다는 표정을 지으며 말했다.

"으음~. 그럼 왜 책에서는 동백기름을 쓰라고 하는 거예요?"

"장기판이 현재의 형태가 된 건 에도 시대지만, 그 시절에는 목공품의 손질에 쓰이는 기름이 동백기름뿐이었던 것 아닐까? 우유를 마시는 관습도 메이지 이후에 생겨났고 말이야."

"아하~!"

"바둑 장기의 기술과 룰이 오랜 역사 속에서 바뀌어온 것처럼, 관련 도구 또한 진화해 왔어. 과학기술의 진보…… 아니, 거●기를 이용하는 게 나쁠 리 없잖아."

"흠흠흠. 가르쳐 주셔서 감사해요!"

미오는 감탄한 것처럼 고개를 몇 번이나 끄덕이더니, 낮은 목소리로 나에게 귓속말을 했다.

"좀 이상한 사람 같지만, 역시 대단하네!"

"응. 술이 깨면 판판일 정도로 기품 있는 사람이야."

태도는 물론이고, 말투도 달라진다.

하지만 슈마이 선생님이 술에 취하지 않는 날은 1년에 며칠 정도이며, 그것은 바둑을 둘 때가 아니라 일본도로 판에 줄을 긋는 「타치모리」 작업을 하는 날 뿐이야……. 나와 텐짱이 견학하러 갔을 때도 멀쩡했어. 대신 알몸이었지만…….

"그런데 슈마이 선생님은 무슨 일로 공항에 오신 거예요?"

"어?! 아이도 모르는 거야?"

미오가 깜짝 놀랐다.

"몰라……. 이 가게에 들어왔더니, 술에 취한 슈마이 선생님이 나를 보고"이쪽에 와서 같이 마시자!"라고 해서……."

"저는 그 유명한 본인방 슈마이 선생님과 합석할 수 있어서 처음에는 참 기뻤어요. 마치 언니한테서 대단한 분이라는 말을 들은 후로, 쭉 뵙고 싶었거든요."

아야노는 말을 멈추더니, "홋……." 하고 허탈하게 웃었다.

"하지만, 이런 방향으로 대단한 분일 줄은…… 꿈에도 몰랐어요……."

"샤우는, 쭝아요리 머거서, 끼뻐~!"

테이블 위에 있던 대량의 중화요리는 샤를이 대부분 먹어 치웠다.

"실은 도쿄에 있는 방송국에서 나를 불렀어."

크게 트림을 한 선생님이 대답해줬다. 방송국?

"요즘 계속 공방이 있는 나라에 틀어박혀 지냈는데, 거기서라면 신칸센보다 비행기를 타는 편이 빨라서 공항에 온 거야. 교통비도 방송국에서 부담하거든."

"텔레비전 기전을 촬영하러 가시는 거예요?"

"아니야, 긴코와 관련된 일이야."

그 말은 기습처럼, 무방비한 내 가슴에 꽂혔다.

"사상 첫 여성 프로 기사가 탄생했으니 말이야! 바둑과 장기라는 차이가 있지만, 《나니와의 백설공주》를 같은 관점에서 논할 수 있는 건 이쪽 세계를 다 뒤져도 아마 나밖에 없을걸?"

슈마이 선생님은 동의를 구하듯 우리를 둘러보았다.

그리고 나한테 시선을 고정하며…….

"아, 그래! 동문의 여류기사인 아이의 코멘트도 방송에서 언급해 주겠어! 아이는 긴코의 프로 승격을 어떻게 생각하지? 초등학생답게 솔직한 심정을 들려줘."

"아………… 으, 음…………."

무슨 말을 해야겠지만…… 입 밖으로 말이 나오지 않았다.

웃어야만 하지만…… 표정이 굳었다.

나는 같은 일문으로서, 소라 선생님을…… 진심으로 축복해야 하는데…….

"저기, 선생님."

보다 못한 아야노가 도움의 손길을 내밀었다.

"저도 여성 프로 기사 탄생 관련으로, 아이에게 물어볼 게 있어요."

"호오? 그게 뭐지? 성욕이 강해 보이는 안경 아가씨."

"성욕……?! 소라 선생님은 장려회 2단에서 꽤 제자리걸음을 했는데, 3단 리그는 올라가자마자 통과했어요. 올해 들어 급격하게 성장한 듯한 인상이 있죠. 그 원인은 역시 컴퓨터 소프트일까요? 아이도 쿠즈류 선생님으로부터 소프트를 이용한 지도를 받고 있나요?"

다행이야. 기술적인 면이라면 이야기할 수 있어.

"으음…… 사부님은 나한테는 아직 소프트가 이르다고 하셨어. 지금은 장기 묘수풀이를 풀고, 실전을 치르며, 강한 사람의 기보를 살펴보기만 하면 된대."

사부님의 지도 방법은 쭉 일관됐다.

장기를 늦게 접한 나는 실전 감각이 부족하니, 인간과 대면한 상태에서의 대국을 많이 접하면 좋다고 했다. 소프트는 감각을 흐트러뜨리니 이용하지 않는 편이 나을 거란 말도 들었다.

"하지만, 소라 선생님에게는 뭐라고 말씀하셨을지는 몰라……."

"이용하지 말라고 했을 테지. 당연하잖아?"

"하지만 바둑 세계에서도 소프트를 이용한 연구가 활발하게 이뤄진다고 들었어요. 슈마이 선생님은 반사로서의 기술에 있어서는 진보적인 생각을 지녔지만, 소프트의 이용에는 부정적인가요?"

"그딴 건 쪼그라든 거 ● 기보다 못해."

아야노가 그렇게 묻자, 슈마이 선생님은 딱 잘라 그렇게 말했다.

"나한테 바둑은 삶 그 자체야. 소프트에게 배운 수를 둔다는 건, 컴퓨터에게 인생 상담을 받고 인생을 사는 거나 마찬가지지."

"그럼 선생님은 소라 선생님이 4단이 된 요인이 뭐라고 생각하세요?"

"여자가 극적으로 변할 이유라면 하나뿐이거든. 남자야."

선생님은 단언했다.

……그 남자가 누구인지는 언급하지 않았지만 말이다.

"정월에 내가 등을 밀어준 게 도움이 된 게 분명해! 쭉 미적지근하게 구는 긴코를 위해 팔 걷어붙이기 잘했다니깐. 덕분에 장기연맹 출입이 금지됐지만, 후회는 없어."

나는 그 자리에 있지는 않았다.

지금처럼 술에 취한 슈마이 선생님이 칸사이 장기회관에서 열린 『첫수 의식』에 난입했다는 걸 눈치챈 사부님이, 케이카 씨에게 나와 텐짱을 피난시켜달라고 부탁한 것이다.

하지만 그렇게 큰 소동이 벌어지면, 떨어진 곳에서도 그 소리가 다 들린다.

그날 이후로, 소라 선생님이 사부님을 대하는 태도가 달라졌고…….

그로부터 얼마 후, 사부님도 변했다.

소라 선생님과 가까워진 것이 아니라…… 서먹서먹해졌다.

그건, 마치…… 마치……!

"여자는 체력으로 남자에게 밀려. 긴코는 더 약하지. 그런 긴코가 이기기 위해서는, 마음을 굳게 먹을 필요가 있는 거야. 가슴속에, 뜨겁디뜨거운 마음을 품어야만 해. 그래서 소프트는 도움이 안 된다고 말한 거지. 기계는 사랑을 못 하거든."

생각하지 않으려던 불길한 상상이, 점점 커졌다.

마음이 엉망으로 흐트러졌다.

"그 조언이 없었다면, 긴코는 자신의 껍데기를 깨지 못했을 거야! 나는 말이지. 그 녀석한테 이렇게 말해줬어! 평범한 노력으로는 부족하다! 강렬한 노력이 필요하다! 그러기 위해 가장 중요한 것이 바로, 강렬한 거시————."

더는 듣고 싶지 않았다. 귀를 막고, 고함을 지르고 싶다…….

바로 그때였다.

옆에서 조그마한 목소리가 들려왔다.

"…………지금이야."

"미오? 뭐라고 했어요?"

아야노의 질문을 무시한 미오는 나를 똑바로 바라봤다. 그 모습에서는, 왠지 위화감이 느껴졌다……. 어디? 어디가 이상한 거지?

"앗."

그리고 나는 위화감의 정체를 눈치챘다.

그렇게 마지막 식사에 집착했던 미오가—— 요리를 한 젓가락도 먹지 않았다.

"아이. 마지막으로 부탁이 하나 있어."

부탁? 나한테? 이 타이밍에?

"비행기가 뜨기 전에, 미오와 진심으로 대결해 줬으면 해."

"뭐?"

나는 갑작스러운 제안을 한 미오에게 되물었다.

"진검승부…… 장기를 두자는 거야? 여기에서?"

"응. 마지막으로 대국을 하자. 아니면 뭐야? 혹시 여류기사 선생님은 돈을 안 내는 사람과는 장기를 안 두는 거야?"

미오…….

왜…… 그런 식으로 말하는 거야?

"장기를 두는 건 좋아. 물론 받아주겠어. 돈은 필요 없어."

오히려 소라 선생님의 화제를 돌려줘서 고마울 정도야. 실은 누군가에게 이 울분을 쏟고 싶던 참이야.

나는 슈마이 선생님을 힐끔 쳐다보면서 물었다.

"하지만, 여기서 둘 거야?"

"가능하다면 말이야. 그러려고 테이블이 있는 가게를 골랐어."

계속 이 타이밍을 재고 있었던 거야?

어쩌면 오늘, 마지막으로 장기를 두게 될지도 모른다는 상상을 했다.

나는 그런 기대마저 했다.

하지만 아까 장기 도구를 전부 카운터에 맡겨버렸으니까, 이제 무리라고 생각했는데…….

애초에 미오가 이렇게 허를 찌르듯이 제안하다니——.

"호오…… 재미있는걸."

팽팽한 긴장감이 흐르는 듯한 분위기를 깬 사람은 바로 슈마이 선생님이었다.

"거기 거●기! 얼음물을 가져와!"

슈마이 선생님은 미남 점원에게서 얼음물이 가득 들어 있는 컵을 넘겨받았다.

그리고 그 얼음을————.

""""어?!""""

마시는 게 아니라, 머리에 뒤집어씌웠어.

머리에 얼음물을 부었어?! 왜, 왜 저러는 거야?!

"푸하앗! …………이제 술이 깨는군요."

슈마이 선생님은 물에 젖은 머리카락을 쓸어올렸다.

그리고 머리에서 흘러내리는 얼음을 혀로 받더니, 그것을 오독 오독 씹어먹으며 선언했다.

"이 혼인보 슈마이가 이 승부의 참관인을 맡겠어요. 두 사람 다

불만은 없죠?"

○

"여기서라면 차분하게 대국할 수 있을 거예요."

슈마이 선생님이 우리를 어느 방으로 데려갔다.

그곳은 4층에 있는 유료 대여 회의실이었다.

"공항 안에 회의실도 있나요?!"

"다다미까지는 없지만, 꽤 괜찮은 환경이죠? 비행 직전까지 여기서 바둑 연구를 할 때도 있어요. 술의 매력에 질 때도 많지만 말이에요."

분위기는 퀴즈 대회 때 이용한 칸사이 장기회관의 다목적룸과 비슷했다. 여기가 더 깨끗하고 호화롭지만 말이다.

"접이식 의자와 벤치 의자뿐이지만, 초등학생 여자애가 대국하기엔 적당한 높이일 거예요. 두 사람은 공식전에서 의자 대국을 경험한 적 있나요?"

"저는 마이나비 여자 오픈에서요."

"미오도 나니와 왕장전에서 해 봤어요."

"좋아요. 바둑에선 프로도 의자 대국이 당연시하죠. 장기는 아직 다다미를 고집해요. 그게 국제화가 늦는 원인이라고, 츠키미츠 씨는 자주 말하세요."

슈마이 선생님은 대국에 쓸 벤치 의자의 강도를 확인하며 말했다.

"미오 양. 장기판은 있나요?"

"비닐 장기판을⋯⋯."

"그럼 이 2촌 장기판을 쓰세요."

선생님이 영화 같은 데서 거금을 옮길 때 쓰는 금속 서류 가방을 열자, 안에서 깨끗한 장기판이 모습을 드러냈다.

"와아~! 꺼울 가타~! 빤짝빤짝~☆"

"어, 엄청나요! 이렇게 들여다보면 얼굴이 비칠 것만 같을 정도로 아름다운 장기판이에요⋯⋯!"

샤를과 아야노가 눈을 반짝였다.

"하지만 선생님? 왜 장기판을 들고 계신 거예요?"

"방송국에서 제대로 된 장기 도구를 준비했을 리 없으니까요. 장려회 회원이 목숨을 걸고 둔 장기를 조악한 장기 도구로 재현하는 건, 이 본인방 슈마이가 용납 못 해요."

그리고 선생님은 양각 장기말이 단정하게 놓여 있는 장기말함도 우리에게 내밀었다.

"이 장기말을 쓰세요."

"이 서체⋯⋯ 처음 봐요! 예쁜 글씨지만, 그 이외의 무언가가 느껴지는 글씨체⋯⋯ 혹시, 고명한 기사님의 서체인가요?"

"후후. 아야노 양은 감이 좋군요."

슈마이 선생님은 의미심장한 미소를 짓더니, 그 장기말의 서체가 누구의 것인지 밝혔다.

"이건—— 소라 긴코의 서체로 만든 장기말이에요."

"""아⋯⋯!!"""

"장기말의 제작은, 미숙하지만 제가 맡았어요. 소라 긴코 서체, 본인방 슈마이 제작의 장기말이죠. 기도를 걷는 여자에게, 이것보다 가치 있는 장기말은 없을 거랍니다."

장기판 위에 쏟자, 그 말은 더욱 찬란히 빛나는 것 같았다.

신성해 보일 만큼…… 아름다운 장기말이다.

"총 세 세트를 만들었는데, 이건 그중 하나예요. 한 세트는 긴코 양에게, 다른 하나는 제가 보관했고, 또 하나는…… 선물용, 이라고만 밝혀둘까요."

"으……."

사부님에게 주려는 것이다. 가슴이 따끔거렸다.

장기판 위에 놓인 장기말을 주시했다.

옻으로 양각된 『은장』이란 문자는 조명을 받자, 소라 선생님의 머리카락처럼 은빛으로 빛났다.

분명 사부님은 이 장기말을 소중하게 간직할 것이다. 그 무엇보다도 소중하게…….

그리고 사부님이 이 장기말을 만지는 광경을 상상할 때마다…… 나는 가슴이 아팠다.

"좋아. 이렇게 된 거, 이걸로 두자."

미오는 장기말 같은 건 아무거나 상관없다는 듯이 빠른 어조로 대국의 조건을 입에 담았다.

"곧 비행기가 이륙할 시간이야. 제한시간은 스톱워치로 15분, 다 쓰면 1분. 어때?"

"……웅!"

나는 장기판 위에 놓인 말 중에서 왕장을 찾은 후, 그것을 내 진지에 뒀다.

왠지 손에 익은 듯한 느낌이 드는 장기말이었다.

투명한 것처럼 새하얀 목재에, 올곧은 나뭇결이 새겨져 있었다. 얼룩무늬로 꾸며진 고가의 장기말보다, 이런 문양이 더 눈에 상냥하다. 실용성을 중시한, 좋은 장기말이었다.

하지만 나는 그 장기말을 최대한 쳐다보지 않으려 하며, 평소보다 빨리 장기말을 배치했다.

딱! 딱! 따악!

미오는 평소 여초연에서 장기를 둘 때보다 훨씬 격렬한 소리를 내며 장기말을 배치했다. 대국 준비는 금방 끝났다.

"아이…… 아니, 히나츠루 선생님이 보를 던져서 선후수를 정해 주세요."

아야노가 보를 건네줬다. 다섯 개의 보가 하늘에서 춤춘 후——장기판에 떨어졌다.

"토금이 다섯이에요."

미오가 선수다.

나는 불리한 후수지만…… 차라리, 잘됐다.

먼저 두들겨 맞는 편이, 나중에 인정사정없이 돌려줄 수 있을 테니까.

"잘 부탁합니다!"

"…………잘 부탁해요!"

우리는 인사했다. 나는 기를 끌어올리기 위해 눈을 감았다⋯⋯. 되도록 장기말을 보고 싶지 않았다.

그러자── 미오의 중얼거림이 들렸다.

"일지에 신문지⋯⋯."

"어?"

"발진, 코피, 물벼룩, 배, 모두⋯⋯"

장외전술? 무의식적으로 중얼거리는 걸까? 대체 뭘⋯⋯?

"좋아! 가자!!"

양손으로 뺨을 때린 미오가 첫수를 뒀다. 비차 앞의 보를 전진시키는, 2사보였다.

나도 마찬가지로 비차 앞의 보를 전진시켰다.

오른 주먹으로 상대의 얼굴을 두들겨 패듯, 우리는 정면 대결을 펼쳤다.

"서로 걸기⋯⋯!"

아야노의 말을 들은 슈마이 선생님이 물었다.

"서로 걸기? 그건 어떤 전술이죠?"

"아이의 마리지? 뜨끼 쩐쑤리야~!"

샤를이 설명을 하는 사이에도, 우리는 계속 수를 뒀다.

서로 걸기는 단순하고 틀에 얽매이지 않기 때문에 힘겨루기가 펼쳐지기 쉽지만, 서반은 거의 정형화되어 있다.

서로가 비차(飛車) 앞의 보(步)를 전진시킨다.

거기에 호응하듯 왼쪽 금(金)을 올린다.

그리고 오른쪽 은(銀)을 활용해서 공격하는 것이다. 그것이 서로 걸기의 기본이다.

하지만 미오는 서반부터 불가사의한 수를 뒀다.

"윽!! 5이옥 다음에 3육보? 비차 앞의 보를 그냥 두고, 계마가 움직일 공간을 만들었어……?"

무심코 그렇게 말한 나는 수순을 확인했다.

미오는 나중에 둬도 될 수를 일부러 둬서, 선수의 이점을 포기한 것 같았다. 먼저 휘두른 주먹을 명중 직전에 멈춘 것처럼…… 나에게 선공을 양보하려는 걸까?

"그렇다면……!"

상대가 바라는 대로, 나는 비차 앞의 보를 선수의 진형에 돌입시켰다. 미오의 보를 잡고, 각(角) 앞에 생겨난 약점을 노출시켰다.

그 약점이 드러났는데도, 미오는 의연하게 가장자리의 보를 전진시켰다. 어어?!

"비차 앞에 보가 놓였는데 응수하지…… 않았어요?!"

무심코 그렇게 외친 아야노가 허둥지둥 손으로 입을 막았다.

나도 방금 잡은 보를 놓칠 뻔했을 정도로 깜짝 놀랐다.

그것도 그럴 게…… 오른쪽 주먹을 명중 직전에 멈춘 것으로 모자라, 왼쪽 볼을 때려보라는 듯이 내민 거나 다름없는걸!

미오가 펼친 수순은 여러 전법에 부분적으로 존재한다.

『3칠은 전법』과 『꽈배기 비차』…… 도장에서 할아버지들이나 쓰는, 서로 걸기의 낡은 정석이다. 그것을 엉망으로 뒤섞어서, 각자의 장점을 없앤 것처럼 보인다……. 하지만!

"…깊어……."

수읽기를 하면 할수록, 미오의 서반에는 빈틈이 없었다. 얼기설기 기운 듯한 수지만, 매우 깊은 부분까지 수를 읽고 있었다. 아슬아슬하게 전법이 성립했다.

이거, 혹시…… 함정일까?!

"윽……!"

미오가 진형을 짜는 것을 견제하며, 나는 비차를 가장 아래편까지 물러나게 해서 힘을 모았다. 목 뒤편이 찌릿한 느낌이 들었다. 불길한 예감이었다.

마치…… 그렇다. 텐짱 같은 전략가와 대치한 것 같았다.

아니! 어쩌면, 텐짱 이상의————.

"그렇다면………… 이렇게!!"

상대의 의도를 모르는 상태에서 시간만 낭비하는 건 악수다. 나는 비상수단을 썼다.

44수째에 나타난 국면은 서로 걸기에 있어 매우 이례적인 국면이었다.

"선후 동형……이에요!"

"호오? 마치 거울 같군요."

그렇다. 『거울 두기』라고도 불리는 이 작전을 쓴다면, 상대가 함정을 파더라도 즉시 맞받아칠 수 있다.

하지만…… 이대로 계속 진행되더라도 후수가 한 수 뒤지기에, 결국 지고 마는 소극적인 책략이었다.

미오를 흔들기 위해 각교환을 노려봤다. 미오가 승격하여 용마가 된 각행(角行)을 투입하자, 나는 은으로 잡았지만——.

"어?! 은을, 저쪽에?!"

뛰어든 각행을 잡으려고, 내 왼쪽 은이 왼쪽으로 이동했다.

하지만 미오는 왼쪽 은을 중앙으로 옮겼다.

당했어! 내가 거울 두기를 노리는 것을 눈치채고, 절묘한 타이밍에 떼어냈어……!

"어, 엄청 공격적이에요! 마치…… 마치————."

"오~. 미오땅, 아이쩌럼 뚜고 이써~!"

확실히 내가 할 법한 억지스러운 공세! 노림수를 알기 쉽고 단순하지만, 수읽기의 물량으로 밀어붙여 압도하려는 듯한…….

하지만 미오가 다음에 둔 수는 방금 수를 아득히 능가할 정도로 뜻밖이었다.

"아이."

미오는 오른손을 장기판이 아니라 발치에 둔 가방을 향해 뻗더니, 빵빵한 그것을 무릎 위에 올려뒀다.

그리고 가방 옆 호주머니에서 눈에 익은 봉투를 꺼내더니, 나에게 내밀었다.

"이걸, 읽어 줘."

"어? 지금, 말이야?"

"응. 읽어줘. 내가 보는 데서 읽어 주겠다고 약속했잖아?"

미오는 나를 쳐다보며 편지를 내민 채…….

"아야농. 시계는 멈추지 마."

"…………."

거부를 용납하지 않는 듯한 기백을 느낀 나는 그 편지를 손에 쥐었다. 마음속에는, 이 편지를 읽어서 미오의 제한시간을 줄이는 것도 나쁘지 않다는 타산적인 생각도 있었다.

장기말 모양의 스티커를 뗀 후, 봉투를 열었다.

그리고, 안에 들어있는 편지를 읽고————.

"윽………………!!"

충격을 받은 나머지, 나는 그것을 놓치고 말았다.

바닥에 떨어진 편지를 주워든 아야노도, 그것을 보자마자 경악에 찬 목소리로 이렇게 외쳤다.

"어?!이, 이건————!!"

"어어~? 어떠케 뙨 꼬야~? 얘, 빵끔 뚠 짱기 끼보가, 여기 이는 껀데~?"

옆에서 본 샤를이 말한 것처럼…….

편지에 적혀 있는 건, 기보였다.

그것도——.

"이, 이제까지의 수순이…… 완전히 똑같이 적혀 있어요! 이, 이런 일이……?!"

유일하게 냉정을 유지하고 있던 미오가, 내 눈을 응시하며 담담하게 말했다.

"놀랐어? 아이가 어떤 장기를 둘지, 미오가 선수가 되면 어떤 전형을 쓸지, 그 모든 걸 미오는 사전에 예측했어."

눈 앞에 펼쳐진 모든 것이, 믿기지 않았다. 믿고 싶지 않았다.

편지에 적힌 기보도, 소라 선생님의 장기말도…… 나를 쓰러뜨리려 하는 미오도…….

"미오의 예측대로, 아이는 서로 걸기를 받아줬어. 왜냐하면, 피할 필요가 없거든. 특기 전법인 서로 걸기로라면, 어떤 상황에서도 미오에게 이길 수 있을 거라고 생각했지?"

마음을 읽힌 게 너무 기분 나쁜 나머지, 구역질이 날 것만 같았다.

"하, 하지만! 서로 걸기는 단순한 힘겨루기니까, 이렇게 긴 정석이 있을 리가——."

"서로 걸기는 이제 단순한 힘겨루기가 아니야. 인류보다 훨씬 깊게 수를 읽는 소프트가, 정석이 없는 전형에도 길을 만들어주거든."

소프트.

확실히 소프트가 만든 정석은 프로 기사에게도 영향을 주고 있다. 사부님도 소프트의 장기에서 얻은 착상을, 실전에 응용하고 있다.

하지만 그것은 사부님이 최정상 프로라서 가능한 일이며…….

그렇기에 사부님은, 나에게 소프트를 이용한 연구를 최대한 자제하면서 자기 머리로 생각하라는 식으로 지도해 주셨다——.

"아이의 기풍을 전부 아는 미오와, 인간보다 훨씬 깊은 수읽기를 하는 소프트가 태그를 짜면, 이렇게 먼 미래까지 내다볼 수가 있어. 아이가 아무리 부정하든, 그 편지가 증거야."

"…………!"

"자아, 계속 두자."

그렇게 말하며 장기판을 향해 뻗으려던 손을, 미오는 자신의 관자놀이에 대며 히죽 웃었다.

"뭐, 미오는 외통수까지의 미래를 전부 알지만 말이야."

"그, 그건 무리야! 각교환이나 망루라면 몰라도, 서로 걸기에서 외통수까지 연구하는 건——."

"시험해 보든지?"

미오는 그렇게 말하더니, 5열의 보를 전진시켰다. 그것은 대국 재개의 신호다!

"윽……!!"

나는 옥을 대피시켰다.

미오는 장기판 전체를 빈틈없이 살피면서 가방 안의 필통을 꺼내더니, 그것을 아야노에게 건네며 말했다.

"아야농. 기보, 기록해 줘."

"아…… 알았어요!!"

"샤우가 씨간 쨀게!!"

아야노가 편지를 펼쳐서 기보를 적었고, 샤를이 시계를 넘겨받았다.

입회인까지 있으니, 마치 프로의 공식전 같은 분위기였다.

"…………."

슈마이 선생님과의 만남은 우연이겠지만…… 전부, 미오의 계획대로 흘러가고 있는 거라면? 외통수까지 연구했다는 게, 사실이라면?

그것을 확인하기 위해서라도, 나는 공세에 치중하는 한 수를 뒀다.

"……………………이렇게!!"

한번 뛰어오르면 돌아올 수 없는 계마(桂馬)를 옮기는 내 손을 보더니——.

"저기 말이야."

경멸이 어린 듯한 목소리가, 회의실에 울려 퍼졌다.

"깔보지 마. 히나츠루 아이."

그리고 미오는 노 타임으로 보를 옮겨서, 내 수를 완전히 부정했다.

♟

"아야노 양. 현재 국면을 어떻게 보죠?"

저는 미오가 쓰다 만 편지에 이어지는 기보를 기록하면서, 슈마이 선생님의 형세 질문에 답했어요.

"아이는 미오에게 자기가 연구됐다는 것을 알고, 그 연구에서 벗어나기 위해 상대를 흔드는 수를 두려고 했어요. ……하지만, 미오는 그것도 읽고 있었나 봐요. 수를 두는 손길에 전혀 흔들림이 없었고…… 정확한 반격을 펼쳐서, 거꾸로 점수를 딴 것처럼 보여요."

대략적인 형세를 설명한 후, 구체적인 부분은 부호를 쓰지 않으려고 주의하며 추가적으로 설명했어요.

대국자가 들어도 괜찮도록…… 저 같은 애의 수읽기가 저 두 사람의 대국에 영향을 끼칠 리가 없지만 말이에요.

"아이가 중앙에 비차를 두고 미오의 중앙 돌파를 막는 자세를 취했지만, 그건 페이크였어요. 진짜 노림수는 미오의 오른편을 찢어발기는 것이었죠."

"성공한 것처럼 보이는군요."

"예. 아이는 적진 깊숙한 곳에서 용을 만드는 데 성공했어요. 하지만 그 과정에서 은을 잃었으니, 현재 장기말 득실로는 아이의 은 손해예요. 미오는 그 은으로 방비를 더욱 굳혀서, 절대 지지 않는 태세를 갖췄죠."

"하지만 선수인 미오 양은 방어에 전력을 너무 쏟은 탓에, 공격 수단을 잃은 것 아닌가요?"

"확실히 방금 딴 은을 공격에 쓴다는 선택지도 존재했을 거예요. 평소의 미오라면 공격에 나섰을 가능성이…… 커요."

좋게 말하면, 과감하면서 대담하다.

나쁘게 말하면, 성질이 급하다. 그것이 미오의 장기가 지닌 특성이에요.

"그런 미오가 오늘은 서반에 대담하게, 그리고 중반에 신중하게 두고 있어요. 자신의 장점을 늘리고, 단점을 적절하게 보완하고 있는 거죠. 싸기만이 아니라 마음에도 빈틈이 보이지 않아요. '아무리 장기가 길어져도 절대로 지지 않는다'는 결의를 드러내서, 아이가 초조하게 만들면서…… 그것이 실제 형세보다 더 큰 격차를 자아내고 있다고 여겨져요."

"그래요. 강하군요."

"예. 아이도, 미오도, 정말 강해요. 저 따위보다——."

"아뇨. 제가 강하다고 말한 사람은 아야노 양이에요."

"예……?"

"국면을 보고 대국자의 의도를 순식간에 파악해, 요점만 골라 그 의도를 언어로 바꾼다. 게다가 무미건조하게 수만을 평가하는 게 아니라, 그 이면까지 해설을…… 두 대국자의 흔들리는 마음을 해설해 줬죠. 앞으로의 수순을 줄줄 읊는 것보다, 그게 훨씬 어려울 거예요."

"저는, 쭉 봐왔거든요. 저 두 사람을…… 저 두 사람이 장기를 두는 모습을……."

그래서 자신이 있는 거예요.

아이와 미오가 무슨 생각을 하는지 파악하는 것을요.

두 사람 다, 아침부터 서로만을 의식하고 있었어요. 그래서 미오가 아이에게 대국을 청했을 때도, 저는 놀라지 않았어요.

그래요. 놀라지 않았지만…….

"하지만…… 쭉 지켜봐 왔을 뿐이에요. 저는 항상 지켜봐 왔을 뿐…… 정신을 차리고 보니, 따라잡을 수 없을 만큼 저 두 사람에게 뒤처지고 말았어요."

아이는, 연수회에서의 첫 대국에서 저한테 이겼어요.

미오는, 제가 준결승전에서 패배한 칸나베 마리아 양을 꺾고, 나니와 왕장이 됐어요.

노력해도.

노력해도, 노력해도.

아무리 노력해도, 그 격차가 줄어들지 않아요.

이렇게 미오가 일본을 떠나는 날에도, 그저 방관할 수밖에 없어서——.

"저는, 슈마이 선생님을 뵈면 꼭 물어보고 싶었던 게 있어요."

"말해 보세요."

"선생님이 말씀하시는 『강렬한 노력』이란, 어떤 의미인가요? 그저 필사적으로 노력하면 되나요? 힘든 일을 겪으면 되나요? 아니면——."

"그 질문, 자주 받는답니다."

혼인보 슈마이 선생님은 훗 하고 웃더니, 바로 대답해 주셨어요.

"그러면 항상 이렇게 답하죠. '스스로 찾아내는 것도 그 노력의 일부예요.' 라고요."

아아…….

너무 정론이라 아무 말도 못 하겠어요.

역시 저는 노력이 부족한 걸까요?

"질문 자체를 비판하는 건 아니에요. 오히려 가르침을 구하는 자세는 높이 사죠. 아야노 양이 진지하게 노력하고 있다는 건, 저도 안답니다."

그럼…… 평범한 노력과 강렬한 노력의 차이는 대체 뭐죠?

저는 뭐가 부족한 건가요?

"힘든 일을 하는 것만이 노력은 아니랍니다. 싫어하는 일을 직시하는 건, 평범한 노력이죠. 오히려 좋아하는 사람의 곁에 계속 있는 것이 더 괴로울 때도 있어요."

"아……!!"

"눈을 떠요. 그리고 똑똑히 보세요."

자신이 만든 장기판과 말이 대국에 쓰이는 모습을 응시하며,
슈마이 선생님은 말씀하셨어요.

"진정한 답은 항상, 자신의 눈앞에만 있답니다."

◻

소름이 돋을 정도로 간단하게 우세를 점했다.

"불사 무력 시트 마음 소복…… 금후 마음 병아리 여름 곤
란…… 진한 콜론 조릿대 미혼……."

필승의 주문을 영창하며 마음을 진정시킨 미오는 담담히 수를
뒀다.

그렇게 강한 아이를, 쭉 이기지 못했던 아이를, 미오는 궁지에
몰아넣었다.

약은 수를 쓰기는 했지만…… 그래도, 노력은 엄청나게 했다.

소프트는 대단하다. 아무도 모르는 강한 정석을 잔뜩 가르쳐줬
다. 컴퓨터 만세.

문제는 그것이 너무나도 방대하다는 점이다.

그렇다면, 남은 건 암기 승부다.

각교환 결상은의 정석에 『42173』이라는 게 있지?

선후 동형의 상태에서 선수가 4행, 2행, 1행, 7행, 3행의 보를
순서대로 5연속으로 내주며 싸움을 시작하는 그거 말이야.

처음 들었을 때는 '보를 다섯 개나 손해 보고 어떻게 이겨!' 하고 생각했지만, 프로의 실전에서도 그렇게 하면 선수가 유리하잖아! 그때 '정석, 대박!' 하고 처음으로 생각했어.

그래서 나도 그런 방식으로 수순을 외우기로 한 거야.

예를 들자면, 이 서로 걸기의 서반.

옥을 전진시키고 계를 옮기는 부분까지는 소프트가 알려준 새로운 정석인데, 그 수순을 부호로 표시하면 아래와 같다.

☗5팔옥 ☖5이옥 ☗3육보 ☖8육보 ☗8육보 ☖8육비 ☗9육보 ☖3사보 ☗2사보 ☖2사보 ☗2사비 ☖8사비 ☗8칠보 ☖2삼보 ☗2오비 ☖7사보 ☗3칠계

이것을 예의 암기법으로 짜면…….

『컴퍼스 다시마 매력 햄햄 발록 무사시, 일지에 신문지 발진 코피 물벼룩 배 모두.』

……이렇게 된다.

이 암기 방법 애플리케이션을 이용하면 순식간에 의미가 통하는, 외우기 쉬운 문장이 만들어진다.

그렇게 해서, 방대한 수순을 통째로 외웠다. 컴퓨터 만세.

이건 나니와 왕장전 때 들었던, 쿠쭈류 선생님의 '암기할 수 있는 건 통째로 외워라' 라는 가르침의 응용이다.

그리고, 퀴즈대회에서 아이가 알려준 것도 참고가 됐다. 방에 따라 유카타의 무늬 등을 바꾼다는 것 말이야. 억지로 외우는 노력을 하는 것보다, 외우기 쉬운 형태로 변환하는 노력을 하는 편이 효율적이거든!

특히 이번 변화는 비장의 카드이기 때문에, 거의 외통수까지 다 조사했다. 평가치마저도 외웠다.

미오는 금을 올려서 좌우 협공 태세를 갖췄다. 이 국면은 선수 우세 1163점.

아이는 자포자기한 심정으로 비차를 올려서 응수했다. 이 국면은 선수 승세 1548점.

"......................."

장기 묘수풀이의 신 같은 아이도, 방법이 없다는 듯이 고개를 푹 숙였다. 장기말을 옮기는 손길 또한 좀비처럼 기운이 없었다.

스스로에게 말하듯, 미오는 몇 번이나 고개를 끄덕이며 작게 중얼거렸다.

"아이의 방어진에는 보 하나뿐…… 미오는 금은이 다섯 개나 진지에 남아 있어. 점수 차 이상으로, 역전 가능성은 거의 없어…………. 이길 수 있어……!!"

그리고 승리를 확신한, 그 순간.

소프트와 미오가 1초도 고려하지 않았던 수가 펼쳐졌다. 옥(玉) 아래에 각을 둬서 응수하는, 5일각!

"어?! 여기서 응수를………… 아앗——?!"

이 각 올림은, 강렬한 응수라 보기 어렵다.

하지만 그다음에 5사에 올린 각이———— 공격 중인 금과 방어 중인 은을 둘 다 잡을 수 있는 양걸이 상태가 됐다!!

"게, 게다가 은을 잡으면 그대로 장군이 돼! 겨우 두 번의 각 올림으로…… 이런…… 이런……!!"

아이는 의자 위에서 정좌를 하더니, 천천히 몸을 앞뒤로 흔들었다.

"이렇게…………."

좀비가 된 게 아니었다. 좀비 따위보다 훨씬 무섭다.

마치, 장기 묘수풀이의 신이 빙의된 무녀 같은──.

"이렇게…… 이렇게………… 이렇게…… 이렇게…… 이렇게, 이렇게, 이렇게, 이렇게, 이렇게, 이렇게이렇게이렇게 이렇게이렇게이렇게이렇게이렇게────."

"드디어 엔진에 시동이 걸렸나 보네………… 하지만!!"

엄청난 각 올림에 동요했지만…… 소프트의 수순에서 벗어났다는 건, 국면 자체는 미오가 유리할 거야!

『가장 두렵다고 생각하는 승부를 해 봐.』

그 말에 떠밀리듯, 미오는 암기하고 있던 수순을 전부 머릿속에서 치웠다. 이제 주문은 필요 없다.

이제부터는 소프트의 힘이 아니라──다른 힘으로 이길 거야!!

"양걸이 상황에서 도망치지 말 것!"

미오는 도망이 아니라 비차를 공격진에 추가해서, 아이를 궁지에 몰았다!

"이렇게……!!"

아이는 방어진에 포함된 은을 벗겨내더니, 동시에 미오의 옥에 장군을 걸었다.

돈사의 공포 때문에 무릎이 떨렸다. ……하지만!

"닿지 않아! 이 장기는 미오가 반드시 이길 거야!"

옥을 대피시킨 후, 미오는 공격 중인 금을 일부러 아이의 각 쪽으로 이동시켰다.

이것이 외통수순 뒤집기의 외통수순이 될 거야!!

"이렇게!!"

하지만 아이는 전혀 움츠러들지 않으며 노 타임으로 각을 돌격시켰다! 미오 또한 지지 않겠다는 듯이 대마로 맞섰다.

겨우 다섯 수만에 서로의 대마를 전부 교환하는 큰 휘젓기가 펼쳐졌다!

대마가 맞부딪치며, 아낌없이 산화하는, 그야말로 우주전쟁 같은 종반전!!

"큭! 뒤엉키기 시작했어……!!"

"이렇게, 이렇게, 이렇게, 이렇게, 이렇게이렇게이렇게이렇게이렇게이렇게————."

스위치가 켜진 아이가 뿜는 위압감을 말로 설명하는 건 어렵다.

외통수가 보일 듯한 순간부터, 아이는 다른 무언가에게 지배당한 것처럼 그곳을 향해 내달렸다.

무언가에 조종당하는 것처럼, 평소의 상냥한 아이와는 전혀 다른 사람이 되고 만다.

아이의 안에는 또 한 명의 아이가 있다.

그 아이가…… 미오는 싫었다. 무서웠다.

© shirabii

하지만.

"상대를 미워하고, 피한다고, 뭔가가 해결되는 건 아니잖아? 그래서 미오는, 싫은 사람도 좋아할 수 있게 노력해 왔어!"

학교에서도. 장기회관에서도. 미오는 그렇게 노력했다.

"그래서…… 가장 싫어하는 애의, 가장 가까운 곳에 계속 있었던 거야! 아이의 곁에!"

아이는 장기에 몰두해 있다.

그 어떤 말도 닿지 않는다. 그렇다. 말은 이미 닿지 않는다. 그러니 이 애에게 마음을 전하고 싶으면, 장기로 두들겨 패는 수밖에 없다.

미오도 할 수 있어! 왜냐하면——!!

"미오의 안에도—— 아이가, 있어!!"

나니와 왕장전에서 칸나베 마리아의 옥을 잡았을 때의 그 감각을 떠올려! 미오는 아이처럼 의자 위에서 정좌하더니, 일사불란하게 수읽기에 들어갔다.

떠올려!

그때 느낀…… 가슴의 열기를!! 심장이 터져나갈 듯했던 가슴의 고동을!!

""이렇게, 이렇게, 이렇게, 이렇게…………이렇게이렇게이렇게이렇게이렇게이렇게이렇게이렇게!!""

————보였다.

미오는, 각만 넘겨주지 않으면 이길 수 있다. 각제트 상태다.

쿠쭈류 선생님이 가르쳐준 『장군을 당해도 지지 않는 형태』의 암기가, 이 상황에서 미오를 구원했다.

"미오 안에도, 아이는 있어. 하지만…… 아이 안에는, 다른 사람이 있는 거야."

한순간 미오의 마음속에도 그 사람의 얼굴이 떠올랐다. 처음 악수하고 느꼈던, 손의 온기와 함께…….

"―――이렇게!!!"

아이는 계마를 올려서, 장군을 걸었다. 미오는 화들짝 놀랐다.

하지만 그것은 옥을 잡을 수 없는 수순에 들어섰다는 의미였다.

그리고, 아이가 그렇게 염원하던 각을 잡았을 때…….

각을 내주면서 공세로 자기 차례가 된 미오는, 23수 후에 후수의 옥을 직접 잡았다.

"졌습니다………."

그것은, 미오가 아이한테서―― 처음으로 들은 말이었다.

"결판이, 났군요."

내가 투표하자, 슈마이 선생님이 의자에서 일어났다.

"미오 양."

"아…… 예!"

"멋진 대국이었어요. 바둑 세계에서도 소프트를 이용한 연구가 주류를 이루고 있죠. 저는 지금까지 그 흐름에 부정적이었어요. 소프트를 이용해서 스스로 생각하는 노력을 포기한다고 여겼어요."

역사상 최초로 프로 타이틀을 획득한 유일한 여성은, 감격한 표정으로 말했다.

"하지만 미오 양이 대국하는 모습을 보고, 그 생각을 바꿔도 되겠다고 생각했어요. 소프트를 이용하는 것 또한 노력의 방법이라고 느꼈죠."

"……."

미오는 말문이 막힌 건지, 그저 고개를 푹 숙였다.

"아이 양."

"예……."

"저는 곧 비행기를 타야 하니 먼저 실례하겠어요. 이 방은 마음껏 이용하세요. 얼마 남지 않은 마지막 시간을…… 후회가 남지 않게 보내세요."

슈마이 선생님은 그렇게 말하더니, 장기판과 말을 정리하고 방을 나섰다.

덜컹.

문이 닫히자, 무거운 침묵이 이 방을 가득 채웠다.

이럴 때는 진 사람이 먼저 입을 열어서, 승자가 거북한 마음이 들지 않게 하는 것이 예의라고 사부님에게 배웠다.

하지만…… 나는, 아무 말도 할 수가 없었다.

"…………."

한심했다.

미오와 마지막으로 두는 장기가, 이렇게…… 이렇게 허무하게, 끝나버리고 말았기에…….

"감상전……을 할 필요도, 없어."

비굴하게 보이지 않게 억지로 미소를 지으며, 나는 고개를 숙인 채 목소리를 쥐어짰다.

"장기판과 말도 없는 데다…… 곧 비행기를 타야 하잖아? 그러니까——."

"아이."

미오는 차분한 눈길로 나를 쳐다보며…….

"분해?"

"어……?"

"분해?"

"분, 해……."

진 것도, 정말 분하다.

하지만 자신이 이렇게 못나고 한심하다는 게…… 훨씬, 훨씬 분했다.

"이 장기, 감상전을 할 필요도 없다고 했지? 그럼 다른 장기 이야기를 안 할래?"

"다른…… 장기?"

"미오가 연수회에서, 아이에게 접장기로 졌던 장기 말이야."

"윽……! 그 장기를……?"

그 장기라면, 나도 기억하고 있다.

　사부님과 함께 오이시 선생님에게 몰이비차를 배우던 시절의 일이다. 나에게 접장기로 진 미오는…… 처음으로, 내 앞에서 울었다. 엉엉 우는 바람에 감상전도 하지 못했다.

　그 일로 동요한 나에게, 사부님은 이렇게 말했다.

『만약 네가 이기는 걸 두려워하는 사람이라면, 더는 괴로워할 필요 없어. 지금 이 자리에서 바로 파문해 줄게. 짐을 싸서 고향으로 돌아가!!』

　사부님은 언성을 높이며 나를 꾸짖은 건, 그때가 처음이다. 잊을 수 있을 리가 없다.

　"그 연수회 후, 미오는 간사인 쿠루노 선생님에게 '장기를 관둘래요.' 라고 말했어."

　그런 일이…… 있었어……?

　나는 자기 일로 벅찬 상황이라, 미오가 얼마나 깊은 갈등을 품고 장기를 두고 있었을지, 나에게 어떤 마음을 품고 있었을지, 생각하지 못했어…….

　"진심으로 관둘 생각이었어. 아이가 강하다는 건 알지만…… 아이는 평범하지 않다는 건 납득하고 있었지만…… 그래도, 접장기로 지고, 믿기지 않을 만큼 분했거든."

　"그럼…… 왜, 관두지 않은 거야?"

　"쿠루노 선생님이 말이지? '분하다고 관두는 건, 아쉬운 일이에요.' 라고 말씀하셨어."

　"아쉬운…… 일?"

분하다는 감정과 아쉬움.

내가 그 두 가지를 연관 짓지 못해 당혹스러워하자…… 미오가 가르쳐 줬다.

"미오는 이제까지 1등을 해야, 자기가 가장 빠져들 수 있다고 생각했어. 1등을 하지 못하면, 할 의미가 없다고 생각한 거야."

미오는 천장을 올려다보더니, 일본에서의 나날을 떠올리는 듯한 어조로 말을 이었다.

"그래서 그걸 찾으려고, 다양한 것에 도전했어. 장기는 재미있고, 같은 또래 여자애한테는 지지 않으니까 연수회에도 들어갔어. 여류기사가 되는 것도 재미있겠다고 생각했다니깐? 아이가 올 때까지는 말이야."

"…………."

"연맹 도장에서 처음으로 장기를 뒀을 때, 눈치챘어. '아, 얘는 다르구나.' 하고 말이야. 처음으로 맞장기로 나한테 이긴 같은 또래 여자애가 장기를 익힌 지 반년밖에 안 된 데다가, 용왕의 내제자라는 걸 알았을 때…… 가슴속이 질투심으로 가득 찼어."

질투.

항상 눈부신 미소를 짓고 있던, 장기 세계뿐만 아니라 초등학교에서도 최고의 절친이었던 미오가, 나에게 그런 감정을 품고 있었다는 게…… 충격이었다.

"그 후로 두 달 만에…… 겨우 두 달 만에 접장기로도 아이한테 진 게 결정타가 되면서, 미오는 장기를 관두자고 생각했어. 시간이 갈수록 실력 차이는 더욱 벌어질 거야. 아이가 있으면, 미오가 장기를 계속 둘 의미는 없다고 생각했어……. 게다가 텐짱 같은 천재까지 나타났잖아."

1등 말고는 의미가 없다.

그것은, 잘 안다. 사부님도 자주 말했다. 2등은 마지막에 진 사람을 의미한다고 말이다.

나도…… 1등이 되고 싶다.

왜냐하면 내가 되고 싶은 건, 1등이 아니면 의미가 없는 것이다.

그래서 1등이 될 수 없다는 것을 알게 되면…… 미오처럼 전부 내팽개칠지도 모른다…….

그런 생각을 하고 있을 때, 미오가 뜻밖의 말을 입에 담았다.

"하지만 말이지? 그렇다면 더 노력해 보자고 생각했어! 1등이 될 수 없으니까, 몇 번이나 지면서 수도 없이 분통을 터뜨렸으니까, 한 번만 더 전력을 다해 최선을 다해 보자고 생각한 거야!"

"1등이…… 될 수 없는데……?"

"안 그래? 무조건 1등이 된다고 알면, 노력할 의미가 없잖아?"

"윽……!!"

"이건 패배자의 헛소리일지도 몰라. 하지만, 미오는 지고서야 생각했어. '이대로 장기를 관두기엔 아쉬워!' 라고 말이야."

평소처럼 환한 미소를 지은 미오가 말했다.

"모르니까, 확인하고 싶어지는 거야. 모르니까, 좋아하게 되는 거야. 1등이 되지 못하니까…… 노력하는 거야. 가장 강한 애의 곁에서……."

헉, 하고 누군가가 숨을 삼켰다.

"강렬한 노력……이에요."

아야노가 그렇게 말하자, 미오는 고개를 끄덕였다.

"오랫동안 계속해 봤자 보답받지 못한다면, 그 마음도 흐릿해지겠지만…… 장려회에서 노력하는 사람들에 비하면, 미오는 아직 출발선에도 서지 않았다고 생각해! 그러니 아직 결론을 내리기엔 이르다고 생각해."

보답받지 못하는 노력 같은 건 없다.

여류기사가 된 케이카 씨가 인터뷰에서 그렇게 말했다.

그 인터뷰를 하던 케이카 씨는 울고 있었지만…… 왠지 그 얼굴은 지금의 미소 짓고 있는 미오와 비슷한 것처럼 보였다.

"외국에 가게 되어서 연수회를 관두겠다고 간사 선생님에게 말하러 갔더니, 이번에는 순순히 관두는 걸 허락해 주더라니깐. 조금은 아쉬워할 줄 알았는데…… 쿠루노 선생님이 나한테 뭐라고 했는지 알아?"

"뭐라고…… 하셨어?"

"'으음. 이번에는 관두는 게 아니라, 졸업이니까요.' 라고 말했어!"

미오는 신세를 져왔던 간사 선생님의 시늉을 했다.

너무 비슷해서, 나는 무심코 웃음을 터뜨렸다.

하지만…… 그렇다. 졸업이다. 자격은 따지 못했지만, 미오는 이미 기사가 된 것이다.

그래서, 그때의 케이카 씨와 비슷해 보이는 것이 분명하다.

"애초에 말이야. 미오가 1등이 될 수 있는 분야는 이 세상에 없을지도 모르잖아? 하지만——."

"하지만?"

"가장 뜨거워질 수 있는 건 찾았어. 그것만으로도, 엄청 운이 좋잖아!"

"가장…… 뜨거워질 수……."

"아이한테도, 미오의 열기가 전해졌어?"

전해졌어.

아이가 전부 받아들이지 못할 만큼, 올곧고 뜨거운, 미오의 마음이…….

그런 미오가 너무 눈부셔서 고개를 돌린 내가 말했다.

"고마워, 미오. 마지막으로 나와 장기를 둬 줘서……."

"전에 아이가 미오한테 했던 걸, 똑같이 돌려줬을 뿐이야."

"미움받는 역할…… 말이지?"

나는 나니와 왕장전의 특훈을 하던 시기의 일을 떠올리며 그렇게 말했다.

그때 나는 여초연 멤버들과 접장기로 장기를 뒀지만, 그 특훈을 『지도 대국』이라고 심하게 말했다…….

하지만 미오의 마음에 불을 지필 방법이, 그것밖에 생각나지 않았다.

"아하하. 뻔히 보여서 별로 대미지를 안 받았어."

나는 마음이 약해. 그런 부분을 공격당하면, 금방 무너져.

아니, 애초에 나는——.

"아이의 컨디션이 무너지는 건, 장기 이외의 일로 고민할 때잖아. 그래서 승부를 겨룰 타이밍을 고르고, 도중에 편지를 보여줘서 아이의 마음을 흔들려고 한 거야."

"미오……."

"상점가 여름 축제 이후로 아이가 어딘가 이상하다는 걸 눈치채고 있었거든."

"그랬구나……."

그 여름 축제 날.

초등학교에서 비를 피하고 있을 때, 나는 소라 선생님에게 이런 말을 들었다.

『미안하지만 그건 양보 못 해. 야이치에 관해선 내가 누구보다 잘 알아.』

그리고 소라 선생님은 프로가 됐다. 3단 리그에서 1등을 했다.

그런 엄청난 결과를 보고, 나는 생각했다.

이기지 못할지도 모른다고.

나는 사부님의 1등이 되지 못할지도 모른다고…….

"아이가 조금이라도 '분하다'고 생각했다면, 나는 보답한 게될까? 일본을 떠나기 전에, 그것만은 해 두고 싶었어."

"응. 따끔한 보답이었지만, 정신이 번쩍 들었어. 나는 참 멋진 친구를 둔 것 같아."

"그렇지 않아."

"뭐?"

"미오는, 아이의 친구 같은 게 되고 싶지 않았어."

"미……오……?"

"미오가 진짜로 되고 싶은 건—— 아이의 라이벌이거든!"

"윽……!!"

"아이는 이제까지 항상 추월하는 처지였지? 하지만, 처음으로 추월당하는 처지가 됐어. 그 고통은 평범한 패배보다 훨씬 뼈아 플…… 거야."

"…………응."

나는 양손으로 옷이 구겨질 정도로 세게 움켜쥐었다.

"아파, 미오. 가슴보다, 훨씬 아래…… 배 속 깊은 곳이, 아플 정도로…… 뜨거워."

뜨겁다.

온몸이 타들어 가는 듯한 열기가 아니다. 몸 일부가, 몸속 깊은 곳이, 아플 정도로…… 뜨겁다.

그것은 이제까지 살아오면서, 한 번도 느껴본 적 없는 열기다.

이 감정을 표현할 말을…… 나는 아직, 알지 못한다.

"그게, 미오가 아이에게 진짜로 전하고 싶었던 거야. 아이가 기억해 줬으면 하는, 미오와의 추억이야."

이번에는 미오가 가슴에 손을 댈 차례였다.

"해수욕 갔던 것도! 소라 선생님의 생일도! 퀴즈 대회도! 즐거웠던 추억은 전부 잊어도 돼! 오늘 장기만은 아이의 가슴에 새겨 놓고 싶었어!! 왜냐하면————."

저 조그마한 가슴 속에 소중히 담아둔 추억을 움켜쥐듯 양손으로 가슴을 감싸 안으며, 미오는 외쳤다.

"왜냐하면…… 미오를, 잊지 말았으면 하니까……!!"

보석 같은 눈물 한 방울이, 미오의 볼을 타고 흘러내렸다.

"마음이 꺾일 것만 같을 때는 오늘의 패배를 떠올려. 그리고 실컷 분통을 터뜨리는 거야. 저 기보의 다음 내용이, 아이에게 주는 편지야."

"안 잊어……."

나는 금방이라도 울 것 같은 표정으로, 대답했다.

"어떻게, 미오를 잊겠어……!"

치사해, 미오……. 이기고 도망치다니……. 혼자 떠나다니, 치사해…….

미오는 옆에서 듣고 있는 아야노를 향해 손을 뻗었다.

"아야농. 미오의 편지를 줄래? 기보를 적어 줬지?"

"…………."

"아야농?"

"어느 편지 말인가요?"

"응? 그게 무슨——."

"미오는 여러 통의 편지를 준비했어요."

어?!

그게 무슨…… 소리야?

"아이에게 전철에서 편지를 건네줄 때, 미오는 가방 앞 호주머니에서 편지를 꺼냈다가, 같은 자리에 넣었어요. 하지만 방금 편지는 가방 옆에 달린 호주머니에서 꺼낸 거예요."

"정말~! 아야농, 트릭을 까발리면 이야기가 엉망이 되잖아!"

미오는 아야노를 툭툭 때린 후, 체념한 것처럼 가방 안의 호주머니를 전부 열었다.

빵빵한 호주머니에서, 후두둑 하는 소리를 내며 나온 편지가, 테이블 위에 산을 만들었다.

편지가 어마어마하게 많았기에, 샤를은 눈을 동그랗게 뜨며 고함을 질렀다.

"오오~! 삐연지, 엄쩡 마나~!!"

"이………… 이렇게 많이………… 연구한 거야……?"

내 장기를 소프트로 분석해서?

나한테 이기기 위해서?

"그야 전형이 어떻게 될지 모르잖아! 서로 걸기를 노리기는 했지만, 선수와 후수에 따라 작전이 달라지는 데다, 분기점도 있으니…… 그리고, 아이가 둘 법한 전형도 의외로 엄청 많거든?! 몰이비차도 둘 수 있는걸. 진짜 힘들었다니깐……. 그래도 통해서 다행이야……."

미오는 산더미 같은 편지를 분류했다.

아무래도 스티커의 무늬가 미묘하게 다른 것 같았다.

"이건 망루야. 이건 각교환. 이것도 각교환, 각교환…… 그리고 서로 걸기는 내가 선수일 경우만 해도 스무 통은 준비했을 거야. 후수일 경우의 횡보잡기도 거의 비슷하게 준비했어. 뭐, 그래도 서로 몰이비차까지는 준비하지 않았지만 말이야!"

"후수일 때는 서로 걸기보다 횡보잡기를 더 많이 준비한 거네? 어째서야?"

"아이의 서로 걸기를 후수인 상황에서 상대하는 건 무섭거든. 가능하면 계략에 빠뜨리기 쉬운 횡보잡기가 됐으면 했어."

"내가 횡보를 고르지 않았으면?"

"어떻게든 횡보를 고르게 하려고 도발할 생각이었어. '횡보를 고르지 않는 애한테 지면, 조상님을 볼 면목이 없어' 같은 소리로 말이야!"

"후후……. 그게 뭐야?"

무심코 웃음을 터뜨렸다.

"하지만 서로 걸기는 진짜 메인이었거든~. 연구대로 진행되지 않았다면, 그 시점에서 미오의 마음이 꺾였을지도 몰라! 나를 선수로 만들어준 아야농에게는 진짜 땡큐 베리마치야~."

"아니야. 그래도 나는 아마 졌을 거야."

미오는 오늘 집중력이 엄청났다.

나는 특기인 종반에서도, 미오에게 밀리고 말았다.

게다가 아무리 미오가 우수한 국면에서 종반에 돌입했더라도, 아무리 면밀한 사전 연구를 했더라도, 나한테는 기회가 몇 번이나 있었다.

그 기회를 움켜쥐지 못한 건…… 내가 약하기 때문이다.

나는 항상, 기회를 움켜쥐지 못했다.

그건…… 내 마음이 약하기 때문이다.

장기 묘수풀이를 풀 수 있다. 기억력이 좋다. 그건 상관없다.

승부사로서 결정적으로 부족한 점이 있다는 것을, 나는 거의 눈치챘다.

그리고 그 부족한 것을 얻기 위해 무엇을 해야 하는지도——.

"그래요. 아이는 분명 졌을 거예요."

"아야노……?"

"아이는 미오를 하나도 모르니까요. 알려고도 하지 않았잖아요."

아야노는 비웃는 듯한 어조로 말했다.

"미오가 오늘까지 출발을 미룬 것도…… 소라 선생님이 프로가 되든, 되지 못하든, 아이가 충격을 받을 테니까, 그게 걱정되어서…… 아이가 장기를 관두지 않을까 걱정되어서, 어떻게든 관두지 못하게 하기 위해서예요……."

뭐……?

미오가 2학기까지 일본에 남아 있었던 건…… 나를 위해……?

"저는 미오에 관한 거라면 뭐든 알아요. 아이보다 훨씬 오랫동안, 미오를 지켜봐 왔으니까요!"

점점 목소리가 격렬해졌다.

텅! 하는 소리가 나게 힘껏 발을 내디딘 아야노가 외쳤다. 나를 비난했다.

"왜 그렇게 모르는 거죠?! 왜 그런 애가, 미오에게 선택을 받은 거죠?! 미오와 마지막으로 대국을 한 거죠?! 아이의 장기가 아니라, 저의 장기를 연구해줬으면 했어요! 저…… 저…………훨씬, 강해지고…………!!"

아야노는…… 울고 있었다.

샤를이 아야노의 치맛자락을 움켜쥐며 걱정스러운 눈길로 올려다봤지만, 아야노는 분하다는 듯이 입술을 깨물며 양손을 말아쥐었다. 주먹이 부들부들 떨릴 정도로…….

저렇게 분통을 터뜨리는 아야노를 보는 건 처음이라서…….

"미안해, 아야농."

아야노의 떨리는 주먹을 상냥히 감싸준 미오가 고개를 숙였다.

"미안해. 하지만, 미오는——."

"괜찮아요. 알고 있으니까, 사과하지 말아요……."

입술에서 힘을 뺀 아야노는 희미하게 떨리는 목소리로 그렇게 말했다. 고개를 숙인 채…….

"아이…… 미안, 해요…………."

"아니야! 나야말로 미안해! 정말 미안해……!!"

비난을 당했지만, 화가 나지 않았다.

나도, 아야노와 같은 심정이었다.

텐짱이 소라 선생님에게 도전한, 여왕전.

그 타이틀전의 마지막 대국을 장기판 옆에서 관전하면서, 나는 생각했다. 이게 내 장기라면 좋았을 텐데, 라고…….

그때의 마음을…… 잊은 건 아니다.

하지만, 여러 일을 겪는 와중에 당시보다 마음이 약해졌다.

다시 정적에 감싸인 회의실에서, 나는 불쑥 중얼거렸다.

"고민이, 있어."

"응."

미오는 고개를 끄덕일 뿐, 질문하지는 않았다.

내가 어떤 고민을 지녔는지, 눈치챈 것 같았다.

그래서 말 대신…… 내가 여행을 떠날 수 있도록, 여권을 건네줬다.

"받아! 이게 아이에게 주는 선물이야."

미오는 품에 다 안을 수 없을 정도로 많은 편지를, 나에게 선물해 줬다.

그 엄청난 양에, 나는 또 압도당했다.

"이렇게, 많이……."

"아이의 장기를, 엄청 살펴봤어. 처음 연맹 도장에서 뒀던 장기까지 떠올리며, 기보를 썼다니깐. 미오와 둔 장기만이 아니야. 아이가 기사실에서 둔 연습 장기의 내용도 물어보러 다녔고, 연수회에서 어떤 전법을 썼는지도 쿠루노 선생님에게 물어봤어. 그리고 아이의 인터넷 장기 계정을 찾아냈다니깐. 지금이라면 아이를, 아이보다 더 잘 알아."

미오는 힘찬 목소리로 말했다.

"장기 기술은 컴퓨터가 가르쳐 줘. 미오 정도의 재능으로도, 서반 기술은 소프트를 이용하면 혼자서도 수련할 수 있어. 적어도 근성만 있다면, 방금 미오가 둔 레벨의 장기를 둘 수 있어."

"그렇게 엄청난 장기를…… 내가?"

서반이 서툰 나라도, 저렇게 치밀한 작전을 짤 수 있게 될까?

"아이라면 더 잘할 수 있을 거야. 미오처럼 이상한 방식으로 외울 필요도 없어. 아이에게 필요한 건, 각오뿐이야."

"각오⋯⋯."

지금까지 나는 쭉 『착한 아이』였다.

가르쳐 주는 것을 배웠다.

그러면 강해질 수 있었다.

그러면⋯⋯ 사랑받을 수 있었다. 사부님에게 가장 좋은 제자가 되는 것이, 나의 목표였다.

이제까지는 그 두 가지가 하나였지만⋯⋯.

"미오는 외국으로 갈 거야. 외국에서도 장기를 계속 둘 거야. 연수회가 없어도, 여류기사가 될 수 없어도, 상관없어. 아이는 어쩔 거야? 이대로 지낼 거야? 아니면──."

"나는⋯⋯."

어쩌고 싶은 걸까? 뭐가 되고 싶은 걸까? 스스로에게 물어봤다.

이대로 지낼 수도, 있다.

내제자로서 사부님의 말에 따르며, 이상적인 제자가 될 수도 있다.

그러면 사부님은 나를 소중하게 여겨줄 것이며, 뭐든 가르쳐 줄 것이다⋯⋯. 어디까지나 제자로서.

하지만 그것은, 아까 장기와 마찬가지다.

그저 시키는 대로 할 뿐, 자신은 아무 생각도 하지 않고, 아무 선택도 하지 않고, 어떻게 될지 간단히 예상할 수 있는 미래를 향해 걸어간다. 결정적인 패배가 찾아오는 순간까지⋯⋯.

정말 그대로 될까? 나는 무엇을 위해 장기를 두는 거야?

나는————.

"나는, 강해지겠어."

아무리 생각해도, 무엇이 올바른 답인지 알 수 없다.

하지만, 방금 미오가 새긴 상처에서 흘러나온 뜨거운 피가, 내가 이런 외침을 토하게 만들었다.

"강해지고…… 싫어!!"

"응!"

미오는 새끼손가락을 세운 오른손을 내밀며, 고개를 끄덕였다.

"미오도, 훨씬 강해져서 돌아올게! 혼자서도, 어디서라도, 강해질 수 있다는 걸 증명하겠어! 그러니까——."

——그러니까 또, 같이 장기를 두자.

우리는 약속했다.

새끼손가락을 걸고 약속했다. 다시 싸우기로, 맹세했다.

더욱, 더욱 강해지자. 이번에는 내가 미오를 쫓아갈 차례다.

그날, 미오는 떠났다.

일본을. 여초연을. 연수회를.

그리고 나 또한 그날———— 여행을 시작했다고 생각한다.

에필로그

"앗! 저 비행기 아닐까?!"

나는 터미널 빌딩 너머에서 날아오른 비행기를 손가락으로 가리키며, 그렇게 외쳤다.

크고 다른 기체보다 약간 낡은 비행기가, 굉음을 내며 상승했다.

"저거예요! 저 기체에 적힌 항공사의 이름…… 어떻게 읽는지는 모르지만 틀림없어요~! 어~이~!!"

아야노가 양손을 힘차게 흔들면서, 평소의 얌전한 모습에서는 상상도 안 될 만큼 큰 소리로 외쳤다.

나와 샤를도 비행기를 향해 열심히 손을 흔들었다.

조그마한 우리의 모습이 미오에게 보이도록…….

"어~이~! 미오~!! 어————이!!"

"미오땅~! 미~오~땅————!!"

비행기의 굉음에 묻히지 않게, 셋이서 목청껏 고함을 질렀다.

"""미오————!!!!!"""

처음에는 전혀 들리지 않던 우리의 목소리가, 비행기 소리에 지지 않을 만큼 커졌다.

그리고, 우리의 목소리만 들릴 즈음…… 비행기는, 시야에서 사라졌다.

"미오땅, 가버려써~."

샤를이 불쑥 그렇게 말했다. 평소와 마찬가지로, 환한 목소리로 말이다.

나와 아야노는 여전히 하늘을 올려다보았다. 고개를 숙였다간…… 눈에 맺힌 눈물이 흘러내릴 테니까…….

바로 그때, 양손을 들고 하늘을 올려다보던 샤를이 무너지듯 주저앉았다.

"샤를? 왜 그──."

"…………으………… 흑………… 훌쩍………….."

작디작은 등이, 희미하게 떨렸다.

그리고 비행기보다 큰 목소리로──── 샤를이 울었다.

"우에에에에에에엥! 쓸…… 쓸, 쓸쓰래애애애애! 미오따아아아앙! 미오따아아아아아앙!!!"

미오땅…….

미오땅…….

땅바닥에 주저앉고, 샤를은 몇 번이고 미오의 이름을 불렀다.

그러면 활기찬 미소를 지은 미오가 뛰어올지도 모른다는 생각이 들 만큼, 몇 번이고…….

하지만 지금은, 그 울음소리만이 들릴 뿐이었다…….

"샤를, 참 장했어요."

지면에 무릎을 대며 샤를의 등에 손을 얹은 아야노가 상냥한 목소리로 속삭였다.

"샤를도 싸우고 있었어요. 쭉, 스스로와 싸우고 있었어요."

아아…… 나는 역시 못난 애야…….

자기 생각만 하느라, 샤를이 전혀 눈에 들어오지 않았다.

이제는 알 것 같다. 샤를이 평소와 다름없는 태도를 보인 이유를…….

그것이 미오에게 자신이 성장했다는 것을 알려줄 최선의 방법임을 알았던 것이다.

그리고 미오 또한 알고 있었다. 샤를의 성장을…….

그래서 선물로 물통을 준 거지?

거기서 나오는 점심 도시락을 먹으면, 목이 엄청 마르니까——.

"샤우, 연쑤애, 드러갈꼬야."

지면에 주저앉아 무릎을 꼭 끌어안은 샤를이 그렇게 말했다.

그리고 눈물과 콧물로 엉망이 된 얼굴을 들어서 하늘을 쳐다보더니, 옆에 있는 아야노의 손을 꼭 움켜쥐었다.

"아야뇨."

"예……."

"까치, 깡애찌자."

"…………예……!"

아야노도 샤를의 조그마한 손을 움켜쥐더니, 마찬가지로 비행기가 사라진 하늘을 올려다보며 그렇게 대답했다.

"저도, 이제 재능을 핑계 삼아 도망치는 걸 관두겠어요. 되고 싶은 게 있고, 그걸 위한 환경이 갖춰져 있다면, 이제 노력만 하면 되니까요."

© shirabii

아야노는 어엿한 목소리로 그렇게 말했다.

"단순한 노력으로 부족하다면, 더욱 노력하면 돼요. 강렬한…… 노력을요."

돌아가는 전철 안에서, 샤를과 아야노는 울다 지쳐 잠들었다.

전철의 진동이 자장가 역할을 한 것 같았다. 두 사람은 손을 맞잡은 채, 서로의 어깨와 머리를 베개 삼듯 몸을 기대고 있었다.

그런 두 사람의 모습을 보며 약간의 쓸쓸함과 부러움을 느낀 나는 미오에게 받은 편지 다발을 하나씩 펼쳐보았다.

"대단해…………. 이것도, 이것도……!"

편지에 적힌 기보의 길이는 다양했으며, 서반과 중반까지만 연구된 게 있는가 하면 외통수까지 연구된 것도 있었다. 그리고…… 그 모든 기보가, 엄청난 완성도를 자랑했다.

나는 편지를 차례차례 뜯어보며, 탐닉하듯 읽었다.

"전부 정말 대단해……!! 초등학생이 이렇게 심오한 연구를 하다니……!!"

소프트의 힘을 빌려서, 프로와 비교해도 전혀 손색없는…… 아니! 선입관이 없는 만큼, 프로의 기보보다 훨씬 자유로웠다.

놀라울 정도로 대담하고, 한편으로 섬세했다.

이 서반을 내 것으로 만든다면, 강해질 수 있다.

하지만! 그것보다 내 마음을 더 뜨겁게 만든 건————.

"이 장기…… 전부, 정말 재미있어!!"

『그렇지?! 가슴이 뛰지?! 미오는, 아이의 취향을 완벽하게 알고 있거든!」

　의기양양하게 가슴을 펴는 미오의 모습이, 눈앞에 어른거렸다.

　"……어라?"

　그리고, 마지막 편지를 펼쳐본 나는, 뜻밖의 것을 봤다.

　"이건…… 잘못 쓴 기보? 실수로 가져온 걸까?"

　커다랗게 가위표가 그려진 기보였다.

　수읽기를 해 보니, 그것은 서로를 견제해서 장점을 봉쇄하는 장기였다. 매우 고도의 응수였으며, 프로나 장려회 회원의 기보라고 해도 믿을 정도의 완성도였다…….

　만약 오늘 대국에서 미오가 이 서반을 썼다면, 훨씬 손쉽게 이겼을 거다.

　"왜 이건 가위표인 걸까?"

　그 기보의 구석에는 미오의 힘찬 글씨체로, 가위표를 한 이유가 적혀 있었다.

「아이는, 절대, 도망치지 않아」

　"윽……! 미……오……!"

　수많은 편지를 꼭 끌어안은 채, 나는 울었다.

　미오와 함께 한 수많은 추억과 함께, 따뜻한 눈물이 끝없이 샘솟아 나왔다.

　가위표가 된 기보가…… 나의 가장 소중한 보물이 됐다.

"⋯⋯⋯정말⋯⋯ 약았어⋯⋯⋯."

항상 웃자.

누구와도 친하게 지내자. 앞만 보며 나아가자.

행복을 독점하는 게 아니라, 다른 사람과 나누자. 그러면 수많은 사람과 장기를 둘 수 있으니까. 그러면, 더욱 강해질 수 있으니까.

그리고── 그 어떤 순간에도 기운을 잃지 말자!

어렵겠지만, 괜찮다.

나에게는 최고의 모험이 있으니까.

"그렇지? 미오⋯⋯."

전철 창 너머로 올려다본 푸른 하늘에는, 한 줄기 비행기구름이 있었다.

미오처럼 올곧은, 새하얀 구름이⋯⋯.

후기

이번 13권은 12권에서 이어지는 다음 날을 다루는 단편집에, 드라마CD 각본을 소설로 다시 써서 합친 작품입니다.

구성만으로 보면 8권에 가깝지만, 큰 차이점도 있습니다.

그것은 본편의 주인공인 야이치의 시점이 한 번도 묘사되지 않는다는 점입니다.

그렇다고 야이치가 주인공의 자리를 빼앗긴 건 아닙니다. 다음 14권에서는 제대로 등장하며, 평소와 마찬가지로 용왕의 소임을 다할 겁니다(어쩌면 후기 뒤에 실린 『백설공주와 마왕의 휴일』에서 보여줄지도 모릅니다).

이런 구성이 된 이유에는 미오가 외국으로 떠나는 모습을 제대로 다루고 싶었다는 것도 포함되어 있습니다만…… 역시 신형 코로나 바이러스 유행에 따른 외출 자제가 가장 큰 이유입니다.

취재 자체가 거의 힘들어진 데다, 타이틀전도 연기됐습니다. 또한 다른 공식전도 연기가 다수 발생하면서, 소재로 쓸 기보와 관전기가 극단적으로 줄어들었습니다. 필연적으로 과거에 갔던 장소를 무대로 삼거나, 예전에 쓴 원고에 의존할 수밖에 없었습니다. 취재가 필요한 저 같은 작가에게는, 평온한 나날이 얼마나 귀중한 것이었는지 실감했습니다…….

14권부터는 드디어 최종장에 들어갑니다. 하루라도 빨리 이 사태가 종식되기를 바라면서 새로운 취재 방식 등을 고안해, 더욱 뜨거운 이야기를 여러분에게 전해드릴 수 있도록 노력하겠습니다!

백설공주와 마왕의 휴일

©shirabii

소라 긴코는 잠들어 있다.

《나니와의 백설공주》라 불린 소녀는 마치 잠자는 숲속의 공주처럼, 새하얀 시트가 깔린 침대에 누워 있었다.

"곤히 잠든 것 같군요."

그런 긴코의 희미한 숨소리를 들은 장기연맹 회장, 츠키미츠 세이이치 9단은 안도한 듯한 목소리로 말했다.

앞을 보지 못하는 천재 기사는, 소리로 세상을 추측했다.

그런 남자가 빛의 속도라고 일컬어지는 신속의 수순을 선보이는 건, 어찌 보면 신이 장기 세계에 내려준 최대의 아이러니이자 기적일 것이다.

"죄송해요, 회장님."

긴코의 사제인 쿠즈류 야이치는 츠키미츠와 대화를 나눌 때 언제나 그러하듯, 또렷한 발성으로 대답했다.

"저기, 혹시 중요한 이야기를 나누러 온 거라면, 깨어난 후에 전화를 드리라고……."

"아뇨, 용왕. 그럴 필요는 없습니다."

츠키미츠는 침대 옆에 놓인 원형 의자에 앉은 야이치를 향해 상냥한 미소를 지으며 말을 이었다.

"지금은 아무 생각하지 말고, 푹 쉬어줬으면 합니다. 반년 동안 격렬한 싸움을 계속했으니 말이죠."

장려회 3단 리그.

반년에 걸친 그 지옥을, 긴코는 한 번에 통과했다.

　그것은, 여성이 처음으로 이뤄낸 위업이었다.

　중학생 기사는 아니지만, 열다섯이란 나이에 4단이 됐다. 나이만으로 본다면 야이치와 같은 나이에 프로가 된 것이다── 며칠 후에 열여섯 살 생일을 맞이하지만 말이다.

　그것은 장기계를 넘어서는 뉴스이기에, 일본 전체가 침대에 잠들어 있는 이 연약한 소녀가 깨어나기만 기다리고 있다.

　"눈을 뜨면 이제까지와는 전혀 다른 인생이 그녀를 기다리고 있을 겁니다. 한동안은 느긋하게 지낼 수도 없을 테죠. 방대한 숫자의 취재 요청이 들어와 있어요. 텔레비전 출연과 기념 식전…… 대부분은 거절하겠지만, 프로가 된 만큼 거절할 수 없는 일도 있을 테니까요."

　"그건 본인도 각오했을 거예요. 하지만……."

　"말해 보세요, 용왕."

　머뭇거리던 야이치는 결의를 다진 듯이, 그 말을 입에 담았다.

　"언제 첫 대국을 치를지를, 매우 신경 쓰는 눈치였어요."

　"신규 4단의 프로 데뷔전이 언제 치러질지는, 아직 확답을 줄 수 없군요. 이제부터 짜야 하니까요."

　츠키미츠의 대답은 신중했다.

　장기계는 실력으로만 좌우되는 세계다.

　거꾸로 말하자면, 그것은 인기 장사라는 의미이기도 했다.

　인기가 있으면 스폰서가 붙는다. 스폰서가 붙으면 얼마든지 대국을 잡을 수 있으며, 대국료와 상금도 받는다.

그리고 『사상 첫 여성 프로 기사가 처음으로 두는 대국』이라면, 설령 비공식전일지라도 막대한 가치를 지닐 것이다.

예를 들어 국민영예상을 수상한 명인과의 기념 대국이라도 치러진다면, 어마어마한 금액을 장기연맹에 가져다줄 것이 틀림없다.

연맹의 운명을 맡은 츠키미츠로선, 장기계 전체의 이익을 생각할 수밖에 없을 것이다.

이제까지처럼 『장려회 회원은 수행 중인 신분이니까』라며 긴코를 감싸주는 것이 불가능한 만큼, 어려운 결단을 요구받게 될 것이 틀림없다.

"하지만 현시점에서 소라 양의 프로 데뷔전은 공식전이 바람직할 거라고 생각합니다. 기념 대국 같은 비공식전으로 잡을 예정은 없죠. 그렇죠? 오가 양."

츠키미츠는 자신의 옆에 있는 비서, 오가 사사리 여류 초단에게 확인했다.

오가는 장기 수첩을 넘겨보며 대답했다.

"예, 회장님. 현재까지는 그런 대국을 잡을 예정이 없습니다."

"감사합니다……."

야이치는 감사의 말을 전했다.

이 두 사람이 이렇게 말한다는 건, 그리될 수 있도록 최대한 노력해 주고 있다는 의미일 테니까…… 애초에 모든 예정을 기억하는 오가가 장기 수첩까지 꺼내며 확인해 주는 건, 야이치와 긴코를 안심시키기 위한 자세다.

그런 두 사람의 배려야말로, 상처 입은 긴코에게 있어 최고의 약일 것이다.

츠키미츠는 미소를 지으며 다른 용건을 입에 담았다.

"그것보다 용왕. 소라 양의 4단 승단 코멘트를 받아달라는 부탁은 어떻게 됐는지요?"

"아, 예. 그건 깨어 있을 때 가장 우선해서 써 달라고 했어요. 으음……."

야이치는 끙끙거리면서, 긴코가 쓴 메모를 호주머니에서 꺼내려 했다.

그리고 앞이 보이지 않는 츠키미츠는 그저 묵묵히, 오가는 웃음을 참는 듯한 표정을 지으며 그 광경을 바라보았다.

"찾았어요. 여기 있어요."

"읽겠습니다."

상사를 대신해 그것을 받은 오가가 평소와 마찬가지로 목소리를 내서 그것을 읽었다.

『16세의 결의』 4단 소라 긴코

지금 생각해 보면, 스승이신 키요타키 코스케의 일문에 네 살 때 들어간 이후로 12년이란 세월이 흘렀다. 그중, 장려회에는 약 7년 동안 속해 있었다. 내 장기 인생의 절반 이상을 그곳에서 보냈다.

그것은 좌절이란 형태로 시작됐다. 첫 장려회 시험에서 탈락해, 일곱 살이란 나이에 낙오자의 낙인이 찍혔다. 그때의 눈앞이 시꺼메지는 감각은, 프로가 된 지금도 잊을 수 없다.

그런 자신이 3단 리그를 한 번에 돌파한 것은 운이 좋았을 뿐이다.

감개무량하기는 하다. 하지만, 뒤를 돌아보지는 않겠다. 자신이 프로가 된 탓에 장기계를 떠난 강적들[동료]이 있다. 그들에게 부끄럽지 않은 장기를 두자고 생각한다. 뒤돌아보는 건 은퇴 후에 해도 된다. 지금은 그저, 앞만 보며 달려가고 싶다. 아직 보지 못한 지평선 너머를 향해.

RUNNING TO HORIZON….

"……어떤가요?"

끝까지 들은 후, 야이치는 채점을 기다리는 학생 같은 표정으로 두 사람의 반응을 살폈다. 자신이 쓴 것이 아니지만, 자신이 쓴 것보다 훨씬 평가가 신경 쓰이는 눈치였다.

"글쎄요……."

츠키미츠는 턱에 손을 대며, 이렇게 말했다.

"오가 양은, 어떻게 생각하죠?"

"예?! 저, 저 말입니까? 저는…… 그게……."

동요한 듯이 안경을 몇 번이나 고쳐 쓰며 메모 용지를 응시한 오가는 이윽고 이런 감상을 입에 담았다.

"너무 딱딱하지 않은가 싶습니다. 기사라고는 해도 현역 여고생이니, 좀 더 활발한 느낌의 문장이 친근함과 생동감을 자아내지 않을까요. 그리고 마지막 영어 문장은 너무 뜬금없다는 인상이군요. 개인적으로는 폭소…… 어험. 매우 감명을 받았지만 말이에요.”

“그래요. 매우 날카로운 지적이군요. 역시 오가 양이에요.”

다소 위화감을 느낄 만큼, 츠키미츠는 비서의 의견에 찬사를 보냈다.

“이렇게 하는 건 어떻겠습니까, 용왕. 내용은 바꾸지 말고, 문체만 약간…… 친근한 느낌으로 바꾸는 겁니다.”

“그게 좋을 것 같아요. 긴──.”

도중에 말을 바꾼 야이치가 고개를 끄덕였다.

“사저도, 어깨에 힘이 너무 들어간 것 같으니까요. 프로가 되면 장기와 문장에 격조가 있어야 한다고 생각하는 것 같아요. 모든 문장이 딱딱 끝나야 한다고 생각하나 봐요.”

“다들 그래요. 저도 그랬죠. 명인도 마찬가지고요.”

또한, 잠들어 있는 탓에 논의에 참여하지 못하는 긴코의 명예를 위해 한마디 덧붙이자면──.

그녀는 이 문장을 쓰면서, 과거의 승단자가 쓴 문장을 참고했다. 거기에는 츠키미츠와 야이치의 것도 포함되어 있다.

그러니 만약 깨어 있다면, 이렇게 말했으리라.

『문장이 딱딱한 건 내 탓이 아니야!』

이렇게 말이다. 뭐, 확실히 마지막 한 줄은 좀 뜬금없을지도 모르겠다.

“그럼 이만 실례하겠습니다, 용왕. 소라 4단에게 안부를 전해 주세요.”

"벌써 가시게요?"

"예. 오후부터 소라 양에 관한 기자 발표를 해야 하니, 이쪽에서 문장의 수정을 마치면 확인 연락을 드릴지도 모르겠군요."

"아, 그야 물론…… 저기, 죄송해요. 차도 대접하지 않았네요……."

"아, 괜찮아요. 일이 좀 정리되고 나면 키요타키 씨도 불러서, 다 같이 느긋하게 식사라도 하죠. 오사카에서 말이죠."

야이치와 긴코의 스승인 키요타키 코스케는 츠키미츠의 사형제다.

제자도, 그리고 가정조차 꾸리지 않고 고고하게 살아오는 츠키미츠에게 있어, 키요타키의 집은 가정적인 온기를 느낄 수 있는 유일한 장소일지도 모른다.

그리고 야이치와 긴코에게 있어서도, 츠키미츠는 영세 명인이란 우러러봐야 할 존재임과 동시에, 수행 중인 어린 시절에 자신들을 상냥하게 대해준 친척 같은 존재다.

"예……. 오사카에서 뵙겠어요."

야이치는 재회의 약속과 작별의 말을 입에 담았다.

그런 야이치의 귀에, 비서의 어깨에 손을 얹고 병실을 나서는 츠키미츠의 목소리가 들려왔다.

"그런데 오가 양. 병실에 들어온 후로 쭉 웃음을 참고 있는 것 같았습니다만…… 뭔가 우스운 일이라도 있었습니까?"

"실례했습니다. 너무 풋풋해 보여서…… 후후."

"풋풋? 프로가 된 소라 양의 태도를 말하는 건 아닌 듯하군요.

뭐가 풋풋하다는 거죠?"

"우후후. 그게 말이죠————."

츠키미츠는 의아해했지만, 오가가 말한 『풋풋함』을 긴코가 들었다면, 분명 얼굴을 새빨갛게 붉혔을 것이다.

아무튼, 손님은 돌아갔다.

병실에는 야이치와 긴코, 그리고 『병문안 일본 장기연맹』이라고 적힌 종이가 붙어 있는 안아 들 수 없을 만큼 커다란 과일 바구니만 있었다.

"휴…… 잠시만이라고는 해도, 회장님과 같은 방에 있으니 긴장되네……."

야이치는 셔츠의 가장 윗단추를 풀려고 했다.

하지만 단추를 잘 풀 수가 없었다.

그럴 만도 했다. 왼손만으로는 말이다.

"오가 씨한테는 긴코와 손을 잡고 있는 걸 들킨 것 같네……."

드디어 단추를 푼 야이치는 지금도 긴코의 손을 잡은 오른손을 흰색 이불 아래에서 꺼내면서 그렇게 중얼거렸다.

긴코는 잠들기 전에 야이치와 손을 잡고 싶어 했다.

그리고 손을 잡은 채, 깊이 잠든 것이다.

회장이 오기 전에는 깨거나 손을 놔줄 거라고 야이치는 생각했지만, 긴코는 손을 잡은 채 계속 잠들어 있었다. 마치 백설공주에서 잠자는 숲속의 공주가 된 것만 같았다.

당황한 야이치는 손을 반사적으로 숨긴 후, 손님을 맞이했다.

"이불 밑에 숨기면 들키지 않을 줄 알았는데……."

손님이 온 후로 야이치는 몇 번이나 손을 떼려고 했지만, 긴코가 잠든 채로 손에 힘을 한껏 주고 있는 데다 야이치도 아쉬웠기에 그대로 손을 숨겨둔 채 손님과 대화했다.

앞이 안 보이는 츠키미츠라면 눈치채지 못할 것이라고 여긴 것이다.

하지만 회장은 속일 수 있어도, 눈치 빠른 비서를 속일 수는 없었다.

지금쯤 상사에게 보고했을 테고, 이 일을 가지고 앞으로 야이치와 긴코에게 다양한 요구를 할 게 틀림없다.

오가가 《숨겨진 실세》라 불리며 두려움의 대상이 된 이유이기도 했다.

"······하아. 내 고생도 모르며 기분 좋게 퍼질러 자고 있네."

앞으로의 일을 생각한 야이치는 푸념을 늘어놨다.

소라 긴코는 잠들어 있다.

그러니 대답하지 않았다. 당연히 말이다.

"긴코? 자는 것······ 맞지?"

야이치는 침대에 누운 소녀의 얼굴을, 다시 쳐다보았다.

"응? 어라? 아까보다 얼굴이 달아오른 것 같은데······. 사람이 많아서 실내 온도가 상승한 걸까?"

에어컨 온도를 확인한 야이치는 설정 온도를 약간 내렸다.

9월 초의 도쿄는 아직 후덥지근할 정도로 더우니, 그러는 편이 나을 것이다.

왼손으로 리모컨을 조작한 야이치는 긴코의 얼굴을 다시 쳐다보았다.

"정말 아름다운 애야……. 귀여워……."

눈에 닿아있는 은색 앞 머리카락을 왼손가락으로 걷어준 후, 야이치는 애정이 담긴 목소리로 그렇게 중얼거렸다.

원래, 긴코의 피부는 창백해 보일 정도로 하얗다.

하지만 지금은 희미하게 붉어져 있었다.

성장한 소꿉친구의 잠든 얼굴을 보자, 야이치는 한숨에 새어 나오는 것을 참을 수 없었다.

"캬아아…… 잠든 긴코는 너무 귀여워……. 이렇게 귀여운 애가 내 여친이야? 세간의 원망을 사는 것도 어쩔 수 없겠네……."

긴코에게는 들리지 않을 것이기에, 그 목소리는 점점 커졌다.

예전부터 장기 팬들 사이에서는 두 사람의 관계에 관한 소문이 나돌았다.

단순한 사형제지간이라 여기는 팬은 극소수다.

인터넷의 거대 사이트에 있는 소라 긴코 게시판에는 『사귀는 게 틀림없다』, 『아직 사귀지 않지만 언젠가 사귈 거다』 같은 글이 정기적으로 존재했다.

……야이치가 초등학생 제자를 들이기 전에는 말이다.

게다가 그 제자와 동거한다는 소문이 퍼지면서, 긴코와의 관계는 『역시 사귀는 게 아니다』, 『평범한 사형제지간』, 『로리콘이라 절벽 가슴을 좋아하는 것뿐인가』, 『무적의 백설공주라도 진짜 여아한테는 이기지 못하는 건가…….』 같은 글에 묻히고 말았다.

그래서 긴코는 하고 싶은 말이 산더미처럼 있다.

『기왕 고백할 거면 빨리 해』라든가…….

『유아한테만 상냥히 대하지 마』라든가.

『바보』, 『둔감』, 『돈사해』라든가.

그리고……『나도 좋아해』……라든가.

"어? 아직도 얼굴이 빨개……. 온도를 좀 더 내릴까."

야이치는 왼손으로 리모컨을 조작했다.

지금은 실내 온도를 너무 내려서 쌀쌀하게 느껴질 정도다.

하지만 긴코의 얼굴은 여전히 빨갰다.

오히려 볼이 더 붉은색을 띠면서, 평소에는 차갑게 느껴지는 그녀의 얼굴이 사춘기 소녀다워 보이게 했다.

한편, 야이치도 계속 히죽거렸다.

"큰일났네……. 긴코가 깼을 때 눈을 맞추지 못할 만큼, 의식하고 있는 것 같아……."

야이치의 얼굴 또한 긴코 못지않게 달아올라 있었다.

그리고 마음의 소리가 흘러나온 것처럼, 이렇게 중얼거렸다.

"완벽해……. 완벽하게, 귀여워……."

왠지 긴코의 더 빨개졌고, 야이치와 잡은 손에 힘이 더 들어간 것 같았다. 잠든 사람이 그럴 리 없으니까, 착각이겠지만.

그런 연인의 손을 쥐며, 야이치는 그녀의 얼굴에 넋 놓고 쳐다보았다.

"귀여워……. 독설을 내뱉거나 나를 때리지 않는 긴코는 그야말로 완벽한 존재야……. 잠든 모습을 아무리 봐도 질리지 않아⋯⋯⋯⋯⋯ 어, 아야야! 갑자기 손에 힘이 들어갔네?!"

　바로 그때였다.

　"안뇽~! 검진 시간이다!"

　"병원에서 닭살 행각을 벌이는 나쁜 애한테는, 주사를 놓을 겁니대이~."

　힘차게 문이 열리더니, 간호사 두 명이 난입했다.

　"츠, 츠키요미자카 씨?! 그리고 쿠구이 씨도?! 우리가 이 병원에 있는 걸 어떻게 알았어요?! 그리고 간호사복은 왜 입은 거예요?! 설마⋯⋯ 변장하고 숨어든 거예요?!"

　야이치는 긴코의 손을 허둥지둥 놨다. 츠키미츠와 오가라면 몰라도, 이 두 사람이 봤다간 분명 성가신 일이 벌어질 것이다. 야이치의 판단은 옳았다. 그리고 아까 긴코의 손에 힘이 들어간 듯이 느껴졌던 건 착각이었는지, 간단히 손을 뺄 수 있었다.

　"용왕 씨, 숨어들었다는 건 말이 너무 심한 거 아이가."

　"맞아, 쓰레기. 우연히 여류기사회의 팬클럽 이벤트에서 코스프레 했을 때의 간호사복이 있어서 이걸 입고 병원에 왔더니, 면회 사절인 병실에도 들어올 수 있었을 뿐이라고."

　"그걸 숨어들었다고 말한다고요!!"

　『승단 축하　절친 일동』이라는 홍백색 리본이 달린 과일 바구니, 그리고 장식이 달린 꽃병에 꽂힌 꽃을 들고 병실에 거침없이 들어온 여류 타이틀 보유자 두 사람은 잠든 긴코가 누워 있는 침대에 성큼성큼 접근했다. 그리고 야이치를 밀쳐내더니, 긴코의 얼굴을 들여다보았다.

"어? 뭐야, 긴코는 아직 자냐? 아~ 더럽게 무겁네……. 영차."

츠키요미자카는 그렇게 말하더니, 들고 있던 과일 바구니를 내려놨다.

긴코의 가슴 위에 말이다.

"어?! 사람 몸 위에 두면 어떻게 해요! 사저가 죽을 거라고요!!"

얼굴이 하얗게 질린 야이치가 그 과일 바구니를 들어 올렸다.

"아, 미안해. 평평한 장소를 찾다 보니, 마침 적당한 곳이 보이더란 말이지. 그래서 무심코……."

"심정은 이해하지만, 지금은 그런 농담 하지 말라고요!"

발끈한 야이치가 그렇게 외쳤다.

소중한 연인을 지키기 위해, 벌떡 일어서며 고함을 질렀다.

"사저의 가슴이 평평하긴 해요! 게다가 지금은 부러진 늑골을 치료하려고 가슴에 붕대를 감아둬서 더 평평하죠! 활주로 뺨칠 정도로 평탄해요! 뭘 올려놓든 흘러내릴 일이 없을 거라고요! 하지만 말이죠?! 저 얇은 가슴을 자기 손으로 때려서 더 평평하게 만들면서까지 4단에 승단했다고요!! 평평한 게 어때서요?! 물건 올려두기 딱 좋은 게 어때서요?! 저 평평한 가슴은…… 긴코가 노력한 증거라고요!!"

"그, 그렇게까지는 말 안 했다고……."

야이치가 발끈하자, 츠키요미자카는 동요했다. 확실히 그런 말은 하지 않았다. 헛소리하지 마, 야이치. 확 죽여버린다…….

긴코가 깨어 있다면 그렇게 말했을 것이다.

© shirabii

"용왕 씨, 용왕 씨."

"쿠구이 씨, 왜요?"

"방금, 긴코 양이 불만을 표시하듯 인상을 찡그린 것 같은 디…… 긴코 양, 혹시 깬 거 아이가?"

"아뇨, 자는 거 맞아요. 약을 먹었으니까 웬만해선 안 깰 거예요."

야이치는 딱 잘라 부정했다.

그렇다. 맞는 말이다. 약을 먹어서 깊이 잠들었다. 애초에 소라 긴코가 이 정도 일로 마음이 흔들렸을 리가 없다. 3단 리그에 비하면 츠키요미자카와 쿠구이의 난입은 아무것도 아니다.

"그런데 이 방, 너무 추운 거 아이가?"

"적정 온도예요."

야이치는 또 딱 잘라 부정했다. 그렇다. 맞는 말이다.

"애초에 이 비상식적인 병문안 선물은 뭔가요……. 병실에 리본이 달린 과일바구니를 가지고 오다니, 제정신이에요? 게다가 바구니는 화려한데, 안에 든 건 겨우 바나나뿐이잖아요……."

긴코의 가슴 위에 놓인 바구니를 들어 올린 야이치는 너무 가벼워서 깜짝 놀랐다.

"꽃은 멋지재? 내가 직접 꽂은 기다."

"뻐기지 말라고, 마치."

츠키요미자카는 언짢은 듯이 그 과일 바구니를 야이치한테서 빼앗더니…….

"내가 가져온 과일 바구니도 알아주는 거라고! 이 바구니는 말이지! 그 유명한 타카노 후르츠에서 산 거야! ……안에 든 과일 은 집 근처 과일 가게에서 샀지만 말이야."

"신주쿠역 근처에 있는 거 말이죠? 실내 식사도 가능하지 않아 요?"

"맞아~. 쓰레기, 가본 적 있어?"

"4단 때였나? 칸토에서 대국을 한 후, 아유무가 가자고 했어 요."

이 자리에 있는 이들 모두가 처음 듣는 이야기였다.

"하지만 남자 둘이서 과일 파르페를 먹으러 가는 건 좀 그래서 거절했죠."

마치는 그 말을 듣더니, 이렇게 말했다.

"아유무 군과 용왕 씨라면 딱히 이상하지 않을 거대이."

그건 그렇다. 그 두 사람은 꽤나 수상한 사이다.

긴코와 야이치가 내제자였던 시절, 칸나베 아유무는 몇 번이나 오사카에 있는 키요타키 가에 묵으러 와서 장기 공부를 했다. 그 리고 긴코가 질투를 할 정도로 두 사람은 붙어 다녔다. 목욕도 함 께했고, 잘 때도 2단 침대의 아래 칸에서 둘이 한 이불을 덮고 잤 다. 손을 맞잡고 쿨쿨 자는 야이치와 아유무를 봤을 때는, 무슨 일에도 동요하지 않던 긴코도 질려버렸다고 한다……. 요즘 들 어서는 그런 아유무를 쏙 빼닮은 여동생(초등학생)까지 더해지 면서, 긴코는 두통이 잦아들 날이 없다고 한다.

츠키요미자카는 문득 생각났다는 듯이…….

"그러고 보니 나도 사형과 약속했어. 프로가 되면 거기의 과일

뷔페를 사주기로 했지."

"사카나시 씨가 그런 약속을요? 츠키요미자카 씨와? 내가 같이 밥 먹자고 했을 땐 거절했는데……."

야이치는 약간 상처를 입은 듯한 투로 그렇게 말했다.

사카나시 스미토는 긴코와 같이 4단이 됐다.

보통 반년에 두 명만 프로 기사가 되지만, 사카나시는 지난 기와 이번 기에 두 번의 차점(3위)을 획득했기 때문에 프리 클래스로의 프로 입성이 이뤄진 것이다.

하지만 장려회에서 오랫동안 고생했던 사카나시는 타인에게 마음을 열지 않았다.

연령 제한을 코앞에 두고 4단에 승단해서 기분이 좋아진 건지, 원래 사매인 츠키요미자카에게 무른 건지, 아니면…….

야이치는 불쑥 이렇게 외쳤다.

"앗! 설마 사카나시 씨와 츠키요미자카 씨가——."

"그, 그런 거 아니야! 내, 내 말 좀 들어봐!"

츠키요미자카는 몸을 쑥 내밀며 이야기를 시작했다.

"그 인간, 내가 소개해 준 운전면허 학원에서 여대생과 친해졌어! 자기가 장려회 회원이라는 이야기를 했더니, 힘내라면서 수제 과자도 받았다니깐! 그 덕분인지 4연패 후에 14연승을 했지 뭐야! 그럼 내 덕에 프로가 된 거나 다름없지 않아?! 응?!"

"하나도 상관없다 아이가."

마치는 딱 잘라 그렇게 말했지만, 츠키요미자카는 들은 척도 하지 않았다.

"아아~ 좋겠다! 프로가 된 데다, 애인도 생겼잖아! 원하는 걸 다 이뤘네! 그 정도면 인생의 승리자 아니야?!"

야이치의 표정이 굳어졌다.

"아마 그 인간은 '내가 프로가 되면 사귀자!' 같은 소리를 했을 걸? 불순해! 머릿속이 핑크색인 채로 3단 리그를 치르다니, 장기에 대한 모독이야, 모독!!"

"으…… 그, 그래요. 장기를…… 얕보는 짓……이네요…….."

"장기에 인생을 바친 다른 3단들이 불쌍해. 장기의 신도 참 잔혹하네. 쓰레기도 그렇게 생각하지? 응?"

"동……감, 이……에요…………."

에어컨을 세게 틀어놨는데도, 야이치는 식은땀을 계속 흘렸다.

긴코와 야이치는 3단 리그 도중에 서로의 마음을 확인했다……. 하지만, 그 마음을 봉함수라는 형태로 가슴속에 봉인했으니 건전할 것이다. 사카나시와는 다르다. 누가 머릿속이 핑크색이라는 거야. 확 담가버린다?

긴코가 깨어 있었다면 이렇게 반론했을 것이다.

"자아. 긴코 양도 일어날 것 같지 않으니, 슬슬 갈까."

호접란을 방에서 가장 눈에 띄는 장소에 둔 마치가 그렇게 말하자, 심심한지 스마트폰을 보고 있던 츠키요미자카도 고개를 끄덕였다.

"그래. 또 올게."

"예?! 또 올 거예요?!"

성가시다는 투로 그렇게 말한 야이치에게 펀치 한 방을 날려준 츠키요미자카는 자신들이 가지고 온 과일 바구니와 츠키미츠가 두고 간 과일 바구니를 번갈아 쳐다보았다.

　"그런데 말이야. 이렇게 과일이 많으면 다 먹기도 전에 썩을 거잖아? 우리가 좀 도와줄게! 어차피 긴코는 소식하잖아!"

　"예? 아, 하지만 이건 회장님이——."

　"사양하지 마! 멜론에, 사과, 그리고 이 복숭아도 가지고 갈까. 부상자는 당도가 너무 높은 걸 먹으면 쇼크사하거든."

　"망고도 맛있어 보인대이."

　"그래. 망고도 가져가자. 그러고 보니 미야자키 출신인 카가미즈 씨와 칸사이의 기사실에서 먹었던 망고가 참 맛있었어…… 참 좋은 사람이야……."

　카가미즈 히우마.

　연령 제한을 넘기고도 서른 살 생일 직전까지 장려회에서 계속 싸웠던 그 남자는 긴코와 치른 승부에서 지면서, 결국 프로가 되지 못했다.

　두 사람의 장기는 장려회에서 전설로 회자될 명승부였다. 기보의 완성도는 상관없다. 한 수 한 수에 담긴 강한 마음, 그리고 그 승부에 걸려 있는 것의 무게. 그것이 상상을 초월했던 것이다.

　최후의 순간에 수를 둔 곳이 몇 센티미터 정도만 달랐다면, 프로가 되는 건 긴코가 아니라 카가미즈였을 테니까…….

　칸사이 장려회에서 누구보다 신뢰받던 선배를 떠올리며, 마치가 가라앉은 목소리로 말했다.

"송별회를 해야겠대이. 료도 올끄재?"

"이 과일을 들고 칸사이로 바로 가자. 긴코한테서 빼앗아온 거라고 하면, 카가미즈 씨도 조금은 기분이 풀리지 않겠어?"

"그럴 거대이."

산적처럼 비싼 과일을 강탈한 츠키요미자카와 마치는 그대로 병실에서 사라졌다.

두 사람이 이 방에서 머문 시간은 5분밖에 되지 않았다.

철 지난 태풍처럼 민폐 그 자체였다.

폭풍우가 휘몰아칠 때는 영원히 이어질 것처럼 느껴졌지만, 지나가고 나면 오히려 적막만이 감돌았다.

"저 사람들은 대체 뭐하러 온 거야…….."

야이치는 얼이 나간 목소리로 그렇게 중얼거렸다.

긴코와 둘만의 시간을 방해한 것으로 모자라 과일까지 빼앗아가는 것을 보고 어처구니가 없었지만…… 그것으로 끝이 아니었다.

마치가 혼자만 다시 모습을 드러냈던 것이다.

"어라? 쿠구이 씨, 두고 간 거라도 있어요?"

"용왕 씨. 료를 용서해 주그라."

"예?"

뜻밖의 말이었다.

야이치가 되묻자, 마치는 조용히 말했다.

"그 애는 장려회에서 좌절을 경험했대이. 그만큼, 다른 여류기사와는 비교도 안 될 만큼 분할 끼다. 여기에 오는 것도 질색했다 아이가. 그러니 아까처럼 밉살스럽게 행동할 수밖에 없었을 기다. 코스프레를 한 것도, 본심을 숨기기 위해서대이."

"아…… 그래요. 그럴 거예요……."

츠키요미자카 료는 여류기사가 된 후, 장려회에 들어갔다. 그일을 떠올린 야이치는 바로 이해했다.

순수하게 칭찬해 줄 수도, 솔직하게 분통을 터뜨릴 수도 없는 그 마음을…….

"탈퇴한 직후에는 정말 심각했대이. 여류기사로 다시 돌아가는 것도 갈등했을 기다. 장기를 관둬도 이상하지 않을 만큼 갈등했지만, 그래도 료는 장기를 선택했대이. 지가 장기의 신에게 선택받지 못했다는 걸, 알고도……."

"…………."

"긴코 양은 이겼대이. 그치만, 우리의 싸움은 이제부터인 기다. 긴코 양과는 이제 직접 장기를 두는 일이 없겠지만, 이 애와의 싸움은 이어지겠재. 같이 장기를 두지 못하는 만큼, 예전보다 더 힘든 싸움이……."

단아하면서도 결연한 목소리로 그렇게 말한 마치는 '그라믄 칸사이에서 보재이. 잘 있그라.' 하고 말하며 우아하게 손을 흔든 후에 방에서 나섰다.

"휴우…… 이걸 병문안이라고 해도 될까……."

야이치가 말했다시피, 평범한 병문안과는 달랐다.

아니, 선전포고에 가깝다.

하지만 긴코가 깨어 있었다면, 두 사람의 저 난폭한 방문을 반겼

으리라. 표정에는 드러나지 않더라도, 마음속으로는 분명…….

"…………좋은 친구가 있어서, 좋겠네."

츠키요미자카와 마치를 긴코에게 소개해준 건, 야이치다. 처음으로 만난 후로, 벌써 10년이 지났다.

최악의 첫 만남이라 해도 과언이 아니었다.

그리고 그 후로도 별의별 일이 다 있었지만, 저 두 사람과 함께 나아갈 수 있는 것을 야이치는 기쁘게 생각했다.

그건 그렇고…….

"긴코? 아직도 자는 거야?"

야이치는 침대에 누워 있는 자신의 연인을 약간 어이없다는 듯이 쳐다보았다.

방금 그런 소동이 일어났는데도, 긴코는 여전히 쿨쿨 자고 있었다.

야이치는 한숨과 푸념을 동시에 내뱉었다.

"하아. 성가신 일은 나한테 전부 떠넘기고, 자기는 기분 좋게 잠이나 퍼질러 자네. 왠지 아까보다 표정도 풀린 것 같은…….."

아마 착각이겠지만, 야이치는 긴코가 히죽거리며 이렇게 말하는 것처럼 보였다.

『내 남친이잖아? 제대로 지켜줘, 바보 야이치.』

물론 긴코는 자고 있으니 착각이 틀림없다.

하지만 마음이 통한 두 사람에게는…… 그런 착각이야말로 현실일지도 모른다.

"옛날부터 이랬어. 나만 사부님이나 케이카 씨한테 항상 혼났잖아. 요령이 참 좋다니깐. 긴코가 한 나쁜 짓도 전부 나한테 떠넘겼어. 그러니까————."

소라 긴코는 잠들어 있다.

그러니 쿠즈류 야이치는 이렇게 생각했다.

"…………조금은, 내 노고를 위로해달란 말이야."

야이치는 수정처럼 윤기 넘치는 긴코의 피부에 손을 댔다.

그리고 자신의 얼굴을 긴코의 입술을 향해 내밀————.

"긴코! 괜찮아?!"

힘차게 병실 문을 열며 뛰어 들어온 키요타키 케이카를 맞이한 건, 침대에 누운 긴코와 그 옆에 조용히 앉아 있는 야이치였다.

어깨를 들썩이고 있는 케이카에게, 야이치는 자기 입술에 손가락을 대며 조용히 해달라는 뜻을 표했다.

"……(쉬~)."

"아………… 미안해."

케이카는 조용히 문을 닫았다.

평소의 케이카라면, 이 병실에 들어오자마자 위화감을 느꼈을 것이다.

예를 들자면, 야이치의 표정이 묘하게 딱딱하다는 것을.

예를 들자면, 방 안의 온도가 기묘하게 낮다는 것을.

예를 들자면, 두 사람이 이상할 정도로 떨어져 있다는 것을.

하지만 오사카에서 서둘러 이곳으로 온 케이카는 긴코의 용태가 걱정된 나머지, 그런 점을 눈치챌 여유가 없었다.

발소리를 내지 않으며 침대로 다가온 케이카는 긴코의 얼굴을 들여다봤다.

"······자는 거야?"

"깨어 있으면 아픈 것 같거든."

야이치는 손으로 자신의 가슴을 가리켰다.

"3단 리그 최종국에서, 있는 힘껏 자기 가슴을 때렸대. 엑스레이를 찍었는데, 역시 갈비뼈가 부러졌어. 폐도 약간 상했나 봐."

"뭐······ 장기 대국을 하며, 그렇게까지······."

"심정은 이해해. 장려회 유단자는 하루에 두 번 대국을 하는데, 두 번째 대국의 종반에는 의식이 몽롱해져. 자기 볼을 때리거나 머리를 때리거나 허벅지를 꼬집는 등, 다들 무의식적으로 몸에 고통을 줘."

목숨을 걸고 대국한다.

그런 말이 가장 어울리는 건, 프로의 대국이 아니다.

대국의 승패가 이제까지의 장기 인생, 그리고 앞으로의 기나긴 인생을 결정하는 장려회의 장기야말로, 그 말이 가장 어울린다.

"그래도 걱정하지 마. 아카시 선생님이 다시 살펴봐 주셨는데, 뼈가 부러진 것 말고는 문제가 없다고 단언하셨거든."

"··········그랬구나."

케이카는 그저 고개를 끄덕였다.

야이치는 아직, 긴코의 심장이 얼마나 성가신 병에 걸렸는지 모른다. 아카시도 전하지 않았다면, 자기가 전해선 안 된다고 케이카는 생각했다······ 언젠가 전해야 할 날이 올지 모르더라도, 그건 지금이 아니었다.

"그런데 야이치 군. 들어왔을 때부터 신경이 쓰였는데…… 이 방, 너무 춥지 않아?"

"그래? 적정 온도잖아."

"흐음…… 그런데, 긴코의 어머님은 어디 계셔? 아직 안 오신 거야?"

"호텔에 체크인하러 간다는 연락을 받았어. 이곳에 꽤 오래 머물게 될 것 같거든."

"야이치 군은 얼마 만에 어머님을 뵙는 거야? 똑바로 인사할 수 있겠어?"

"하, 할 수 있어……. 긴장할 것 같지만 말이야."

"그럼 됐어. 똑 부러지게 '딸을 주세요'라고 말하는 거야."

"뭐?! 무, 무무무, 무슨 소리를 하는 거야?!"

"우후후. 그건 아직 좀 이르려나?"

케이카는 놀리는 듯한 미소를 짓더니, 손에 들고 있던 과일 바구니를 들어 보였다.

"자, 사과야. 뭐, 이것도 아직 제철은 아니지만."

"고, 고마워……. 회장님과 오가 씨가 가져온 과일이 있긴 했거든? 그런데 츠키요미자카 씨와 쿠구이 씨가 좋은 것만 다 챙겨가 버렸어."

"그 두 사람도 왔었어?"

"어느 병원에 입원했는지 알려주기도 전에, 어떻게 알아내서…… 말이야. 쿠구이 씨한테서 도망치는 건 무리일 것 같네."

"그럴 거야……. 그 애는 긴코를 쫓아왔다기보다……."

"응? 방금 뭐라고 했어?"

"아무 말도 안 했는데?"

케이카는 방긋 웃으며 부정했다.

그리고 표정을 바꾸더니…….

"그것보다! 병원 앞에 난리가 났어. 텔레비전 카메라도 엄청 많던데…… 대체 어떻게 긴코가 여기 입원한 걸 알아낸 걸까?"

"장기계 사람들은 다들 수다쟁이거든."

야이치는 어깨를 으쓱했다.

"외부인에게는 벽을 만들지만, 내부인에게는 비밀 같은 게 없어. 그리고, 친한 신문기자와 잡지기자한테는 이야기해 주는 거야. 기자는 회사원이니까, 그 정보를 회사 안에서 공유해…….."

"그렇게 순식간에 이야기가 퍼지는구나."

"대형 신문사와 출판사의 장기 담당은 대부분 유명한 대학의 장기부 부원이잖아? 아마추어 강호라면 옛날부터 기사와 개인적 교류가 있을 테니, 친구로 여겨질걸? 뭐, 나는 중졸이라 학력이 별로라서 잘 모르지만 말이야."

그 말에는 평소 느껴지지 않던 가시가 돋쳐 있었다.

긴코가 성격이 거친 편이기 때문에, 같이 다니는 야이치는 상대적으로 온화해 보이지만…… 지금은 케이카조차도 놀랄 만큼, 야이치는 호전적이었다.

"기분이 나쁜가 보네."

"응."

"긴코가 소중하기 때문이야?"

"당연하잖아? 내…… 사형제인걸."

"흐음~? 흐음~ 흐음~?"

케이카의 목소리에는 '왜 내 애인이라고 딱 잘라 말하지 못하는 걸까~'라는 의미가 은연중에 어려 있었다.

하지만 긴코와 야이치에게도 생각이 있다.

아무리 가족이나 다름없는 케이카일지라도…… 아니, 케이카이기 때문에, 제대로 된 자리에서 둘이서 함께 전하고 싶다. 가능하면 스승인 키요타키 코스케 9단도 있는 자리에서 말이다.

그러니 케이카의 유도 신문에 걸려들어서, 야이치가 이 자리에서 그대로 인정해버릴 수는 없다.

야이치는 창밖을 턱으로 가리키며 말했다.

"오사카로 돌아가려고 해도, 이런 상황이잖아? 한동안 여기에 남아서 치료를 받는 편이 낫겠대."

"아카시 씨가 그렇게 말했어?"

"응. 이참에 여러모로 검사도 해 보기로 했어. 건강검진? 같은 거 말이야."

"흐음……."

"게다가 기자회견이나 텔레비전 출연도 잡혀 있잖아? 도쿄에 장기간 머물면서 한꺼번에 처리해버리는 편이 긴코도 체력 소모를 줄일 수 있을 거야."

"하지만 괜찮겠어? 시킨 대로 연구용 태블릿도 가져오기는 했지만, 병원에서는 장기 공부를 집중해서 하기 어렵지 않아?"

"그걸로 됐어."

"뭐? 하지만——."

기력이 떨어지면 문제 아니야? 라는 의문을 케이카가 입에 담기 전에, 야이치가 그 이유를 말하기 시작했다.

"그런 대승부를 벌인 후에 연구해 봤자, 머릿속에 들어올 리가 없어. 오히려 머릿속이 새하얗게 될 거야. 지금은 푹 쉬는 게 최고겠지. 가볍게 온라인 장기라도 두면 돼. 태블릿은 기분 전환용으로 딱 좋거든."

"하지만 언제 대국이 잡힐지 모르잖아? 그러니 기력이 떨어지지 않게 해야 하지 않을까? 아니, 오히려 기력을 더 높여야 해. 프로 세계에서도 통용되도록——."

"신인이 최정상 프로와 대뜸 붙지는 않아. 보통 기력이 하락 중인 노령의 기사와 붙으니까, 신규 4단이 유리해. 평범하게 붙으면 반드시 이겨. 다들 3단보다 약하거든."

프로로서 이런 말을 하는 건 좀 그렇지만, 야이치는 개의치 않으며 그런 불문율을 거론했다.

전성기가 지난 고단자보다, 프로가 되지 못한 장려회 회원이 강하다. 그건 틀림없는 사실이었다.

그리고 야이치는 조바심을 내지 않는 이유를 하나 더 말했다.

"나도 그렇지만, 올해 전반에 프로가 된 이의 데뷔전은 11월이나 12월 쯤…… 용왕전 예선 아닐까? 뭐, 회장님이 딱 잘라 말하진 않았지만 말이야."

"그럼 한동안은 여유가 있겠네."

"응. 여류옥좌도 내놔야 하니까, 방어전을 치르지 않아도 돼."

"정말…… 타이틀을 내려놓는 거야?"

긴코가 처음으로 타이틀을 획득한 것은 초등학교 6학년 봄. 열한 살 때다.

그 후로 5년가량이 지났으며, 지금은 영세위도 획득했다.

여왕과 여류옥좌라는 2관은 영원히 긴코의 것이 된다…… 케이카만이 아니라, 거의 모든 여류기사가 그렇게 느낄 것이다.

"복잡한 심경이야. 지금까지 무패로 지켜온 타이틀을, 꿈을 이뤄서 내려놓게 된다니……."

"잘 된 것 아니야? 긴코에게는 쭉 무거운 짐이었을 거야."

야이치는 딱 잘라 그렇게 말했다.

무거운 짐. 확실히 두 개의 여류 타이틀은 긴코에게 너무 무거웠을 것이다. '성가시다'는 의미가 아니라, 가볍게 다룰 수 없는 의미에서 말이다.

게다가 앞으로는 다른 의미가 뒤따를 것이다.

"이대로 타이틀을 지니고 있다면, 여류기사와도 계속 싸워야 하잖아? 《나니와의 백설공주》는 무패인 채로 프로가 됐다…… 신성불가침의 절대적인 존재가 된 거야. 긴코는 그런 것을 바라지 않았겠지만 말이야."

야이치가 그렇게 말하자, 케이카는 믿기지 않는다는 투로 말했다.

"여류기사에게 지면 '프로가 됐는데도 그것밖에 안 되는 거냐'라는 소리를 듣겠지. 즉…… 상품 가치가 떨어진다? 맙소사……."

"《나니와의 백설공주》란 브랜드는, 그『영세 7관』에 필적하는 이익을 장기계에 가져왔어. 그리고 앞으로 그 가치는 더욱 상승할 거야. 그게 훼손될 위험은 최대한 쳐내고 싶다는 게, 연맹과 스폰서의 공통적인 인식일 거야."

"하, 하지만! 긴코의 기력은 여자들 중에서 압도적이야. 그냥 평범하게 싸운다면 여류기사한테 질 리가 없어. 안 그래?"

"맞아. 지금은 말이지."

야이치는 고개를 끄덕였다. 초건을 달아서…….

"하지만, 1년 후에는 몰라."

"…………!!"

"게다가 승부란 것에는 상성이 있어. 실력 차이가 있더라도, 거북한 상대와 거북한 제한시간으로 싸운다면 나도 여류기사나 장려회 회원에게 밀릴 거야."

"그건, 뭐…… 그럴지도 모르지만……."

장기를 두다 보면, 한 수 위의 상대에게 뜻밖의 승리를 얻을 때가 있다. 한 수 아래의 상대에게 지는 경우 또한, 얼마든지 있다. 케이카는 양쪽 다 경험했다.

소라 긴코는 강하다. 압도적으로 말이다.

그 강함은 여류기사에게는 트라우마로 새겨져 있다.

츠키요미자카도, 마치도, 어릴 적부터 긴코에게 계속 지면서 거북하게 여기고 있다.

다른 정상급 여류기사도 마찬가지다.

자기보다 훨씬 어린 《나니와의 백설공주》에게 큰 무대에서 지면서 거북하게 여기게 된 바람에, 긴코와의 대국에서는 실력을 완벽하게 발휘하지 못한다.

그것이 무패 전설의 트릭이다.

장기 실력보다, 공포로 상대를 위축시켰을 뿐이다.

그 정도는 긴코도 예전부터 알고 있다. 누구보다 《나니와의 백설공주》란 거창한 별명을 혐오했으며, 여류기사를 상대로 무패라는 점에도 집착하지 않았다. 오히려 쓸데없이 높은 승률을 희생해서 장려회에서 1승이라도 더 거둘 수 있다면, 긴코는 기쁜 마음으로 희생했을 것이다.

하지만 소라 긴코 이외에 《나니와의 백설공주》의 무패 전설을 두려워하지 않는 자도, 지금은 있다. 그보다 아랫세대의, 긴코보다 뛰어난 재능을 지닌 자들이…….

그리고, 그들을 키운 사람이————.

"뭐, 고등학교 1학년이 장려회를 돌파했으니까 타이틀을 노릴 재능을 지녔을 거야. 프로 사이에서도 긴코의 평가는 상승하지 않겠어? 동시에 승단한 사람이 사상 첫 초등학생 기사니까, 그런 식의 비교는 다소 좀 그렇겠지만 말이야."

"그, 그래. 소타 군도 엄청 화제가 되고 있어."

쿠누기 소타. 초등학교 6학년.

사상 첫 초등학생 기사는 기력과 재능만 본다면 긴코보다 훨씬 뛰어나다. 프로 기사의 평가 또한 비교조차 되지 않을 것이다.

"하지만 화제성으로는 《나니와의 백설공주》에게 밀리지 않을까? 긴코가 아직 기자회견을 하지 않은 것도 영향을 미쳤겠지만……."

"입원한 것이 의도치 않게 세간의 기대를 부추기는 결과로 이어진 걸까. 숨기고 있는 걸 까발리고 싶어지는 건 당연한 걸지도 모르지만 말이야."

"앞으로의 일을 생각하니 마음이 무거워……. 긴코한테는 익숙한 일일지도 모르지만, 그래도……."

"괜찮아. 긴코도 자력으로 프로가 됐고, 몸도 강해졌어. 이제 그 시절의 병약한 긴코가 아닌걸. 게다가──."

"게다가?"

"내가 못난 탓에 폐를 끼쳤잖아. 이제부터 긴코는 내가 지키겠어. 내가 사제지만, 프로 세계에선 선배인걸."

내가 지키겠어.

그 결의를 긴코가 들었다면, 얼마나 마음이 든든했을까. 너무 기뻐서 울었을 것이다……. 지금은 자고 있지만 말이다.

야이치는 애정이 어린 시선으로 긴코를 바라보았다.

케이카는 히죽히죽 웃으면서 웃음을 참더니…….

"어머머~? 그러고 보니 야이치 군은 어느새 '긴코'라고 부르게 된 거야~?"

"으응?! 아니, 옛날에는 그렇게 불렀으니까 딱히 이상할 일은 아니지 않아?"

"뭐~? 요즘 들어 항상 '사저'라고 불렀는데, 갑자기 다시 긴코라고 부르잖아. 혹시 무슨 일 있었나 싶어서 말이야~."

"아무 일도 없었거든?!"

야이치가 얼굴을 새빨갛게 붉히며 그렇게 외친 후…….

"그, 그런데…… 아이는 좀 어때?"

일부러 화제를 바꿨다.

제위전도 있어서 키요타키 가에 계속 맡겨둔 제자에 관해 물은 것이다.

억지로 화제를 바꾸는 게 티가 났지만, 케이카는 거기에 응해 줬다.

"잘 지내. 오늘 아침에 집을 나설 때까지 같이 있었어. 즐겁게 외출했어."

"그랬구나. 계속 맡겨서 미안해……."

"그건 괜찮아. 하지만 절친인 미오 양과 헤어지게 되어서 참 힘들어 보이니까…… 공항에서 돌아온 후가 걱정돼. 아빠한테만 맡겨 두려니, 좀 걱정되네."

"아이는 미오 양에게 도움을 참 많이 받았잖아. 장기로도, 초등학교에서도, 미오 양이 없었으면 어떻게 됐을지……."

아이만이 아니다.

야이치는 물론이고, 많은 이들이 미오의 해맑음과 활발함에 큰 도움을 받았다. 긴코도 그것을 부정하지는 못할 것이다.

작별의 말을 직접 전하지 못한 것에, 쓸쓸함과 아쉬움이 느껴졌다.

하지만 야이치의 마음의 더 넓은 부분을 차지하고 있는 건, 미오와 꼭 재회할 수 있을 거란 확신이었다. 그 애가 장기를 관두지 않는 한, 그날은 꼭 찾아올 것이다.

그리고 미오가 장기를 관두지 않을 거라고, 그 태양처럼 밝은 아이를 아는 이라면 누구라도 확신하고 있다.

그러니…… 작별의 말은 하지 않았다. 특별한 말은, 필요 없다. 다시 만나는 날까지, 서로의 실력을 갈고닦기만 하면 된다.

창밖에 펼쳐진 푸른 하늘을 바라보며, 야이치는 말했다.

"지금쯤 저 하늘 위일까?"

"무사히 비행기에 탔다면 좋겠네. 아이들끼리만 보냈으니까……."

케이카는 걱정이 되는 것 같았다.

원래라면 자신도 같이 갈 생각이었기에 죄책감을 느끼는 것이리라. 하지만 공항까지는 전철을 타고 갈 예정이며, 공항에서는 직원이 친절히 안내해 줄 것이다. 과도하게 챙겨줄 필요는 없다. 긴코와 야이치는 그 아이들과 비슷한 나이에 단둘이서 일본 전국에 무사 수행을 다녔으니 말이다.

바로 그때였다.

"아. 스마트폰이 울리네……. 아이한테서 연락이 왔나?"

야이치는 호주머니에서 폰을 꺼내 확인했다.

하지만 그것은 다른 이에게서 온 연락이었다.

"아유무한테서 문자가 왔어. 샤칸도 씨와 함께 병문안을 와도 되냐고 묻네."

"샤칸도 선생님도?! 그러고 보니 항상 긴코를 챙겨 주셨잖아. 참 고마워."

"츠키요미자카 씨네처럼 막무가내로 쳐들어오지 않는 것만 봐도, 확실히 상식적이네. 복장 말고는 말이야."

"그 두 사람을 한꺼번에 수용하기에는 이 병실이 너무 좁지 않나 걱정이네."

샤칸도 리나 여류명적과 제자인 아유무는 둘 다 거창한 드레스와 망토를 걸치고 다니기 때문에, 개인실이라고는 해도 별로 넓지 않은 이 병실에 두 사람이 찾아온다면 꽤 갑갑하게 느껴질 것이다.

"그리고, 연맹의 홍보부에서 전화가 왔어."

"긴코와 관련된 일일까?"

"아마 그럴 거야."

장려회에서는 대국 전에 핸드폰을 로커에 넣어둬야 한다.

대국이 끝나고 나면 돌려받지만, 긴코의 스마트폰은 전원이 꺼져 있다. 그걸 켤 겨를이 없었다.

그래서 필연적으로, 같이 있을 가능성이 큰 인물에게 연락을 했으리라. 즉, 쿠즈류 야이치에게 말이다.

"나를 긴코의 매니저 정도로 여기는 것 아니야?"

"사상 최연소 용왕에, 제위전 도전자이기도 한 최정상 기사를? 말도 안 돼~."

"사상 첫 여성 프로 기사에 비하면, 나는 보잘것없는 존재야."

"에이~. 나는 아빠, 아이와 함께 제위전 개막국을 봤어! 그 오키토 선생님을 상대로 압도적인 승리를 거둘 수 있는 건, 프로 기사 중에도 다섯 명이 채 안 될걸?"

"운이 좋았을 뿐이야. 봉함수 타이밍이 운 좋게 승부처였기 때문에, 밤새 생각을 할 수 있었거든."

"봉함수 국면…… 나와 아빠는 야이치 군이 될 대로 되라는 식으로 무리한 공세를 펼치는 줄만 알았어. 설마, 그 공격으로 결판이 나다니……"

"그것도 포함해서 운이 좋았어."

타인에게는 그저 겸허하게 들릴지도 모르지만, 그것은 야이치의 본심이었다.

장기에 있어, 진정한 강자란 언제나 신중하다.

『오만』과 『과신』이란 마음의 틈을 전혀 만들지 않는다. 그것이 빈틈없는 대국 운영으로 이어진다는 것을 알기 때문이다.

"오키토 씨는 무시무시했어. 그 사람에게는 망설임이 없었지. 하려는 일이 명확한 데다, 그것을 향해 일직선으로 나아가. 두 번째 대국 때까지는 문제점을 수정할 거야."

"소프트의 가르침을 믿기 때문이야?"

"그것도 있어. 뭔가를 맹목적으로 믿는다면, 일직선으로 나아갈 수 있거든."

"아————."

아이 같네.

케이카는 입에서 나오려던 말을 삼켰다. 이 자리에서 해도 될 말이 아니다……. 듣는 사람이 동요할 테니까.

대신, 케이카는 이렇게 말했다.

"하지만…… 망설임을 통해 강해질 수도 있어. 안 그래?"

"맞아."

야이치는 고개를 끄덕였다.

"빙빙 돌아가는 게 될지도 모르지만, 그 덕분에 강해질 수 있다고 나는 믿어."

"…………."

케이카는 야이치의 얼굴을 보고, 말문이 막혔다.

눈앞에 있는 소년이, 케이카가 아는 인물과는 명백하게 달라 보였던 것이다.

예전의 야이치라면, 이렇게 당당히 단언하지 않을 것이다. 과거의 실패와 패배에 사로잡힐 것이 틀림없다.

하지만 지금은, 그 실패와 패배마저 힘으로 바꿀 수 있다.

그렇게 단언한 쿠즈류 야이치는, 케이카가 잘 아는 상냥한 소년이 아니다.

《서쪽의 마왕》.

컴퓨터가 내놓은 인간을 초월한 전법조차 양식 삼아, 그것을 먹어 치워서 컴퓨터보다도 강해진, 아마도 현시점에서 가장 강할 기사.

누구도 이곳에 머무르지 않은 건, 긴코를 배려해서가 아니다.

머무를 수 없었던 것이다.

《마왕》이 뿜는 위압감에 압도당해, 무심코 자리를 피했다. 도망치듯…….

그것은 강자일수록 강하게 느끼고 만다. 오염된다고 표현해도 될 것이다. 현역 A급 기사이기도 한 영세 명인 츠키미츠 세이이치는, 그것을 특히 강하게 느꼈으리라.

분명 긴코조차도, 잠들어 있지 않았다면 그 위압감에 압도당하고 말았을 것이다…….

소라 긴코는 잠들어 있다.

침대에 누운 백설공주를 상냥한 눈길로 바라본 마왕이, 스마트폰을 손에 쥔 채 자리에서 일어났다.

"케이카 씨. 긴코를 좀 봐주지 않겠어? 나는 전화 좀 하고 올게."

"아…… 응. 다녀와."

"가능한 한 금방 돌아올게."

그렇게 말한 야이치는 스마트폰만 쥐고 밖으로 나갔다.

이곳에 남겨진 건, 케이카와 긴코 뿐이다.

"…………자아."

야이치의 발소리가 들리지 않게 된 후, 케이카는 침대에 누운 소녀를 향해 이렇게 말했다.

"깨어 있지? 긴코."

"………….'

긴코는 아무런 반응도 보이지 않았다.

반응할 리가 없다. 눈썹이 파르르 떨리지도 않았다. 잠들어 있으니, 케이카의 목소리가 들릴 리가 없다.

하지만 케이카는 개의치 않으며 말을 이었다.

"너는 옛날부터 잠든 척하며 야이치 군의 행동을 감시하는 게 특기였지? 원래 병약하긴 해도, 꾀병을 부린 적도 있다는 걸 알아. 학교를 쉬고 장기 공부를 하고 싶어서 그랬지? 들통나지 않은 줄 알았어? 미간을 찌푸리며 표정을 굳혀봤자, 이 케이카 님을 속일 순 없거든?"

긴코는 대답하지 않았다. 반론도 하지 않았다. 설령 반론하고 싶더라도, 자고 있으니 그럴 수 없다.

확실히 긴코는 자는 척을 잘한다. 철이 들기 전부터 병원 침대에 꽁꽁 묶인 듯이 생활한 긴코에게, 그것은 처음 익힌 특기이기도 하다.

하지만 지금은 진짜로 잠들어 있다. 진짜로 말이다.

"뭐, 좋아. 이대로 자는 척해 주는 편이 여러모로 좋거든."

여러모로 좋다?

"나는 오늘 안에 오사카에 돌아가야 해. 아이와 아빠를 돌봐야 하고, 긴코의 짐도 더 챙겨와야 하거든. 그러니 곧 다시 오겠지만, 일단 오늘은 돌아갈 거야."

기나긴 대사를 한 번에 끝까지 말한 후, 케이카는 긴코의 잠든 얼굴을 향해 자신의 얼굴을 내밀며 말했다.

"내가 무슨 말을 하고 싶은 건지, 알지?"

모른다. 자고 있어서 모른다.

눈을 감은 채 아무런 반응도 보이지 않는 긴코의 이마에 검지를 대더니, 케이카는 딱 잘라 말했다.

"딱 한 번만 도와줄 테니까, 후딱 옥을 잡아! 이상이야."

그리고 케이카가 말을 마치고 몇 초 후——.

병실의 문이 열리더니, 야이치가 모습을 드러냈다.

"다녀왔어."

"어서 와."

"누가 왔어?"

"응? 아무도 안 왔는데? 왜?"

"이야기 소리가 들린 것 같아서…….."

"내가 긴코에게 일방적으로 말했어. 이 애, 엄청 힘냈잖아? 나도, 아빠도, 걱정만 할 수밖에 없었으니까…… 하고 싶은 이야기가 잔뜩 있었거든. 그래서 깨어날 때까지 기다릴 수가 없었어."

"아…… 그랬구나. 미안해. 사부님과 케이카 씨에게 바로 전화했어야 하는데——."

"괜찮아, 야이치 군. 그건 됐어."

케이카는 빠른 어조로 말을 이었다.

"그리고 말이지? 오자마자 이런 말을 해서 미안한데, 나는 지금 바로 오사카로 돌아가야 해."

"어?! 벌써 말이야?"

"그래. 하지만 긴코한테 들을 이야기가 많으니까, 깨어나 줬으면 해. 젊은 여성들끼리만 나누고 싶다거나, 남자애가 듣는 데서는 하기 힘든 이야기 같은 게 있잖아?"

"아…… 응. 맞아. 몰이비차파끼리만 통하는 대화 같은 거구나. 서로 몰이비차에 관한 이야기라거나."

"일단 장기에서 좀 벗어나는 게 어때? 아무튼, 나는 지금 바빠. 그러니까 야이치 군도 협력해줬으면 해."

"협력?"

야이치가 얼이 나간 목소리로 그렇게 되묻자, 케이카는 이렇게 말했다.

"야이치 군. 독 사과를 먹은 백설공주를 깨우는 방법을 알아?"

야이치는 어이없는 표정으로 대답했다.

"왕자님의 키스잖아?"

"알고 있구나. 그럼 부탁해."

"뭐?"

"끓아떨어진 백설공주에게 키스를 하는 거야. 쪼오옥~ 하고 해버려."

"푸웁?! 키, 키키키, 키쓰?!"

"귀수(鬼手)도, 기수(奇手)도 아니고, 키스야. 공주님은 쭉 기다려왔거든."

기다린 적 없다. 딱히 기다린 적 없다. 진짜로 기다린 적 없단 말이다!

야이치가 멋대로 키스하려고 한 바람에, 거북해져서 깨어나지 못했을 뿐이야. 긴코가 깨어 있다면 그렇게 말했을 것이다. 자고 있으니 아무런 반응도 보이지 못하지만 말이다.

"배고프지? 사과라도 깎아 줄게."

케이카는 과일 바구니에서 사과를 꺼내 그대로 병실을 나섰다.

하지만 곧 다시 돌아오더니, 문틈으로 얼굴만 내밀며 이렇게 말했다.

"앗! 맞다. 이 말을 깜빡했네."

"무…… 무슨, 말……?"

"15분 안에는 절대로 돌아오지 않을 거야! 딱 15분이야!"

그리고 이번에야말로, 케이카는 병실을 나섰다.

""………….""

일부러 내는 큰 발소리가 멀어져가는 것을 들으며, 야이치는 마른침을 꿀꺽 삼켰다.

긴코는 잠들어 있다. 자는 게 틀림없다.

조용해진 병실에서, 격렬한 심장 소리만이 울려 퍼지고 있었다. 그것은 야이치의 가슴에서 나는 소리지만, 왠지 다른 사람한테서도 들려오는 것 같았다.

에어컨이 고장난 건지…… 덥다.

""………….""

멋쩍은 침묵이 흘렀다.

사과 향기처럼, 어딘가 새콤달콤한 향기가 흘렀다.

야이치는 이제까지 계속 머뭇거리던 손을 긴코의 얼굴을 향해 내밀었다.

피부가 닿았다. 정전기가 흐른 것처럼, 따끔거렸다.

덥다. 두근두근.

그리고 야이치는 새빨개진 얼굴로, 이렇게 물었다.

"기, 긴코? …………자는, 거지?"

아까부터 계속 잠자고 있었어, 바보 야이치. 보면 몰라? 바보. 바보바보바보. 바보바보바보바보…………… 으응…………♡

딱 15분 후.

병실에 돌아온 케이카는 정신을 차린 긴코와 무사히 재회를 마쳤다.

"안녕, 긴코."

"……안녕."

긴코의 얼굴은 방금 일어난 것치고는 사과처럼 빨갛고, 야이치는 표정을 보여주지 않으려는 것처럼 창밖을 쳐다보고 있지만…… 케이카는 그 점을 딱히 지적하지 않았다.

"우후후 ♪ 지적해야 할 건 따로 있거든~."

시끄러워.

© shirabii

역자 후기

안녕하십니까. 근로청년 번역가 이승원입니다.

『용왕이 하는 일!』 13권을 구매해 주셔서 진심으로 감사드립니다.

용왕 13권은 8권에 이어 단편집 형식으로 진행됐습니다.

외국으로 떠나는 미오를 배웅하러 칸사이 국제공항에 온 여초연 멤버들. 그들은 서로가 함께한 추억을 떠올리며, 작별을 아쉬워하고 있습니다.

여름 합숙, 소라 긴코의 생일, 그리고 장기 아카데미……

그리고 그런 이야기의 이면에서, 미오는 준비해왔던 계획을 실행에 옮깁니다. 히나츠루 아이의 기억에 영원히 남기 위한, 그리고 아이가 장기를 관두지 않게 하기 위한 계획을……

이제까지의 이야기를 통해 여초연 멤버들이 얼마나 성장했는지, 그리고 앞으로도 장기와 함께 나아가려 하는 그녀들의 자세를 엿볼 수 있는 한 권이었습니다.

그리고 마지막 이야기였던 『백설공주와 마왕의 휴일』은……. 노코멘트하겠습니다. ^^ 이 사형제의 이런 꽁냥꽁냥을 보게 되다니…… 1권에서는 상상도 못했습니다, AHAHA.

과연 이대로 긴코의 완전 승리로 끝날지, 아니면 더블 아이's 의 반격이 시작될지 벌써부터 기대됩니다!

　그럼 이만 줄이겠습니다.
　언제나 재미있는 작품을 맡겨주신 노블엔진 편집부 여러분께 감사드립니다. 앞으로도 잘 부탁드립니다.
　천장 공사 때 와서 도와준 악우들아. 고맙다. 다음에 좀 여유 생기면 내가 고기 한번 제대로 살게.^^
　마지막으로 제게 버팀목이 되어 주시는 어머니와, 『용왕이 하는 일!』을 읽어주신 모든 분께 진심으로 감사드립니다.
　긴코의 프로 데뷔 첫 대국이 펼쳐질 『용왕이 하는 일!』 14권 후기에서 다시 뵙겠습니다!

　　　　　　　　　　　　　　　　역자 이승원 올림

용왕이 하는 일! 13

2021년 08월 25일 제1판 인쇄
2021년 09월 01일 제1판 발행

지음 시라토리 시로 | **일러스트** 시라비

옮김 이승원

발행 영상출판미디어(주)
등록번호 제 2002-000003호
주소 21311 인천광역시 부평구 평천로 132 (청천동)
전화 032-505-2973(代) | FAX 032-505-2982

ISBN 979-11-380-0489-3
ISBN 979-11-319-5731-8 (세트)

구매 시 파손된 도서는 구매처에서 교환하실 수 있습니다.
기타 불편사항, 문의사항이 있으신 독자님께서는 노블엔진 홈페이지 [http://novelengine.com] 에서
Q&A 게시판을 이용해 주시기 바랍니다.

노블엔진(NOVEL ENGINE)은 영상출판미디어 (주)의 라이트노벨 및 관련서적 브랜드입니다.

우리 옆집엔 천사님이 산다—— 무뚝뚝하면서도 귀여운
이웃과의 풋풋하고 애틋한 사랑 이야기.

옆집 천사님 때문에
어느샌가 인간적으로
타락한 사연
1~2

후지미야 아마네가 사는 맨션 옆집에는 학교
제일의 미소녀인 시이나 마히루가 살고 있다.
두 사람은 딱히 이렇다 할 접점이 없지만, 비가
오는 날 흠뻑 젖은 시이나 마히루에게 우산을
빌려준 것을 계기로 기묘한 교류가 시작되었
다.

혼자서 너저분하게 대충대충 사는 아마네를
차마 보다 못해, 밥을 차려 주거나 방을 청소해
주는 등 이것저것 챙겨 주는 마히루.

가족의 정을 그리워하면서 점차 다정한 모습
을 보이기 시작하는 마히루. 그러나 그 호의를
알면서도 자신감이 없는 아마네. 두 사람은 자
신의 마음에 솔직하게 굴지 못하면서도 조금씩
서로의 거리를 좁혀 나가는데 …….

© Saekisan
Illustrations copyright © Hanekoto
SB Creative Corp

사에키상 지음 | 하네코토 일러스트 | 2021년 6월 제2권 출간
청춘의 상상, 시동을 걸어라!

제15회 MF문고J 라이트노벨 신인상 《최우수상》 수상작
2021년 7월부터 애니메이션 방영!

탐정은 이미 죽었다

1~4

◆

애니메이션 방영작

고등학교 3학년인 나, 키미즈카 키미히코는 한때 명탐정의 조수였다.

——"너, 내 조수가 되어줘."

시작은 4년 전, 지상 1만 미터 위의 상공. 하이재킹을 당한 비행기 안에서 나는 천사 같은 탐정 시에스타의 조수로 선택되었다.

그로부터 3년, 우리는 눈부신 모험극을 펼쳤고—— 죽음으로써 헤어졌다. 홀로 살아남은 나는 일상이라는 이름의 현실에 빠져 안주하고 있었다. ……그걸로 괜찮냐고?

괜찮고말고

다른 사람에게 피해를 주는 것도 아니니까.

그렇잖아? 탐정은 이미, 죽었으니까.

니고 쥬우 지음 | 우미보즈 일러스트 | 2021년 8월 제4권 출간
청춘의 상상, 시동을 걸어라!

현실주의 용사의 왕국 재건기

1~11

애니메이션 방영작

"오오, 용사여!"

그런 정해진 프레이즈와 함께 이세계로 소환된 소마 카즈야의 모험은── 시작되지 않았다! 자신의 부국강병책을 국왕에게 진언한 소마는 어찌된 영문인지 왕위를 물려받고, 국왕의 딸이 약혼자가 되는데……?!

나라를 바로잡기 위해 소마는 자신에게 없는 지식, 기술, 재능을 지닌 자의 모집을 개시한다. 왕이 된 소마의 앞에 모인 인재 다섯명. 과연 그들은 어떠한 각양각색의 재능을 지녔을 것인가……?!

이세계 소환×개혁＝ 세계를 바꾸는 이야기!
시리즈 절찬 출간 중!!

©Dojyomaru / OVERLAP
Illustration : Fuyuyuki

도조마루 지음 | 후유유키 일러스트 | 2021년 8월 제11권 출간

청춘의 상상, 시동을 걸어라!

소꿉친구가 절대로

지지 않는 러브 코미디

1~3

✦

카치 시로쿠사. 현역 여고생 미소녀 작가, 그리고 내 첫사랑. 남들 앞에서는 접근하기 힘든 오라를 내는 그 아이도, 내 앞에서는 웃는 얼굴로 이야기해 준다! 이거 가능성이 있지 않아!?
그런데 그 시로쿠사에게 남자친구가 생겼다고 한다……. 그리고 실의에 빠진 나에게, 내 고백을 거부한 소꿉친구 **시다 쿠로하**가 속삭이는데──.

그렇게 괴롭다면 복수를 하자.
최고의 복수를 해주자.

**첫사랑과 첫사랑, 복수와 복수가 얽히는
신종 러브 코미디, 등장!**

애니메이션 방영작

©Shuichi Nimaru 2020
Illustration : Ui Shigure
KADOKAWA CORPORATION

 니마루 슈이치 지음 | **시구레 우이** 일러스트 | **2021년 6월 제3권 출간**
청춘의 상상, 시동을 걸어라!